FREIDA Mc

SECRETUL MENAJEREI

Descrierea CIP a Bibliotecii Naţionale a României
MCFADDEN, FREIDA
Secretul menajerei / Freida McFadden. - Bucureşti : Bookzone, 2023
ISBN 978-630-305-130-7

821.111

Traducător: **Mihaela Apetrei**
Redactor: **Mariana Alexandru**
Corector: **Ionel Palade**
Grafician copertă: **Teodora Savu**
Tehnoredactor: **Anca Marisac**

Editura Bookzone
Şoseaua Berceni, nr. 104, sector 4, Bucureşti
Comenzi şi informaţii:
Telefon: +40 774 091.579; +40 770 584.429
E-mail: office@bookzone.ro
www.bookzone.ro

FREIDA McFADDEN

SECRETUL
MENAJEREI

Bookzone
BUCUREȘTI, 2023

PROLOG

În noaptea asta o să mor, voi fi ucisă.

În jurul meu scânteiază fulgere, luminând livingul micuței cabane unde îmi petrec noaptea și unde, în curând, viața mea se va sfârși abrupt. Abia dacă reușesc să disting scândurile podelei de sub tălpile mele și, pentru o fracțiune de secundă, îmi imaginez cum trupul mi se prăbușește pe scândurile acelea și o baltă roșie se împrăștie sub mine într-un soi de cerc diform, îmbibând dușumeaua. Țin ochii deschiși, privind în gol. Am gura întredeschisă și un firicel de sânge mi se prelinge pe bărbie.

Nu. *Nu.*

Nu în noaptea asta.

Îndată ce cabana se întunecă iar, mă îndepărtez orbește, bâjbâind, de adăpostul oferit de canapea. Furtuna este îngrozitoare, însă nu într-atât încât să provoace întreruperea curentului electric. Nu, altcineva este responsabil de asta. Cineva care a luat deja o viață în această noapte și se așteaptă ca eu să fiu următoarea sa victimă.

Totul a pornit de la un banal job de menajeră. Iar acum s-ar putea să se termine prin ștergerea cu mopul a sângelui meu de pe podeaua cabanei.

Aștept încă un fulger care să-mi lumineze calea, apoi avansez cu grijă spre bucătărie. Nu am în minte un plan, dar bucătăria e locul unde se găsesc niște posibile arme. Un întreg stativ de cuțite – și chiar dacă n-aș reuși să dau de el acolo, până şi o furculiţă ar face treabă bună. Cu mâinile goale sunt pierdută. Cu un cuţit, şansele de supravieţuire îmi cresc un pic.

Bucătăria are ferestre enorme, care aduc un pic mai multă lumină decât în restul cabanei. Pupilele mi se dilată, încercând să absoarbă cât mai mult din ceea ce văd. Mă împleticesc spre blat, dar după trei paşi alunec pe linoleum, picioarele îmi fug şi mă prăbuşesc cu zgomot, lovindu-mă atât de tare în cot, încât îmi dau lacrimile.

Deşi, la drept vorbind, aveam deja ochii înlăcrimaţi.

În timp ce încerc să mă ridic iar în picioare, îmi dau seama că podeaua bucătăriei este umedă. Fulgerul loveşte din nou şi îmi privesc palmele. Sunt amândouă de un roşu aprins. Nu am alunecat în vreo băltoacă de apă sau în nişte lapte vărsat.

Am alunecat pe o pojghiţă de sânge.

Rămân nemişcată preţ de o clipă şi fac un inventar scurt. Nu mă doare nimic. Sunt în continuare intactă. Asta înseamnă că sângele nu este al meu.

Nu *încă*, cel puţin.

Mişcă-te. Mişcă-te acum. Este singura ta şansă.

De data asta am mai mult succes în încercarea de a mă ridica în picioare. Întind mâna spre dulapuri, răsuflând uşurată când degetele ating suprafaţa rece şi dură a blatului. Bâjbâi după stativul cu cuţite, dar nu reuşesc să-l găsesc. Unde *este*?

Apoi aud nişte paşi, mai aproape, tot mai aproape. Este dificil să-mi dau seama, mai ales că totul este scufundat în întuneric, dar sunt destul de sigură că mai este cineva aici, în bucătărie, cu mine. Mi se zbârleşte părul pe ceafă când simt o pereche de ochi aţintită asupra mea, pironindu-mă.

Nu mai sunt singură.

Inima îmi coboară în stomac. M-am înşelat cumplit. Am subestimat o persoană extrem de periculoasă.

Iar acum voi plăti preţul suprem pentru asta.

PARTEA I

UNU

MILLIE

Cu trei luni în urmă

După o oră de frecat intens, bucătăria lui Amber Degraw este pur şi simplu imaculată.

Având în vedere că, din câte îmi dau eu seama, Amber pare să mănânce aproape întotdeauna pe la restaurantele din apropiere, efortul ăsta nu prea este necesar. Dacă ar fi să pariez, aş zice că nici măcar nu ştie de unde se porneşte cuptorul ăla şmecher. Are o bucătărie enormă, plină cu echipamente pe care sunt destul de sigură că nu le-a folosit nici măcar o dată. Are o oală sub presiune, un vas pentru prepararea orezului, un aparat cu gătire la abur, ba chiar şi o chestie denumită *aparat de deshidratare*. Nu pare cumva contrariant ca o persoană care ţine în baie opt feluri de creme de hidratare să aibă şi un aparat de deshidratare? Dar cine sunt eu, s-o judec?

OK, o judec *un pic*.

Am şters cu grijă absolut fiecare dintre aceste aparate nefolosite, am curăţat frigiderul, am pus la locul lor zeci de farfurii şi am şters podeaua cu mopul până când a ajuns să sclipească atât de tare, încât mă văd în ea. Acum nu mai trebuie decât să pun la loc şi ultimele rufe scoase de la spălat şi penthouse-ul familiei Degraw va fi curat ca un pahar.

— Millie! aud din bucătărie vocea lui Amber.

Sună de parcă i s-ar fi tăiat respirația. Cu dosul palmei, îmi șterg câteva picături de sudoare de pe frunte.

— Millie, unde *ești*?

— Sunt aici! strig eu, chiar dacă mi se pare absolut evident unde mă aflu.

Apartamentul – rezultat din alipirea a două apartamente alăturate într-unul singur – este mare, dar nu *chiar* atât de mare. Așa că, dacă nu sunt în living, aproape sigur voi fi în bucătărie.

Amber își face apariția în prag, parcă plutind într-una dintre obișnuitele ei ținute impecabile și rafinate, de data asta o rochie din multele, *nenumăratele* ei rochii de designer. Are un imprimeu zebră, decolteu adânc în „V" și mâneci strânse în manșete pe încheieturile subțiri. A asortat rochia cu ghete în același imprimeu zebrat și, cu toate că arată dureros de frumoasă, ca întotdeauna, nu-mi dau seama dacă ar trebui s-o complimentez pentru ținuta de azi sau s-o vânez într-un safari.

— Aici erai! spune ea cu o ușoară notă acuzatoare în voce, ca și când n-aș fi exact unde ar trebui să fiu.

— Tocmai am terminat curățenia, îi răspund. Nu mai trebuie decât să strâng rufele și...

— De fapt, mă întrerupe Amber, aș avea nevoie să stai până mai târziu.

Mă revolt în sinea mea. Fac curat la ei acasă de două ori pe săptămână, dar mai îndeplinesc și alte sarcini casnice, inclusiv să am grijă de Olive, fetița ei de nouă luni. Încerc să fiu flexibilă pentru că mă plătește extraordinar de bine, dar nu prea știe ce-i aia să mă anunțe din timp anumite lucruri. Ar părea că toate însărcinările mele de-a avea grijă de copil se bazează pe informații care doar mi se aduc la cunoștință, fără să fie nevoie de acordul meu. Și se pare că e suficient dacă le aflu doar cu douăzeci de minute în avans.

— Am programare la pedichiură, spune ea cu gravitatea cuiva care te-ar informa că se îndreaptă spre spital pentru o operație pe inimă. Am nevoie de tine să o supraveghezi pe Olive cât sunt plecată.

Olive e o fetiță foarte drăgălașă. N-am absolut nimic împotrivă s-o supraveghez – de obicei. De fapt, sunt momente când aș profita imediat de șansa de a câștiga niște bani la tariful orar exorbitant oferit de Amber, lucru care-mi permite să am un acoperiș deasupra capului și să mănânc și altceva decât resturi adunate de prin coșurile de gunoi. Însă azi nu se poate.

— Am curs într-o oră.

— Oh.

Amber se încruntă, apoi se redresează rapid, căpătând iar expresia aceea neutră. Ultima oară când am fost aici mi-a spus că a citit un articol despre cum zâmbetul și încruntarea sunt cauzele principale ale formării ridurilor, așa că încearcă să mențină o expresie cât mai neutră, în cea mai mare parte a timpului.

— Nu poți să lipsești? N-au prelegerile înregistrate? Sau vreo transcriere de care să faci rost?

Nu au. Mai mult decât atât, în ultimele două săptămâni am mai lipsit de două ori din cauza cererilor intempestive ale lui Amber de-a avea grijă de copil. Încerc să-mi termin facultatea și am nevoie de o notă decentă la acest curs. În plus, îmi și place. Psihologia socială este distractivă și interesantă. Iar nota de trecere este esențială pentru diploma de absolvire.

— Nu ți-aș cere-o, spune Amber, dacă n-ar fi important.

Definiția ei pentru „important" este cam diferită de a mea. Pentru mine, „important" este să termin facultatea și să-mi iau diploma în asistență socială. Nu-mi dau seama cum o pedichiură ar putea avea aceeași importanță. Adică e încă iarnă. Cine o să-i *vadă* degetele de la picioare?

— Amber..., încep eu.

Ca la comandă, din living se aude un țipăt ascuțit. Chiar dacă în acest moment nu am oficial responsabilitatea de-a mă ocupa de Olive, de obicei eu o supraveghez când sunt pe aici. De trei ori pe săptămână, Amber o duce la un loc de joacă împreună cu prietenele ei, iar în restul timpului pare să găsească tot felul de scheme ca să scape de grija lui Olive. Mi s-a plâns că domnul Degraw nu-i va permite să angajeze o bonă cu normă întreagă pentru că ea însăși nu are job, așa că încearcă să încropească o astfel de bonă angajând cu ora diferite persoane – dar în principal pe mine. În orice caz, când am început eu curățenia, Olive se afla în țarcul ei și am stat și eu cu ea în living până când zumzăitul aspiratorului a adormit-o.

— Millie, rostește Amber cu voce ascuțită.

Oftez și las jos buretele pe care-l țin în mână; am început să-l simt de parcă s-ar fi topit și mi-ar fi intrat în piele. Mă spăl pe mâini la chiuvetă, apoi îmi șterg palmele pe blugi.

— Vin acum, Olive! strig în direcția livingului.

Când ajung, o găsesc pe Olive atârnată de marginea țarcului, în picioare. Plânge cu atâta disperare, încât fețișoara ei rotundă s-a înroșit amarnic. Olive este genul de copilaș pe care l-ai putea vedea pe coperta unei reviste cu bebeluși. Are o înfățișare atât de îngerească și minunată, cu tot cu buclele ei blonde și moi, acum lipite cu totul pe partea dreaptă a capului, de la somn. În momentul acesta nu arată chiar ca un înger, într-adevăr, însă când mă vede, ridică îndată mânuțele și suspinele încetează.

Mă întind spre țarc și o iau în brațe. Își îngroapă fețișoara udă în umărul meu și parcă nu-mi mai pare atât de rău dacă n-am de ales și ratez și cursul de azi. Nu știu care este explicația, dar în secunda în care am împlinit treizeci de ani, a fost ca și când ceva s-ar fi răsucit în mine, făcându-mă să cred că bebelușii sunt cel mai adorabil lucru din univers. Îmi place nespus să-mi petrec timpul cu Olive, chiar dacă nu este copilașul *meu*.

— Apreciez mult, Millie.

Amber se îmbracă deja cu pardesiul și își ia din cuierul de lângă ușă poșeta Gucci.

— Și, crede-mă, degetele mele de la picioare îți sunt recunoscătoare.

Da, da.

— Când te întorci?

— Nu durează mult, mă asigură ea, deși știm amândouă că este o minciună sfruntată. La urma urmelor, știu că prințesa mea mică o să-mi ducă dorul!

— Desigur, murmur eu.

În timp ce Amber scotocește prin geantă după chei, mobil sau cutiuța cu pudră, Olive se cuibărește mai tare în mine. Ridică fetișoara ei rotunjoară și-mi zâmbește cu toți cei patru dințișori.

— Ma-ma, spune ea răspicat.

Amber încremenește cu mâna în poșetă. Pare că timpul s-a oprit în loc.

— *Ce* a zis?

Oh, nu.

— A spus.... Millie?

Olive, fără să bage de seamă problemele pe care le provoacă, râde iar la mine și gângurește, de data asta mai tare:

— Mama!

Chipul lui Amber se face roz sub stratul de fond de ten.

— Tocmai ți-a zis *mama*?

— Nu...

— Mama! strigă Olive bucuroasă.

Oh, Dumnezeule, vrei să te opreşti odată, copile?

Amber îşi aruncă poşeta pe măsuţa de cafea, cu faţa crispată într-o mască de furie care aproape sigur că îi va provoca riduri.

— Îi spui lui Olive că eşti mama ei?

— Nu! izbucnesc eu. Îi spun că sunt Millie. *Millie.* Sunt sigură că în mintea ei s-a produs o confuzie, mai ales pentru că eu sunt aia care...

Amber face ochii mari.

— Pentru că tu eşti în preajma ei mai mult decât mine? Asta aveai de gând să spui?

— Nu! Sigur că nu!

— Deci zici că sunt o *mamă rea*?

Amber face un pas spre mine, iar Olive pare alarmată.

— Crezi că eşti mai mult mamă pentru fetiţa mea decât sunt eu?

— Nu! Niciodată...

— *Atunci de ce îi spui că eşti mama ei?*

— Nu-i spun!

Suma enormă pentru serviciile mele de bonă e pe cale să se ducă pe apa sâmbetei.

— Jur. *Millie.* Asta e tot ce-i spun. Sună ca „mama", atâta tot. Începe cu aceeaşi literă.

Amber trage adânc aer în piept, încercând să se calmeze. Apoi mai face un pas spre mine.

— Dă-mi copilul.

— Desigur...

Dar Olive nu se lasă aşa uşor. Când o vede pe maică-sa venind cu braţele întinse, mă prinde şi mai tare cu mânuţele pe după gât.

— Mama! suspină ea lipită de gâtul meu.

— Olive, murmur eu. Eu nu sunt mama ta. *Ea* este mama ta.

Care e pe cale să mă concedieze dacă nu-mi dai drumul.

— Este atât de nedrept! strigă Amber. Am alăptat-o peste o săptămână! Asta chiar nu contează deloc?

— Îmi pare foarte rău...

Într-un final, Amber mi-o smulge pe Olive din brațe, în timp ce fetița țipă ca din gură de șarpe.

— Mama! strigă ea și întinde spre mine mânuțele durdulii.

— Ea nu e mama ta! o apostrofează Amber. Eu sunt mama ta. Vrei să-mi vezi vergeturile? Femeia aia *nu* este maică-ta.

— Mama! strigă fetița.

— Millie, o corectez eu. *Millie.*

Dar ce mai contează? Nu mai e nevoie să știe cum mă cheamă. Fiindcă, după ziua de azi, n-o să mi se mai permită accesul în această casă. Sunt *în mod sigur* concediată.

DOI

Cât parcurg, pe jos, distanța dintre stația de tren și apartamentul meu cu două camere din South Bronx, îmi țin o mână încleștată pe geantă și cu cealaltă strâng bine sprayul paralizant din buzunar, chiar dacă e ziua în amiaza mare. În cartierul ăsta nu se poate spune că exagerezi cu prudența.

Astăzi mă consider norocoasă că am micul meu apartament în mijlocul unuia dintre cele mai periculoase cartiere din New York. Dacă nu capăt repede un alt job care să înlocuiască banii pe care i-am pierdut după ce Amber Degraw m-a dat afară (fără să se ofere să-mi dea o recomandare), nu pot spera decât să mă adăpostesc într-o cutie de carton, pe stradă, în fața clădirii dărăpănate din cărămidă unde locuiesc acum.

Dacă nu m-aș fi decis să merg la facultate, poate că aș fi avut deja niște bani puși deoparte. Dar proasta de mine a ales să demonstreze că poate mai mult.

În timp ce parcurg ultimul cvartal spre blocul în care locuiesc, însoțită de scârțâitul pantofilor pe asfalt, simt deodată că în spatele meu este cineva care mă urmărește. Desigur, în acest cartier sunt mereu în alertă. Dar uneori am momente când mi se pare că atrag asupra mea un gen greșit de atenție. De pildă, chiar acum, pe lângă furnicăturile din zona cefei, e clar că aud pași în spate. Pași care par să răsune tot mai puternic, pe măsură ce înaintez. Oricine ar fi acolo e limpede că se apropie de mine.

Însă nu mă întorc, ci doar îmi strâng mai tare pe corp paltonul negru și grăbesc pasul, trec pe lângă o Mazda neagră cu farul drept spart, pe lângă un hidrant roșu care pierde apă, inundând strada, apoi urc scările inegale de beton care duc spre ușa clădirii în care stau.

Am cheile deja pregătite. Spre deosebire de blocul elegant și dichisit din Upper West Side, unde se află apartamentul familiei Degraw, noi n-avem portar. Există un interfon și o cheie cu care poți deschide ușa. Când mi-a închiriat apartamentul, proprietăreasa, doamna Randall, mi-a ținut o întreagă teorie despre cum nu trebuie să las pe nimeni să intre odată cu mine. *În felul ăsta poți fi foarte ușor jefuită sau violată.*

Bag cheia în broască, ce pare să se înțepenească de fiecare dată, și aud iar pașii în spatele meu, tot mai tare. O clipă mai târziu, deasupra mea se întinde o umbră pe care nu mai pot s-o ignor. Ridic ochii și dau peste un bărbat la vreo douăzeci și cinci de ani, îmbrăcat într-un trenci negru și cu părul brunet, ușor umed. Mi se pare oarecum cunoscut – în special cicatricea de deasupra sprâncenei stângi.

— Locuiesc la etajul al doilea, îmi amintește el, văzându-mi ezitarea de pe față. La Doi-C.

— Oh, spun eu, deși tot nu mă încântă ideea de a-l lăsa înăuntru.

Bărbatul scoate din buzunar un breloc cu chei pe care mi le zornăie în față. Una dintre ele are aceleași caneluri ca a mea.

— Doi-C, repetă el. Chiar apartamentul de sub tine.

În cele din urmă cedez și mă dau la o parte ca să-l las pe bărbatul cu cicatrice să intre în clădire, gândindu-mă că ar fi putut foarte ușor să mă împingă din ușă, dacă ar fi vrut. O iau înainte, târându-mă pe scări cu gândul la cum mama naibii o să-mi plătesc chiria luna viitoare. Am nevoie de alt job – și asta cât mai repede. Am avut pentru o vreme un aranjament pentru o slujbă de barmaniță cu jumătate de normă, dar am renunțat ca proasta la el, pentru că supravegherea lui Olive era plătită mult mai bine și felul în care Amber mă anunța mereu în ultima clipă că are nevoie de mine făcea dificil jonglatul cu cel de-al doilea job. Iar pentru cineva ca mine nu e deloc ușor să capete de lucru. Nu cu trecutul meu.

— Ce vreme frumoasă e afară, spune bărbatul cu cicatrice deasupra sprâncenei stângi, urcând scara la un pas în urma mea.

— Îhî, răspund eu.

Ultimul lucru de care am chef acum este să vorbesc despre vreme.

— Am auzit c-o să ningă iar săptămâna viitoare, adaugă el.

— Oh?

— Da. Prognoza zice să ne așteptăm la un strat de doi-trei centimetri. O ultimă răbufnire înainte de venirea primăverii.

Nici măcar nu mă mai străduiesc să mimez interesul. Când ajungem la etajul al doilea, bărbatul îmi zâmbește.

— Să ai o zi bună.

— Și tu la fel, mormăi eu.

În timp ce pornește pe hol spre apartamentul lui, nu mă pot abține să nu mă gândesc la ce mi-a spus când l-am lăsat să intre. *Doi-C. Chiar apartamentul de sub tine.*

De unde știa că stau la Trei-C?

Mă strâmb și grăbesc pasul pe scări, spre apartamentul meu. Și de data asta am cheile pregătite și în secunda în care intru în casă trântesc ușa după mine, încui cu cheia și trag și zăvorul. Probabil că fac prea mare caz de comentariul lui, dar niciodată nu poți fi îndeajuns de prudent. Mai ales când locuiești în South Bronx.

Îmi ghiorțăie stomacul, însă tânjesc mai mult după un duș fierbinte decât după mâncare. Mă asigur că am toate storurile trase și abia apoi mă dezbrac și intru în cabina de duș. Știu, din experiență, că e o foarte mică diferență la robinet între poziția pentru apă clocotită și cea pentru apă rece ca gheața. Cât am locuit aici, am devenit expertă în ajustarea temperaturii. Cu toate astea, poate coborî sau crește cu douăzeci de grade într-o fracțiune de secundă, așa că nu mai pierd vremea. Nu trebuie decât să-mi spăl de pe mine mizeria zilei. După o zi petrecută în oraș, am mereu corpul acoperit de un strat de praf negru. Nici nu vreau să mă gândesc la cum îmi arată plămânii.

Nu-mi vine să cred că mi-am pierdut jobul. Amber se baza atât de mult pe mine, încât am crezut că sunt în siguranță până când Olive va merge la grădiniță, poate și după aceea. Aproape că începusem să mă simt confortabil, ca și când aș fi avut un serviciu stabil și un venit pe care să mă pot baza.

Acum trebuie să încep să-mi caut altceva. Poate multe alte joburi, ca să-l înlocuiesc pe cel pierdut. Iar pentru mine nu e la fel de ușor cum e pentru majoritatea. Nu prea pot să mă înscriu în aplicațiile cunoscute pentru posturi de bone, pentru că toate cer o verificare amănunțită. Și, imediat ce această verificare va fi făcută, toate posibilitățile mele de a-mi găsi ceva de lucru vor dispărea. Nimeni nu vrea să aibă în casă o persoană ca mine.

În momentul acesta am cam rămas fără recomandări. Fiindcă, pentru o vreme, joburile de menajeră pe care le-am avut n-au însemnat doar să fac curat. Obișnuiam să fac și alte servicii pentru cele câteva familii unde mă îngrijeam de curățenie. Dar nu mai fac asta. N-am mai făcut-o de ani întregi.

În fine, n-are niciun rost să trăiești în trecut. Cel puțin nu atunci când viitorul pare atât de sumbru.

Încetează să-ți mai plângi de milă, Millie. Ai fost în situații mai rele de-atât și până la urmă te-ai descurcat.

Temperatura apei de la duș scade brusc și țip fără să vreau. Întind mâna spre robinet și opresc apa. Am reușit să stau sub duș zece minute bune. Chiar mai bine decât m-am așteptat.

Îmi strâng bine pe mine halatul de baie plușat, fără să mă mai obosesc să-mi pun și papucii. Las urme mici de umezeală prin bucătăria care nu este decât o extensie a livingului. În superapartamentul soților Degraw, bucătăria, livingul și diningul erau spații separate. Dar în acest apartament toate s-au contopit într-o singură cameră multifuncțională care este, ironic, mai mică decât orice încăpere din apartamentul familiei Degraw. Chiar și baia lor este mai mare decât tot livingul meu.

Pun la fiert pe aragaz o cratiță cu apă. Nu știu ce să-mi pregătesc pentru cină, dar probabil o să fie ceva cu tăieței clocotind în apă fiartă, fie că e vorba de ramen, spaghete sau vreo varietate spiralată. Tocmai îmi cercetez opțiunile, când aud o bătaie în ușă.

Ezit și îmi strâng mai tare halatul în talie. Scot din dulap o cutie de spaghete.

— Millie! se aude o voce înfundată dindărătul ușii. Deschide, Millie!

Tresar. Oh, nu.

Apoi:

— Știu că ești acolo!

TREI

Nu-l pot ignora pe bărbatul care bate la ușă.

Traversez cei câțiva metri ai livingului lăsând pe podea urme umede de tălpi. Îmi apropii ochiul de vizor. În fața ușii stă un bărbat cu brațele încrucișate la piept, îmbrăcat într-un costum de om de afaceri, marca Brooks Brothers.

— Millie.

Vocea i s-a transformat într-un mârâit gros.

— Lasă-mă să intru. *Acum.*

Mă dau un pas înapoi. Preț de o clipă, mă apăs cu vârfurile degetelor pe tâmple. Dar n-am cum să mă fofilez – va trebui să-i dau drumul înăuntru. Așa că întind mâna, trag zăvorul, descui ușa și apoi o întredeschid cu prudență.

— Millie.

Împinge ușa și se strecoară în casă. Își înfige degetele în brațul meu.

— Ce mama dracului faci?

Umerii mi se prăbușesc.

— Îmi pare rău, Brock.

Brock Cunningham, cu care mă văd de șase luni, mă fulgeră cu privirea.

— Aveam planuri să luăm cina în seara asta. Nu ai venit. Și nici nu mi-ai răspuns la telefon sau la mesaje.

Are dreptate în toate privințele. Sunt cea mai nasoală iubită din câte pot exista. Azi, după cursuri, ar fi trebuit să mă întâlnesc cu Brock la un restaurant din Chelsea, dar după ce m-a concediat Amber abia dacă am reușit să mă concentrez la curs – și categoric n-aș fi avut chef de vreo cină în oraș –, așa că m-am dus direct acasă.

Însă știam că, dacă l-aș fi sunat pe Brock și i-aș fi spus că nu vreau să ne vedem, s-ar fi simțit dator să mă înduplece – și, ca avocat, poate fi extrem de convingător. Așa că mi-am propus să-i dau un mesaj ca să anulez, dar am tot amânat și am fost atât de preocupată să-mi plâng de milă, încât am uitat complet.

Așa cum am zis, cea mai nasoală iubită din lume.

— Îmi pare rău, îi spun din nou.

— Am fost *îngrijorat* pentru tine. Am crezut că ți s-a întâmplat ceva îngrozitor.

— De ce?

Chiar în dreptul ferestrei mele pornește o sirenă asurzitoare, iar Brock îmi aruncă o privire intrigată, de parcă aș fi pus o întrebare foarte stupidă. Simt un ghimpe de vină. Probabil că avea o grămadă de lucruri de făcut în seara asta, iar eu nu doar că l-am făcut să mă aștepte la restaurant ca un idiot, ci acum și-a irosit și restul serii venind până aici, în South Bronx, ca să se asigure că sunt bine.

În cele din urmă, decid că îi datorez o explicație.

— Amber Degraw m-a concediat. Așa că, pe scurt, am dat-o în bară.

— Serios?

Brock ridică sprâncenele. Are cele mai frumoase sprâncene pe care le-am văzut eu vreodată la un bărbat și sunt convinsă că trebuie să și le fi aranjat la un salon, chiar dacă el n-ar recunoaște vreodată așa ceva.

— De ce te-a concediat? Parcă ziceai că nu se poate descurca fără tine. Ziceai că, practic, tu îi creşti copilul.

— Exact. Copiliţa aia mă tot striga „mama” şi Amber şi-a ieşit din fire.

Brock se holbează la mine preţ de o clipă şi apoi, pe neaşteptate, izbucneşte în râs. La început mă simt ofensată, fiindcă eu tocmai mi-am pierdut jobul. Nu pricepe cât de naşpa e chestia asta?

Însă o clipă după aceea mă trezesc că mă alătur şi eu. Dau capul pe spate şi râd de cât de ridicolă a fost toată situaţia. Mi-o amintesc pe Olive întinzând mânuţele spre mine şi suspinând „mama”, în timp ce Amber se înfuria din ce în ce mai tare. Până la urmă, ajunsesem să mă tem ca nu cumva lui Amber să-i plesnească vreun vas de sânge în cap.

După un minut, şi eu, şi Brock ne ştergem lacrimile de atâta râs. Mă ia în braţe şi mă trage spre el, fără urmă de furie că i-am tras clapa. Brock nu se enervează uşor. Cei mai mulţi oameni ar considera asta o calitate, deşi sunt momente când mi-aş dori să-l văd arătând mai multă pasiune.

În general totuşi, suntem într-un moment foarte bun al relaţiei noastre. Am împlinit şase luni împreună. Există oare într-o relaţie o perioadă mai bună decât cea de la împlinirea a şase luni? Chiar nu ştiu, pentru că n-am mai atins decât o singură dată borna asta. Se pare însă că şase luni reprezintă momentul perfect în care ai depăşit stânjeneala de la început, dar continui să îi arăţi celuilalt partea ta cea mai bună.

De exemplu, Brock este un avocat foarte arătos de treizeci şi doi de ani, care se trage dintr-o familie bună. Pare aproape perfect. Sunt sigură că are şi el obiceiuri proaste, dar eu nu le-am aflat încă. Poate se scobeşte cu degetul în ureche şi se şterge de ceară pe blatul de la bucătărie sau pe canapea. Sau poate că *mănâncă* ceara aia. Zic și eu, există o grămadă de obiceiuri proaste pe care le-ar putea avea și de care să nu știu nimic, unele dintre ele fără să implice deloc ceara de urechi.

Mă rog, are totuși *o* imperfecțiune. În ciuda faptului că este un bărbat tânăr și robust, cu chipul plesnind de sănătate, are o boală de inimă apărută în copilărie. Însă nu pare să-l afecteze deloc. Ia câte o pastilă în fiecare zi și asta pare să fie singura consecință. Totuși, pilula aia este îndeajuns de importantă încât să țină un flacon de rezervă în dulăpiorul meu cu medicamente. Iar această afecțiune și nesiguranța speranței de viață îl fac un pic mai nerăbdător să se așeze la casa lui decât pe ceilalți tipi.

— Lasă-mă să te scot la cină, spune Brock. Vreau să te înveselesc.

Clatin din cap.

— Nu-mi doresc decât să stau acasă și să-mi plâng de milă. Și apoi să caut online niște joburi.

— Acum? Ți-ai pierdut slujba acum câteva ceasuri. Nu poți aștepta până mâine?

Ridic privirea spre el.

— Unii dintre noi au nevoie de bani ca să-și plătească chiria.

Dă încet din cap.

— OK, dar dacă n-ar trebui să-ți faci griji pentru chirie?

Mă încearcă un sentiment ciudat în legătură cu ce va urma.

— Brock...

— Haide, Millie, de ce nu vrei să te muți cu mine? se încruntă el. Am un apartament cu trei camere și cu vedere la Central Park, într-o clădire în care nu-ți ia nimeni gâtul noaptea. Și, oricum, vii mereu pe la mine...

Nu e prima oară când îmi sugerează să mă mut cu el şi nu pot spune că nu are argumente convingătoare. Dacă m-aş muta cu Brock, aş trăi în puf şi chestia asta nu m-ar costa o centimă. Nu m-ar lăsa să contribui nici măcar dacă aş vrea. Aş putea să mă concentrez la obţinerea diplomei de studii, apoi să devin asistentă socială şi să fac lucruri bune pentru lumea asta. Parcă nici n-ar trebui să-mi folosesc în vreun fel mintea.

Însă, de fiecare dată când mă gândesc să accept, o voce din străfundul minţii mele urlă: *Nu face asta!*

Vocea din mintea mea este la fel de convingătoare ca vocea lui Brock. Există o mulţime de motive în favoarea mutării la el. Dar există şi un motiv la fel de bun ca să n-o fac. Habar n-are cine sunt de fapt. Chiar dacă şi-ar mânca pe bune ceara din urechi, secretele mele tot ar fi mult rele decât ăsta.

Aşa că iată-mă acum, în cea mai normală şi sănătoasă relaţie a vieţii mele de adult, pe punctul, pare-se, de a strica totul. Dar sunt prinsă într-un soi de capcană. Dacă îi spun adevărul despre trecutul meu, s-ar putea să mă părăsească şi nu vreau asta. Dar şi dacă nu-i spun...

Într-un fel sau altul, va afla totul până la urmă. Doar că nu sunt gata încă pentru etapa asta.

— Îmi pare rău, îi spun. Aşa cum am zis, acum am nevoie de un spaţiu al meu.

Brock deschide gura ca să protesteze, apoi se răzgândeşte. Mă cunoaşte destul de bine ca să ştie cât sunt de încăpăţânată. Vedeţi? Deja a aflat câte ceva despre defectele mele.

— Măcar spune-mi că o să te mai gândeşti.

— O să mă mai gândesc, îl mint eu.

PATRU

Am avut al zecelea interviu pentru un job în ultimele trei săptămâni și încep să mă neliniștesc serios.

Nu mai am bani în cont nici măcar să-mi acopăr chiria pentru o lună. Știu că ar trebui să ai mereu o rezervă măcar cât chiria pentru șase luni, dar asta funcționează mai bine în teorie decât în practică. Mi-ar plăcea nespus să am rezerva asta. Să dea dracu', mi-ar plăcea să am măcar o rezervă de *două* luni. În schimb, mie mi-au mai rămas un pic sub două sute de dolari.

Nu știu cu ce am greșit în celelalte nouă interviuri pentru joburi de menajeră sau bonă. Una dintre femei mi-a dat asigurări clare că intenționează să mă angajeze, dar a trecut o săptămână și n-am primit nici cel mai mic semn de viață de la ea. Nici de la celelalte. Presupun că a făcut niște verificări în privința mea și aici s-a închis totul.

Dacă aș fi oricine altcineva, n-ar trebui decât să mă angajez într-o firmă care oferă servicii de curățenie și aș fi scutită de tot procesul ăsta. Dar nu mă va angaja niciuna. Am încercat. Verificarea trecutului meu face imposibilă angajarea – nimeni nu vrea să primească în casă o persoană cu cazier. De aceea postez anunțuri online și sper să-mi iasă.

Nu nădăjduiesc prea multe nici de la interviul de azi. Mă întâlnesc cu un bărbat pe nume Douglas Garrick, care locuieşte într-o clădire din Upper West Side, la vest de Central Park. Este una dintre clădirile acelea cu aspect gotic şi turnuleţe înălţându-se spre cer. Îţi lasă vag impresia că ar trebui să fie înconjurată de un şanţ cu apă şi păzită de un dragon, şi nu să poţi intra înăuntru direct din stradă.

Îmi deschide uşa un portar cu părul alb, care mă salută scurt cu o mână spre chipiul negru. Îi zâmbesc şi simt iar furnicăturile acelea în ceafă. Ca şi când m-ar urmări cineva.

Din seara aceea, în care am venit acasă după ce am fost concediată, am mai avut de câteva ori aceeaşi impresie, care poate avea sens la mine în cartier, în South Bronx, unde probabil că sunt tâlhari la fiecare colţ, abia aşteptând să te atace dacă li se pare că ai avea ceva bani la tine, dar nu şi aici. Nu într-unul dintre cele mai de fiţe cartiere din Manhattan.

Înainte de a intra în bloc, arunc o privire în jur. Sunt zeci de oameni forfotind pe stradă, însă nimeni nu-mi dă vreo atenţie. Pe străzile din Manhattan mişună o grămadă de oameni unici şi interesanţi, iar eu nu sunt unul dintre ei. Nu există niciun motiv pentru care cineva s-ar holba la mine.

Apoi zăresc maşina.

Este un sedan Mazda, negru. Probabil că în oraş sunt mii de maşini ca asta, dar când o văd am senzaţia aia ciudată de déja-vù. Îmi ia o secundă ca să-mi dau seama de ce. Maşina are farul din dreapta spart. Sunt sigură că am văzut o Mazda neagră, cu farul spart, parcată lângă blocul meu din South Bronx.

Nu-i aşa?

Încerc să zăresc ceva prin parbriz. Nu este nimeni înăuntru. Cobor privirea spre plăcuţa de înmatriculare. Este din New York – nimic interesant aici. Stau o clipă ca să memorez numărul: 58F321. Nu-mi spune nimic, dar dacă o să-l mai văd o dată, o să mi-l amintesc.

— Domnişoară? mă interpelează portarul, smulgându-mă din transă. Intraţi sau nu?

— Oh.

Tuşesc cu mâna la gură.

— Da. Da, scuzaţi-mă.

Intru în holul clădirii. În loc de plafoniere, lumina din hol vine din candelabre şi lămpi fixate pe zidurile laterale, menite să semene cu nişte torţe. Tavanul jos se arcuieşte ca într-un dom, ceea ce îmi dă uşor impresia că am intrat într-un tunel. Pereţii sunt împodobiţi cu opere de artă, probabil nepreţuite.

— La cine aţi venit, domnişoară? mă întreabă portarul.

— La familia Garrick. Douăzeci-A.

— Ah, îmi face el cu ochiul. Penthouse-ul.

Oh, minunat – încă o familie cu penthouse. De ce mă mai chinui?

Portarul sună ca să confirme întâlnirea şi apoi mă conduce spre lift, unde introduce o cheie specială, ca să pot ajunge la penthouse. După ce uşile liftului se închid, îmi verific repede ţinuta. Îmi netezesc părul blond pe care l-am strâns într-un coc simplu. Port cea mai bună pereche de pantaloni negri pe care o am şi o vestă tricotată. Dau să-mi ridic sânii, dar observ că este o cameră în lift şi parcă n-aş vrea să fac spectacol pentru portar.

Uşile liftului se deschid direct în foaierul reşedinţei Garrick. Ies din lift şi, când trag adânc aer în piept, aproape că pot *mirosi* bogăţia în aer. Este un soi de combinaţie între parfumuri scumpe şi bancnote foşnitoare de o sută de dolari. Rămân preţ de o clipă în foaier, fiindcă nu-mi dau seama dacă ar trebui să intru fără să fiu invitată formal, aşa că prefer să-mi îndrept atenţia spre un podium alb pe care este expusă o statuie cenuşie – de fapt, o piatră verticală, mare şi netedă, dintre cele pe care le poţi găsi în orice parc din oraş. În ciuda acestui lucru, probabil că asta valorează mai mult decât toate bunurile pe care le-am deţinut eu vreodată.

— Millie?

Îi aud vocea înainte să-l văd apărând în foaier.

— Millie Calloway?

Domnul Garrick este cel care m-a chemat la interviu. Este neobişnuit să fii sunată de soţ, nu de soţie. Aproape sută la sută dintre angajatorii mei de dinainte pentru joburile de menajeră au fost femei. Dar domnul Garrick pare nerăbdător să mă întâmpine. Intră grăbit în foaier, cu un zâmbet pe buze şi cu mâna deja întinsă.

— Domnul Garrick? întreb eu.

— Te rog, spune el strecurându-şi mâna puternică într-a mea, spune-mi Douglas.

Douglas Garrick arată exact ca un bărbat care ar locui într-un penthouse din Upper West Side. Are puţin peste patruzeci de ani şi este arătos în felul acela clasic şi cizelat. Poartă un costum care pare extrem de scump şi părul lui negru e lucios, bine tuns şi aranjat de o mână pricepută. Mă priveşte exact cât trebuie cu nişte ochi ageri, de un căprui intens.

— Mă bucur să te cunosc... Douglas, spun eu.

— Îţi mulţumesc că ai venit.

Douglas Garrick îmi aruncă un zâmbet recunoscător şi mă conduce în livingul extrem de luxos.

— În mod normal, soţia mea, Wendy, are grijă de casă – se mândreşte foarte mult cu faptul că face totul singură –, dar în ultima vreme nu prea s-a mai simţit bine, aşa că am insistat să ne luăm un ajutor.

Ultima propoziție mă surprinde prin bizareria ei. În general, femeile care locuiesc în penthouse-uri uriașe, ca acesta, nu „încearcă să facă totul" ele însele. De obicei, femeile de genul ăsta au menajere pentru menajerele lor.

— Desigur, spun eu. Ai menționat ceva despre menaj și gătit...?

Dă aprobator din cap.

— Întreținerea generală a locuinței, de exemplu șters praful, curățenie și spălatul rufelor, desigur. Și gătit în câteva seri pe săptămână. Crezi că ar fi o problemă?

— Absolut deloc.

Sunt gata să accept aproape orice.

— Am făcut mulți ani curățenie prin case și apartamente. Îmi aduc singură tot ce e necesar și...

— Nu, n-o să fie nevoie de asta, mă întrerupe Douglas. Soția mea... Wendy are preferințe foarte clare în privința materialelor pentru curățenie. Vezi tu, este foarte sensibilă la mirosuri. Îi declanșează simptomele. Trebuie să folosești produsele noastre speciale, altminteri...

— Desigur, îi răspund. Cum vreți voi.

— Minunat.

Văd cum i se relaxează umerii.

— Și am avea nevoie să începi imediat.

— Nicio problemă.

— Bun, bun.

Douglas îmi zâmbește cu aerul că își cere scuze.

— Pentru că, așa cum poți vedea, e cam dezastru pe aici.

Pășesc în living uitându-mă de jur împrejur. În aceeași notă cu restul clădirii, și acest penthouse mă face să mă simt de parcă aș fi călătorit în trecut. În afară de canapelele superbe din piele, cea mai mare parte a mobilierului arată ca și când ar fi fost făcut cu sute de ani în urmă şi încremenit în timp, pentru a fi special transportat în acest living. Dacă aş şti mai multe despre designul interior, probabil aş fi în stare să spun exact dacă măsuţa aceea de cafea a fost sculptată manual la începutul secolului douăzeci sau dacă biblioteca aceea cu uşi de sticlă provine din, habar n-am, perioada Renaşterii neoclasice franceze sau ceva de genul ăsta. Tot ce pot spune cu siguranţă este că fiecare obiect de aici costă o mică avere.

Şi încă un lucru pe care-l ştiu este că în apartament nu-i deloc dezastru. Este opusul unui dezastru. Dacă ar trebui să mă apuc de curăţenie, nici n-aş şti exact ce am de făcut. Aş avea nevoie de un microscop ca să depistez un fir de praf.

— Sunt gata să încep oricând doriţi, spun cu prudenţă.

— Fantastic, dă din cap Douglas, aprobator. Mă bucur foarte tare să aud. De ce nu iei loc, ca să mai stăm un pic de vorbă?

Mă aşez alături de Douglas pe canapeaua modulară, scufundându-mă în pielea moale. Oh, Doamne, e cea mai grozavă atingere pe care am simţit-o vreodată pe piele. Aş putea să-l părăsesc pe Brock şi să mă mărit cu canapeaua asta, şi toate nevoile mele să fie îndeplinite fără probleme.

Douglas mă priveşte cu atenţie, cu ochii aceia scrutători, pe sub sprâncenele groase, brunete.

— Deci spune-mi câte ceva despre tine, Millie.

Apreciez din start faptul că în voce nu i se simte nici urmă de flirt. Ochii rămân respectuos aţintiţi în ochii mei şi nu coboară spre sâni sau spre picioare. M-am combinat cu angajatorul meu o singură dată până acum şi niciodată, dar niciodată n-aş mai apuca-o pe drumul *acela*. Mai degrabă mi-aş scoate toţi dinţii cu cleştele, unul câte unul.

— Păi, îmi dreg eu vocea, acum sunt studentă la o facultate de stat. Plănuiesc să ajung asistentă socială, dar între timp am nevoie de bani ca să-mi plătesc şcoala.

— Ăsta-i un lucru de admirat.

Îmi zâmbeşte, arătând un şir de dinţi albi şi drepţi.

— Ai experienţă la gătit?

Dau din cap.

— Am gătit pentru multe familii pentru care am lucrat. Nu sunt profesionistă, dar am urmat câteva cursuri. De asemenea...

Mă uit în jur, dar nu văd nici urmă de jucării sau alte semne că ar locui şi un copil aici.

— Pot să am grijă şi de copii...?

Douglas tresare.

— De asta n-o să fie nevoie.

Mă crispez, blestemându-mi gura asta mare. El nu pomenise deloc de treaba cu îngrijirea copiilor. Probabil că i-am amintit de unele probleme îngrozitoare de infertilitate.

— Îmi pare rău, îi spun.

Ridică din umeri.

— Nicio problemă. Ce zici de un tur al casei?

Penthouse-ul familiei Garrick face de ruşine superapartamentul lui Amber. Acest penthouse este o cu totul altă *specie* de locuinţă. Livingul are dimensiunile unui bazin olimpic. În colţ este un bar cu şase scaune vintage ordonate de jur împrejur. În ciuda temei clasice din living, bucătăria conţine cele mai moderne echipamente, incluzând, sunt sigură, cel mai bun aparat de deshidratare de pe piaţă.

— Aici ar trebui să găseşti cam tot ce-ţi trebuie, îmi spune Douglas cu o fluturare de braţ în direcţia bucătăriei absolut enorme.

— Arată perfect, îi răspund încrucișându-mi degetele la spate în speranța de a găsi în cuptor un manual de utilizare cu explicații despre ce face fiecare dintre cele douăzeci și patru de butoane de pe ecran.

— Excelent. Acum hai să-ți arăt și etajul.

Etajul?

Apartamentele din Manhattan *nu* au două etaje. Dar se pare că acesta are. Douglas îmi face un tur, conducându-mă prin cel puțin șase dormitoare. Cel matrimonial este atât de mare, încât am nevoie de binoclu ca să văd patul uriaș din celălalt capăt. Mai este o cameră ocupată în întregime cu cărți, amintindu-mi vag de o scenă din *Frumoasa și Bestia*, când Belle este dusă în camera cu cărți. O altă încăpere are un perete plin cu perne. Presupun că asta e camera cu perne.

După ce îmi arată o încăpere ce conține un soi de șemineu artificial și una în care tot peretele este o fereastră enormă spre priveliștea uluitoare a New Yorkului, ajungem la ultima ușă. Ezită cu pumnul strâns, gata să bată la ușă.

— Acesta este dormitorul de oaspeți, îmi spune el. Wendy a venit aici ca să se refacă. Probabil că ar trebui s-o las să se odihnească.

— Îmi pare rău că soția ta e bolnavă.

— A fost bolnavă în cea mai mare parte a căsniciei noastre, îmi explică el. Suferă de o... boală cronică. Are zile bune și zile proaste. Uneori este ea însăși, apoi vin zile când abia dacă se poate da jos din pat. Și mai sunt și celelalte zile...

— Ce e cu ele?

— Nimic.

Îmi zâmbește trist.

— În orice caz, dacă ușa este închisă, las-o în pace. Are nevoie să se odihnească.

— Înţeleg perfect.

Douglas se mai uită o clipă spre uşă, cu o expresie tulburată pe chip. Atinge lemnul cu vârful degetelor, apoi clatină din cap.

— Deci, Millie, spune el, când ai putea să începi?

CINCI

În 1964, în New York a fost ucisă o femeie pe nume Kitty Genovese.

Kitty avea douăzeci şi opt de ani şi era barmaniţă. A fost violată şi înjunghiată, pe la trei dimineaţa, cam la treizeci de metri de apartamentul ei din Queens. A strigat după ajutor și, cu toate că ţipetele ei au fost auzite de câţiva vecini, nimeni nu i-a sărit în ajutor. Atacatorul ei, Winston Moseley, a părăsit-o pentru scurt timp, dar s-a întors după zece minute şi a mai înjunghiat-o de câteva ori, apoi i-a furat cincizeci de dolari. Kitty a murit din cauza rănilor provocate de cuţit.

— Kitty Genovese a fost atacată, violată și ucisă în faţa a treizeci şi opt de martori, declamă profesorul Kindred în amfiteatru. Treizeci şi opt de oameni au văzut atacul și nici măcar unul dintre aceștia nu i-a venit în ajutor şi nici nu a chemat poliţia.

Profesorul nostru, un bărbat cam la șaizeci de ani, cu părul parcă mereu lipit de cap, ne priveşte pe fiecare în parte cu ochi acuzatori, de parcă noi am fi fost cei treizeci şi opt care au lăsat-o pe femeia aia să moară.

— Ăsta, spune el, se numește „efectul spectatorului". Este un fenomen de psihologie socială în care indivizii sunt mai puţin dispuşi să ajute atunci când sunt prezente şi alte persoane.

Studenţii din sală îşi iau notiţe în carnete sau tastează pe laptopuri. Eu nu fac decât să mă uit ţintă la profesor.

— Gândiţi-vă la asta, spune el. Aproape patruzeci de oameni au permis ca o femeie să fie violată şi ucisă, doar s-au uitat fără să facă nimic. Acest lucru demonstrează perfect difuzia responsabilităţii într-un grup.

Mă foiesc în scaun, imaginându-mi ce-aş fi făcut eu în situaţia respectivă – dacă m-aş fi uitat pe geam şi aş fi văzut un bărbat atacând o femeie. În niciun caz n-aş fi stat liniştită la locul meu, fără să fac nimic, ce mama dracului. Aş fi sărit pe fereastră, dacă ar fi trebuit.

Ba nu. N-aş fi făcut-o. Am învăţat să mă controlez mai bine de-atât. Dar aş fi sunat la 112. Aş fi ieşit afară şi aş fi luat şi un cuţit cu mine. N-aş fi făcut nimic cu el, dar poate că ar fi fost suficient ca să-l sperii pe atacator şi acesta să fugă.

Ies din aulă tulburată încă de gândul la biata fată ucisă cu mai mult de o jumătate de secol în urmă. Când ajung în stradă, aproape că trec pe lângă Brock fără să-l văd. Trebuie să vină după mine şi să mă prindă de braţ.

Desigur. Ne-am făcut planuri pentru cină.

— Hei.

Îmi zâmbeşte cu cei mai albi dinţi pe care i-am văzut vreodată. Nu l-am întrebat, dar probabil că i-a albit la dentist, nu se poate altfel. Dinţii nu pot fi atât de albi de la natură – este neomenesc.

— În seara asta sărbătorim, nu? Noul tău job.

— Da, corect.

Reușesc să-i zâmbesc vag.

— Îmi pare rău.

— Eşti bine?

— Da, doar că... sunt zguduită de prelegerea de azi. Am vorbit despre o femeie de prin anii 1960, violată în fața a treizeci și opt de martori care n-au făcut absolut nimic. Cum se poate întâmpla una ca asta?

— Kitty Genovese, nu? plesnește Brock din degete. Îmi amintesc de caz de la cursurile mele de psihologie socială.

— Exact. Și este îngrozitor.

— Dar se vehiculează și o grămadă de rahaturi în chestia asta.

Mă ia de mână. Are palma caldă.

— Povestea a fost mediatizată de *New York Times*, cu accent pe senzațional. Au existat mai puțini martori decât numărul avansat de *Times*. Și, bazându-ne pe poziționarea apartamentelor, cei mai mulți dintre ei n-au putut vedea ceea ce se petrecea de fapt și au crezut că este doar o gâlceavă între iubiți. Iar mulți dintre ei chiar *au sunat* la poliție. Ba, dacă îmi amintesc bine, fata chiar era alinată de unul dintre vecini când a sosit ambulanța.

— Oh.

Mă simt un pic depășită de felul în care Brock știe mai multe decât mine despre un subiect. Lucru care se întâmplă de multe ori, la drept vorbind. Din câte îmi dau seama, tipul ăsta are cunoștințe despre absolut orice. Este unul dintre multele lucruri care îl fac perfect.

— Nu este o poveste chiar atât de senzațională, nu-i așa?

Brock îmi eliberează mâna și mă ia pe după umeri. Prind într-o vitrină o frântură din reflexia noastră și nu mă pot abține să nu-mi spun că arătăm bine ca pereche. Părem genul de cuplu care ar avea cinci sute de invitați la nuntă, apoi și-ar lua în suburbii o casă cu gard de scânduri albe și s-ar porni s-o umple cu copii.

— În orice caz, n-ar trebui să te simți prost pentru un lucru care s-a petrecut cu decenii în urmă. Tu ești... ești pur și simplu cam prea drăguță, știi?

Am avut dintotdeauna imboldul ăsta de-a ajuta oamenii aflaţi în impas. Din păcate, asta mi-a creat *mie* uneori probleme. Măcar dacă aş fi pe cât de drăguţă mă crede Brock – el n-are nicio idee despre cum sunt de fapt.

— Îmi pare rău, nu mă pot abţine.

— Cred că ăsta-i motivul pentru care vrei să te faci asistentă socială, îmi face el cu ochiul. Doar dacă nu te pot convinge să alegi o meserie mai bănoasă.

Ultimul meu iubit a fost cel care m-a convins să urmez calea pentru o carieră în asistenţa socială – în felul ăsta pot ajuta oamenii respectând rigorile legii. *Tu trebuie să ajuţi pe toată lumea, Millie. Asta iubesc eu la tine.* El chiar m-a înţeles. Din păcate, nu mai este prin preajmă.

— În fine, spune Brock strângându-mă de umeri. Hai să nu ne mai gândim la femei ucise în anii 1960. Spune-mi despre noul tău job.

Îi ofer toate detaliile despre impresionantul penthouse al familiei Garrick. Când îi povestesc despre priveliște, localizare și al doilea nivel, Brock fluieră uşor.

— Apartamentul ăla trebuie să fi costat o avere, spune el când coborâm de pe trotuar pe stradă, evitând la mustaţă să fim doborâţi de o bicicletă.

Din câte îmi dau seama, în oraşul ăsta nu se dă absolut nicio atenţie semafoarelor sau pietonilor.

— Fac prinsoare că au plătit douăzeci de milioane. Cel puţin.

— Uau. Aşa crezi?

— Clar. Ar face bine să-ţi ofere un salariu generos.

— Îmi oferă.

Când am discutat cu Douglas despre tariful meu orar, aproape că am văzut semnul dolarului sărindu-mi din ochi.

— Cum ziceai că-l cheamă pe tip?

— Douglas Garrick.

— Hei, ăsta e CEO la Coinstock.

Brock pocneşte din degete.

— L-am întâlnit o dată, când a angajat firma la care lucrez ca să-l ajute cu un brevet. Chiar că e un tip mişto.

— Pare. Pare mişto.

Mi se păruse un tip de treabă. Dar nu mă pot opri să nu mă gândesc la uşa închisă de la etajul al doilea. La soţia care n-a venit nici măcar să mă cunoască. Oricât de încântată aş fi de job, ceva mă face să nu mă simt în largul meu.

— Şi ştii ceva?

Brock mă trage pe trecerea de pietoni – lumina verde pâlpâie şi e aproape să se facă roşu, dar reuşim să traversăm chiar la timp.

— Clădirea este cam la cinci cvartale de blocul meu.

Apropo, apropo.

Ştiam despre cât de aproape se află penthouse-ul de apartamentul lui Brock, desigur că ştiam. Mă foiesc iar, fiindcă mă simt la fel de inconfortabil cum m-am simţit şi în aulă, la curs. Brock a devenit un câine cu un os. Vrea să mă mut cu el şi n-o să renunţe uşor la asta. Doar că nu pot să mă desprind de senzaţia aceea că, dacă m-ar cunoaşte cu adevărat, nu şi-ar mai dori asta. Îmi place mult să fiu cu Brock şi nu vreau să stric ce avem împreună.

— Brock...

— OK, OK, îşi dă el ochii peste cap. Uite, nu vreau să te presez. Dacă nu eşti gata să te muţi cu mine, e în regulă. Dar ca să ştii şi tu, cred că noi doi facem echipă bună. Şi oricum îţi petreci jumătate din nopţi la mine, nu-i aşa?

— Îhî, spun eu în cel mai puţin entuziast şi implicat mod posibil.

— Deci...

Sclipeşte spre mine dinţii ăia albi ca perlele.

— Părinţilor mei le-ar plăcea să te cunoască.

OK, acum chiar că o să vărs. Chiar dacă mă bate la cap să mă mut cu el, tot nu mi-a trecut prin minte că s-ar putea să le fi povestit părinţilor lui despre mine. Dar bineînţeles că a făcut-o. probabil că-i sună o dată pe săptămână, duminică la ora opt seara, şi îi pune la curent cu toate detaliile importante ale vieţii lui perfecte.

— Oh, spun eu, lipsită de vlagă.

— Şi mie mi-ar plăcea să-i cunosc pe ai tăi, adaugă el cu entuziasm.

Poate că ăsta e un moment perfect să-i spun că m-am cam îndepărtat de părinţii mei. Dar cuvintele nu-mi vin pe limbă.

Este atât de dificil. Ultimul tip cu care am fost într-o relaţie a ştiut totul despre mine, încă de la început, aşa că n-a trebuit să-mi dezvălui trecutul complicat – nu a existat deloc momentul acela îngrozitor în care să trebuiască să dau totul în vileag. Şi, după cum am spus, Brock este atât de... perfect. Singurul lucru imperfect în privinţa lui sunt micile detalii nesemnificative, de exemplu că odată a lăsat scaunul de la toaletă ridicat, la mine acasă. Şi chiar şi asta s-a întâmplat o singură dată.

Problema cu Brock este că el e pregătit să se aşeze la casa lui. Deşi suntem de aceeaşi vârstă, deocamdată eu nu sunt gata. Iar el nu vrea să aştepte. Are un job la o celebră firmă de avocatură şi câştigă mai mult decât suficient pentru a întreţine o familie. Chiar dacă ultimul cardiolog care l-a consultat i-a dat undă verde în privinţa sănătăţii, îşi face griji că n-o să trăiască atât cât e durata de viaţă obişnuită a unui bărbat caucazian din această parte a lumii. Vrea să se căsătorească și să aibă copii cât încă se poate bucura de lucrurile astea.

Pe de altă parte, mie mi se pare că sunt încă într-un proces de maturizare. Merg încă la școală, la urma urmelor. Nu sunt pregătită să mă mărit. Eu pur și simplu... nu pot.

— Este în regulă.

Se oprește preț de o clipă ca să mă privească – un bărbat care mergea în spatele nostru aproape că se proptește în noi și înjură, în timp ce-și continuă drumul.

— Nu vreau să te grăbesc. Dar trebuie să știi că sunt nebun după tine, Millie.

— Și eu sunt nebună după tine, îi spun.

Îmi ia mâinile amândouă în ale lui și mă privește în ochi.

— De fapt, cred că te cam iubesc.

Inima mi-o ia la goană. Mi-a mai spus și înainte că e nebun după mine, dar nu mi-a mai spus că mă iubește. Chiar și cu acel „cam” care a temperat declarația.

Deschid gura fără să știu exact ce-o să spun. Dar înainte să pot scoate vreun cuvânt, simt iar furnicăturile acelea în ceafă.

De ce mi se pare că mă privește cineva? Îmi pierd oare mințile?

— Ei, spun în cele din urmă, asta e chiar drăguț.

Nu sunt pregătită să-i fac și eu aceeași declarație. Nu pot merge mai departe în relația noastră când există atâtea lucruri pe care Brock încă nu le știe despre mine. Din fericire, nu mă presează în niciun fel.

— Haide, spune el. Hai să mergem să luăm niște sushi.

La un moment dat, probabil că va trebui să-i spun și că nu-mi place sushi.

ȘASE

Este prima mea zi de lucru la familia Garrick.

Douglas i-a spus deja portarului să-mi dea voie să intru şi mi-a lăsat şi o copie a cheii, ca s-o introduc în locaşul ei din lift. Acesta geme şi scârţâie cât timp parcurge toate cele douăzeci de etaje. Mă rog, nouăsprezece etaje. Chiar dacă apartamentul are numărul Douăzeci-A, clădirii îi lipseşte etajul al treisprezecelea. Aici nu există ghinioane.

Când ajung la destinaţie, angrenajele liftului se opresc zgomotos, cu un scrâşnet. Încă o dată, uşile se deschid spre impresionanta reşedinţă Garrick. În ciuda faptului că Douglas susţine că au nevoie de serviciile mele de câteva ori pe săptămână, apartamentul, în sine, nu pare să aibă nevoie. S-a aşternut un pic de praf, aşa cum se întâmplă în orice apartament din oraş, dar în afară de asta, este relativ curat.

— Alo? strig eu. Douglas?

Niciun răspuns. Încerc iar:

— Doamnă Garrick?

Mă aventurez spre livingul care mă face încă o dată să mă simt ca şi când m-aş plimba printr-o casă de acum un secol sau două. N-o să-mi pot permite niciodată vreo piesă din mobilierul acesta vechi, chiar dacă aş economisi o viaţă întreagă. Cea mai mare parte a mobilierului meu provine de pe trotuarul din faţa blocului.

Mă îndrept spre poliţa plasată deasupra unui şemineu fals, decorată cu cinci-şase fotografii. Fiecare dintre ele îl înfăţişează pe Douglas Garrick alături de o femeie slabă ca un băţ, cu păr lung şi arămiu. Una dintre ele este făcută pe pârtia de schi, o alta în ţinută formală, alta în faţa unui soi de peşteră. Cercetez chipul femeii, probabil Wendy Garrick. Mă întreb dacă în curând o voi cunoaşte sau dacă va sta încuiată în camera aia ori de câte ori voi fi eu aici. N-am nicio problemă cu asta – am lucrat pentru o mulţime de clienţi care nu mă priveau nici măcar o dată cât timp eram acolo, să fac curat după ei.

O bufnitură puternică venită de la etaj mă face să sar cât colo. Nu vreau să creadă cineva că-mi bag nasul unde nu mă priveşte, fiindcă asta n-ar fi în niciun caz un început bun cu Wendy Garrick.

Mă îndepărtez de poliţă, cu ochii la piciorul scărilor. Nu e nimeni pe trepte şi nici nu aud zgomot de paşi. Nu pare să vină cineva.

Mă hotărăsc să pun rufele la spălat. Douglas mi-a arătat coşul de răchită din dormitorul matrimonial, unde îşi ţin rufele murdare. Odată ce maşina de spălat o să-şi facă treaba, pot să încep şi eu să mă ocup de altele.

Mă îndrept spre scara de lemn lustruit, care duce spre uriaşul dormitor matrimonial. Localizez în dressing coşul mare de răchită pe care Douglas mi l-a arătat zilele trecute. Dar, când deschid capacul, rămân uluită.

Cât timp am lucrat prin diferite case, am văzut prin coşurile de rufe o grămadă de lucruri trăsnite. Am văzut rufe care nu ajungeau în coş, ci rămâneau împrăştiate în cerc, de jur împrejurul acestuia. Am văzut toate tipurile de pete, de la ciocolată la ulei şi vreo câteva de care sunt aproape sigură că erau de sânge. Dar n-am văzut niciodată aşa ceva.

Toate rufele murdare sunt *împăturite*.

Mă holbez la ele o clipă, încercând să-mi dau seama dacă nu cumva am înțeles eu greșit. Poate că astea sunt rufe deja spălate, care trebuie puse la loc. Fiindcă, altminteri, de ce le-ai împături?

Însă acesta este coșul pe care mi l-a arătat Douglas. Așa încât trebuie să presupun că sunt rufe murdare.

Apuc coșul și-l târăsc spre dormitorul matrimonial. Chiar când mă îndrept pe coridor spre mașina de spălat și spre uscătorul de rufe, observ că ușa de la camera de oaspeți este crăpată un pic.

— Doamnă Garrick? spun tare.

Mijesc ochii spre crăpătura ușii. Abia dacă reușesc să disting un ochi verde. Care mă privește fix.

— Sunt Millie.

Încerc să ridic mâna, dar îmi dau seama că nu pot s-o fac cu coșul în brațe, așa că-l las jos.

— Sunt noua dumneavoastră menajeră.

Pornesc spre ușă cu mâna întinsă, dar, înainte să ajung la jumătatea drumului spre ea, spațiul dintre ușă și ramă dispare. Mi-a trântit ușa în nas.

OK...

Înțeleg că unii oameni nu sunt deosebit de sociabili și *în special* nu le place să fie sociabili cu personalul de la curățenie. Dar nu putea măcar să mă salute? Ca să nu rămân aici ca proasta, în mijlocul holului?

Apoi îmi spun iar că este casa ei. Iar Douglas mi-a povestit despre boala femeii. Așa că n-o s-o hărțuiesc ca să facem cunoștință.

Deși ar fi chiar atât de îngrozitor dacă aș ciocăni la ușă, ca să-i spun cum mă cheamă?

Dar nu – Douglas mi-a spus să n-o deranjez. Așa că n-o s-o fac. O să termin cu rufele, o să le pregătesc cina și apoi o să-mi văd de drumul meu.

ȘAPTE

După ce pun rufele la spălat şi fac un pic de curăţenie la etaj (deşi, recunosc, nu-s prea multe de făcut), cobor la parter ca să mă apuc de cină.

Din fericire, există o listă pe frigider, lăsată pentru mine. Este meniul tipărit pentru toată săptămâna, inclusiv reţete şi instrucţiuni specifice despre cum şi de unde să târguiesc. Unele dintre acestea sunt scrise de mână – pare un scris mai degrabă feminin, dar e greu de spus. Pe măsură ce le citesc, îmi scade tot mai mult entuziasmul pentru jobul meu:

Pateul trebuie cumpărat marți de la Oliver's Delicatessen, înainte de ora 16.00.

Dacă nu au decât terină, nu cumpăra. În acest caz, cumpără pate de la Francois.

Pateul trebuie servit cu pâine țărănească achiziționată de la London Market. Ia o felie și întinde-l ușor. Presară cornișoni pe care-i iei de la Mr. Royal.

Nu mă pot gândi decât la un lucru: ce mama dracului e aia „pate"? Şi ce-i aia „cornişon"? Măcar ştiu ce-i aia pâine. Doar că nu înţeleg de ce trebuie să mă duc la patru magazine ca să cumpăr aceste trei alimente! Iar Mr. Royal este o persoană sau un loc?

Partea bună este că puţine lucruri sunt lăsate la voia întâmplării. Reţetele au fost organizate pe date, aşa că nu trebuie decât să găsesc data de azi şi să încep cina de astăzi cu...

... Găină Cornish. OK, devine foarte interesant.

Peste două ore, am pus deja rufele la loc. Găina Cornish se rumeneşte la cuptor şi miroase chiar bine, dacă e după mine. Am aşezat deja masa din zona de dining cu două tacâmuri, aşa că acum n-am ce face altceva decât să stau în bucătărie jucându-mă cu degetele şi aşteptând să se facă friptura. Din fericire, momentul va coincide cu ora strictă a cinei, anume 19.00.

Chiar când deschid uşa cuptorului ca să verific găina, uşile liftului se deschid zgomotos – le poţi auzi de la un kilometru depărtare. De pe culoar răsună zgomotul unor paşi apropiindu-se.

— Wendy! răsună vocea lui Douglas în apartament. Wendy, am ajuns acasă!

Mă apropii de intrarea în bucătărie şi arunc o privire spre scara ce duce la etaj. Aştept o clipă, ca să aud cum se deschide uşa de la dormitorul de oaspeţi, în speranţa că o voi vedea, în fine, pe faimoasa doamnă Garrick, dar de sus nu vine niciun zgomot.

— Bună.

Îmi şterg palmele pe blugi şi ies din bucătărie.

— Cina este aproape gata.

Douglas este în picioare în living, cu privirea îndreptată spre scară.

— Excelent. Îţi mulţumesc foarte mult, Millie.

— Cu plăcere.

Îi urmăresc privirea spre scări.

— Vrei să mă duc s-o chem pe doamna Garrick?

— Hmm.

Coboară privirea spre cele două tacâmuri de pe masa victoriană din stejar, care arată de parcă regina însăşi a luat masa acolo, cândva.

— Am impresia că n-o să mi se alăture în seara asta.

— Să-i duc o farfurie cu mâncare?

— Nu e nevoie, o să-i duc eu.

Îmi aruncă un zâmbet strâmb.

— Sunt sigur că încă se simte rău.

— Nicio problemă, murmur eu. Mă duc să scot friptura din cuptor.

Mă grăbesc spre bucătărie, ca să verific mâncarea. Scot o găinuşă Cornish – arată absolut minunat. Adică, mă rog, având în vedere că n-am mai gătit aşa ceva şi nici n-am auzit de felul ăsta de mâncare decât aşa, teoretic.

Îmi mai ia încă zece minute să tai prostia asta de păsăruică potrivit instrucţiunilor foarte stricte pe care le-am primit, însă, în cele din urmă, reuşesc să compun două farfurii care arată excelent. Chiar când ajung cu ele în zona de dining, îl văd pe Douglas coborând pe scări.

— Cum se simte? îl întreb aşezând farfuriile pe masă.

Tace preţ de o clipă, ca şi când ar cântări ce să-mi răspundă.

— Nu e o zi prea bună.

— Îmi pare foarte rău.

Douglas ridică dintr-un umăr.

— Asta e, n-avem ce face. Dar îţi mulţumesc pentru ajutorul dat astăzi, Millie.

— Nicio problemă. Vrei să-i duc doamnei Garrick farfuria sus?

Nu ştiu dacă mi se pare sau nu, dar parcă Douglas strânge buzele când mă aude.

— Te-ai oferit deja s-o faci şi ţi-am spus că i-o duc eu, nu-i aşa?

— Da, dar...

Mă opresc înainte de-a spune vreo prostie. Mă consideră cam băgăcioasă şi nu se înşală cu totul.

— În fine, să ai o seară bună.

— Da, spune el cam absent. Noapte bună, Millie. Şi îţi mulţumesc încă o dată.

Îmi iau paltonul şi mă îndrept spre lift. Îmi ţin respiraţia, aşteptând până când se închid uşile, apoi umerii mi se prăbuşesc. Nu ştiu ce este, dar e ceva în apartamentul ăla care mă face să mă simt inconfortabil.

OPT

— Poate, spune Brock, tipa e vampir. Şi nu poate ieşi din camera ei cât este lumină afară, altminteri se face praf şi pulbere.

I-am povestit lui Brock totul despre familia Garrick şi, în timpul unui cocktail pe care-l bem după cină în apartamentul lui, îmi oferă nişte explicaţii complet *ne*folositoare pentru faptul că am fost acolo de peste şase ori şi Wendy Garrick n-a ieşit nici măcar o dată din dormitorul pentru oaspeţi, deşi am certitudinea că este acolo, în cameră. Singura dată când am reuşit să văd ceva din ea este acel unic moment când a crăpat uşa.

— Nu-i vampir, spun eu trăgându-mi picioarele sub mine, aşezată pe canapeaua lui Brock.

— N-ai de unde să ştii.

— Ba ştiu. Pentru că vampirii nu există.

— Atunci vârcolac?

Îl pocnesc pe Brock în braţ şi e aproape să verse paharul cu vin pe care-l ţine în mână.

— Chestia asta n-are deloc sens. De ce ar trebui să stea la ea în cameră dacă e vârcolac?

— OK, atunci poate..., spune el gânditor. Poate că i s-a legat o panglicuţă verde în jurul gâtului, şi dacă cineva o dezleagă, o să-i cadă capul?

Iau o înghițitură din vinul scump pe care mi l-a turnat Brock. Băuturile astea scumpe sunt de departe mai bune decât cele ieftine, dar n-o să pot surprinde niciodată toate notele subtile de ambrozie sau lavandă sau ce-o mai fi acolo. El mă tot întreabă chestii de-astea și mint, spunându-i că pot distinge toate notele, dar nu pot, de fapt. Pur și simplu *falsific* degustarea.

— Este o atmosferă ciudată, îi spun. Asta-i tot.

— Păi, ți-am zis cele mai bune idei ale mele despre chestia asta.

Mă ia în brațe și mă trage mai aproape.

— Deci, dacă nu este vampir, nici vârcolac, nici cap retezat, *tu* ce crezi că se petrece acolo?

— Eu...

Las paharul cu vin pe măsuță și îmi mușc buza de jos.

— Serios vorbind, habar n-am. Pur și simplu am o presimțire rea.

Brock pare distras preț de o clipă, uitându-se la paharul meu aproape plin așezat pe masă.

— N-ai de gând să-ți termini vinul?

— Nu știu. Cred că nu.

— Dar este un Giuseppe Quintarelli, spune el, ca și când asta ar explica absolut totul.

— Cred că nu mi-e sete.

— Sete?

Pare traumatizat de spusele mele.

— Millie, nu bei vin fiindcă ți-e sete.

— OK.

Iau paharul și mai sorb o dată din el. Câteodată mă întreb de ce naiba se vede cu mine, în afară de faptul că mă consideră drăguță. Se poartă ca și când este atât de norocos să fim împreună. Dar asta-i o nebunie. Eu nu sunt deloc o partidă bună – el este.

— Ai dreptate. Vinul ăsta e chiar bun.

Îmi termin paharul, însă adevărul este că în tot acest timp nu mă gândesc decât la cei doi Garrick.

NOUĂ

M-am obişnuit să ciulesc urechile de fiecare dată când trec prin fața ușii dormitorului de oaspeți.

Îmi bag nasul unde nu-mi fierbe oala, așa este – n-o să neg asta –, dar nu mă pot abține. Lucrez deja de o lună pentru cei doi Garrick și tot n-am făcut oficial cunoștință cu Wendy Garrick. Dar am auzit zgomote venind din camera ei. Și, de cel puțin trei ori, am văzut ușa crăpată. Însă de fiecare dată se închide trântindu-se înainte să apuc să mă prezint.

N-ar fi exagerat să spun că imaginația mea a luat-o razna. În toți anii aceștia de făcut curățenie prin case, am văzut tot felul de ciudățenii. Și multe lucruri rele. Într-o vreme obișnuiam să rezolv unele dintre lucrurile astea rele. Dar n-am mai făcut-o de ceva timp.

N-am mai făcut-o de la plecarea lui Enzo.

De data asta, în timp ce merg pe culoar, aud limpede un zgomot venind din camera de oaspeți. De obicei e destul de liniște acolo, dar acum ceva e diferit. Mă opresc cu aspiratorul în mână și-mi lipesc urechea de ușă. Și de data asta sunetul se aude mult mai limpede.

E plânsetul cuiva.

Cineva suspină acolo, înăuntru.

I-am promis lui Douglas că n-o să bat la ușă. Însă, dintr-un motiv sau altul, brusc îmi aduc aminte de Kitty Genovese. Chiar dacă Brock spune că toată povestea a fost exagerată de unii, eu știu că lucrurile rele se întâmplă atunci când oamenii obișnuiți trec mai departe. Așa că bat scurt în ușă cu nodurile degetelor.

Plânsul încetează brusc.

— Alo? Doamnă Garrick? Sunteți bine?

Niciun răspuns.

— Doamnă Garrick? o strig din nou. Sunteți bine?

Nimic.

Încerc o altă tactică.

— Nu plec până nu văd că sunteți în regulă. O să stau aici toată ziua, dacă e nevoie.

Apoi rămân în dreptul ușii și aștept.

După câteva secunde aud niște pași ușori în spatele ușii. Mă dau un pic înapoi. Ușa se crapă câțiva centimetri și văd iar acel ochi verde holbându-se la mine. Văd limpede că albul ochiului este brăzdat de vinișoare roșii și pleoapa este umflată.

— Ce. Naiba. Vrei? șuieră spre mine proprietara ochiului.

— Sunt Millie, îmi fac eu curaj. Menajera dumneavoastră.

Nu-mi răspunde nimic.

— Și am auzit pe cineva plângând, adaug.

— Sunt bine, spune ea încordată.

— Sunteți sigură? Pentru că eu...

— Sunt convinsă că soțul meu ți-a spus că nu mă simt bine.

Vorbește sacadat.

— Nu vreau decât să mă odihnesc.

— Da, dar...

Înainte să mai adaug ceva, Wendy Garrick îmi trântește ușa în nas. Cam atât a fost contactul cu ea. Măcar am încercat.

Mă chinui iar cu coborâtul scărilor, târând după mine şi aspiratorul. Îmi pierd vremea încercând să mă implic. De fiecare dată când aduc vorba despre asta în discuţiile cu Brock, el îmi spune să-mi văd de treaba mea.

Tocmai când pun aspiratorul la locul lui, uşile liftului se deschid cârâind, iar Douglas îşi face apariţia în living fluierând încetişor, îmbrăcat într-unul dintre costumele lui dureros de scumpe, cu un buchet de trandafiri într-o mână şi o cutie pătrată, albastră, în cealaltă.

— Bună, Millie.

Pare ciudat de vesel, având în vedere că nevastă-sa suspină la etaj.

— Cum merge treaba? Eşti pe terminate?

— Da...

Nu ştiu dacă ar trebui să-i spun ce am auzit. Dar n-ar vrea şi el să ştie că soţia lui plângea?

— Soţia ta pare un pic supărată. Am auzit-o plângând la ea în cameră.

Pometţii i se umplu de pete roşii.

— N-ai... vorbit cu ea, nu?

Nu vreau să mint, dar în acelaşi timp ştiu că mi-a spus clar să n-o deranjez pe Wendy.

— Nu, sigur că nu.

— Bine.

Umerii i s-au relaxat.

— Ar trebui s-o laşi în pace. Aşa cum am zis, nu se simte bine.

— Da, aşa ai spus...

— Şi....

Ridică în aer cutia pătrată.

— I-am adus un cadou.

Lasă florile jos, ca să poată deschide cutiuţa de catifea pe care o ţine în aşa fel încât să pot arunca o privire înăuntru.

— Cred c-o să-i placă la nebunie.

Mă uit să văd ce conţine cutia. Este cea mai grozavă brăţară pe care am văzut-o vreodată, incrustată toată cu nişte diamante perfecte.

— Este inscripţionată, spune el mândru.

— Sunt sigură c-o să-i placă la nebunie.

Douglas apucă florile şi se îndreaptă spre scări. Îl văd dispărând pe culoar, apoi se aude o uşă deschizându-se şi închizându-se.

Chiar nu-mi dau seama ce se întâmplă. Douglas pare un soţ minunat şi devotat. Wendy, pe de altă parte, nu-şi părăseşte niciodată camera. Poate că iese când nu sunt eu prin preajmă, însă nu i-am văzut niciodată toată faţa – cu excepţia imaginilor din poze.

Este ceva complet anormal în situaţia asta şi nu ştiu ce.

Dar, aşa cum spune Brock, nu este treaba mea, deci ar fi mai bine să-i las în pace.

ZECE

Vii pe aici în seara asta?

Chiar dacă am aranjat deja cu Douglas să trec pe la ei diseară ca să aduc cumpărăturile și să fac un pic de curățenie, confirmă, ca întotdeauna, printr-un mesaj. Este extrem de organizat. Având în vedere suma cu care mă plătește, întotdeauna îi răspund foarte prompt.

Da, vin!

Azi nu am cursuri, așa că o să-mi petrec toată după-amiaza făcând cumpărături pentru familia Garrick, apoi o să mă îndrept spre ei ca să curăț o murdărie invizibilă și să le pregătesc cina. Deja lucrez la ei de peste o lună și știu bine rutina zilnică. Am la mine lista de cumpărături, dar trebuie să mă îndrept spre Manhattan, ca să le cumpăr tot ce vor.

Brock m-a rugat să rămân la el peste noapte; am petrecut deja multe nopți acolo, pentru că locuiește foarte aproape de penthouse și destul de aproape de facultate, iar ăsta este un motiv în plus ca să-l refuz. Dacă merg mai des de-atât pe la el, în curând o să fie ca și cum locuim împreună. Iar acesta e un lucru pe care nu-l pot face.

În fine, nu încă. Nu până când nu-i spun adevărul. Măcar atât merită și el.

Dar sunt speriată. Sunt speriată că Brock o s-o ia razna și o să mă părăsească pe loc dacă va ști totul despre mine. Și sunt și mai speriată de faptul că, atunci când vor afla părinții lui bogați, din lumea bună, îl vor convinge să mă părăsească. Brock este perfect, familia lui este perfectă, iar eu sunt atât de departe de perfecțiunea asta, încât nu-i nici măcar amuzant.

Ultima mea relație a fost exact opusul perfecțiunii. Și, într-un fel, așa era mai potrivită pentru mine. Nu-mi dau seama ce spune despre mine faptul că perechea mea ideală este un tip precum Enzo Accardi.

Eu și Enzo ne-am cunoscut acum patru ani și am fost mai întâi prieteni, după ce jobul pe care-l aveam pe atunci s-a sfârșit cu totul neașteptat. Nu prea aveam apropiați, așa că am fost grețos de recunoscătoare pentru sprijinul pe care mi l-a dat. Am ajuns să ne petrecem împreună aproape tot timpul liber și, mai presus de asta, am ajutat peste zece femei să scape din relațiile lor abuzive. În cea mai mare parte a cazurilor, treaba asta n-a presupus decât să le oferim resursele potrivite, dar alteori a trebuit să fim creativi. Enzo și-a făcut relațiile necesare pentru a obține noi identități, telefoane cu cartelă care nu pot fi urmărite și bilete de avion spre locuri îndepărtate. Am scos femeile din relațiile lor toxice fără să fie nevoie să apelăm la violență.

Mă rog, nu, nu-i adevărat. Dacă e să fiu absolut sinceră, au existat câteva dăți în care treaba s-a cam... împuțit un pic. Am convenit cu Enzo să nu mai aducem niciodată vorba despre momentele acelea. Am făcut ce trebuia făcut.

Enzo a fost cel care m-a convins să mă întorc la facultate și să-mi iau diploma de asistentă socială. Nici nu mi-am dat seama că el m-a îndrumat pe calea unei vieți normale, despre care nici n-am visat că ar fi posibilă pentru mine. Chiar dacă am cazier, tot pot să-mi iau un job de asistentă socială. Pot să fac ceea ce-mi place, dar în limitele legii.

Lui Brock îi place să spună că noi doi facem echipă bună. Poate că așa e. Însă cu Enzo chiar *făceam* echipă bună: *lucram* împreună. Aveam o misiune. Și, în plus de asta, era bun, pasionat și ca naiba de sexy. Mai ales chestia asta din urmă – oricât de mult am încercat să-i fiu doar prietenă, era greu să nu conștientizez acut că are și alte însușiri, mai superficiale. La vremea aceea, uram faptul că făcusem o adevărată pasiune, de-a dreptul frustrantă, pentru bărbatul ăla.

Și apoi, într-o seară, eram la el în apartament, împărțind o pizza comandată de la restaurantul nostru favorit (printr-o coincidență, și cel mai ieftin). Ne luaserăm toppingurile noastre preferate: pepperoni și supliment de brânză. Mi-l amintesc pe Enzo luând o înghițitură zdravănă din sticla cu bere și zâmbind spre mine. *E foarte plăcut*, a spus el.

Da, am fost eu de acord. *Chiar* este *plăcut*.

A trântit sticla direct pe măsuța de cafea. După toate casele în care am făcut curat, mă lua un pic cu amețeală ori de câte ori vedeam că lumea nu folosește suport pentru pahar. *Îmi place să-mi petrec timpul cu tine, Millie.*

Nu am mare experiență cu bărbații, dar felul în care mă privea era inconfundabil. Și, dacă aș mai fi avut cumva dubii, au dispărut toate ca prin farmec când Enzo s-a aplecat și m-a sărutat lung, fără grabă, un sărut la care știam că o să visez ani întregi de-atunci încolo. Și când, într-un final, buzele ni s-au desprins, mi-a șoptit: *Poate vom petrece mai mult timp împreună?*

Ce altceva puteam spune decât „da"? Nicio femeie nu ar fi refuzat o astfel de rugăminte de la Enzo Accardi.

Este amuzant, pentru că dintotdeauna m-am gândit la Enzo ca la un tip căruia îi place să se joace, însă după sărutul acela n-a mai avut ochi decât pentru mine. Relaţia noastră a avansat rapid, dar părea totul foarte în regulă. În decurs de câteva săptămâni am ajuns să ne petrecem toate nopţile împreună şi, curând după aceea, am decis să şi locuim împreună. Noi doi pur şi simplu ne-am potrivit. Perioada în care m-am împărţit între şcoală şi relaţia mea cu Enzo a fost cea mai fericită din viaţa mea.

Încă îmi amintesc ziua în care totul s-a prăbușit.

Stăteam pe canapeaua pe care Enzo o cărase de pe trotuarul din faţa clădirii, dar care era încă foarte drăguţă şi folositoare (n-avea decât o pată a cărei origine n-am putut-o identifica, dar nu era nicio problemă, pentru că am întors invers perna respectivă). Mă ţinea pe după umeri cu braţul lui musculos şi ne uitam la *Naşul II*, pentru că Enzo se oripilase când a aflat că nu văzusem trilogia. *Este un clasic, Millie!* Îmi amintesc cum mă cuibărisem în el, gândindu-mă la cât de fericită mă simţeam şi că iubitul meu era de o sută de ori mai sexy decât Robert de Niro.

Apoi i-a sunat telefonul.

Conversaţia care a urmat s-a desfăşurat în întregime în italiană şi am ciulit urechile, încercând să prind unul, două cuvinte. *Malata*, repeta el încontinuu, iar şi iar. În cele din urmă am tastat pe telefon şi acesta mi-a tradus cuvântul:

Bolnavă.

După ce a închis, mi-a explicat toată situaţia cu acel accent pronunţat pe care-l căpăta uneori, când era stresat sau furios. Maică-sa avusese un atac cerebral. Era în spital. Trebuia să se întoarcă în Sicilia, s-o vadă, mai ales că tatăl şi sora lui muriseră şi era singurul care-i rămăsese pe lume. Eram confuză, pentru că îmi spunea mereu că nu se poate întoarce acasă. Înainte de a pleca, îi aplicase cu mâinile goale o bătaie soră cu moartea unui personaj foarte periculos, iar acum exista un preț pus pe capul lui.

Mi-ai spus că nu te poți întoarce, i-am amintit eu. *Ai spus că niște oameni răi te vor ucide dacă te întorci. Nu asta ai zis?*

Ba da, ba da, mi-a răspuns el. *Dar acum nu mai este o problemă. Oamenii ăia răi... au avut grijă de ei alți oameni răi.*

Ce puteam să spun? Nu-i puteam zice iubitului meu că nu avea voie să se ducă să-și vadă mama care tocmai avusese un accident vascular cerebral. Așa că i-am dat binecuvântarea mea și a plecat cu avionul chiar a doua zi. După ce l-am dus la aeroport și m-a sărutat preț de cinci minute, înainte de a trece prin controlul de securitate, mi-a promis că se va întoarce „foarte repede".

Nu m-am gândit că nu se va mai întoarce vreodată.

Sunt convinsă că a vrut să se întoarcă – nu m-ar fi mințit intenționat. La început am vorbit la telefon în fiecare seară și uneori conversația a devenit destul de încinsă. Îmi șoptea la telefon cât de dor îi este de mine și cum vom fi în curând împreună. Dar cum boala mamei lui se prelungea, a devenit tot mai evident că nu poate s-o părăsească. Iar ea nu putea veni încoace.

Nu-l mai atinsesem și nu-i mai văzusem chipul de un an, când, într-un final, i-am cerut direct: *Spune-mi adevărul. Când te întorci?*

A oftat lung. *Nu știu. N-o pot părăsi, Millie.*

Iar eu nu te pot aștepta la nesfârșit, i-am spus.

Știu, a zis el cu tristețe. Apoi a adăugat: *Înțeleg ce trebuie să faci.*

Și asta a fost tot. Așa s-a terminat. Dintr-odată, din senin, relația noastră nu mai exista. Așa încât, la câteva luni după aceea, când Brock mi-a dat întâlnire, n-am avut niciun motiv să-l refuz.

Cu Enzo, viața mea era un fel de aventură palpitantă, dar acum sunt pe calea spre viața perfectă și normală pe care n-am crezut-o posibilă și pentru mine. Brock nu știe niciun tip care să se scobească de un pașaport fals în douăzeci și patru de ore – îmi imaginez că, dacă i-aș cere așa ceva, m-ar privi complet șocat.

Enzo știa câte un tip pentru *orice*. Practic, asta era sintagma lui preferată când îi ceream ajutorul. *Știu eu un tip.*

Iar acum fac cel mai normal lucru din câte există. Mă duc să cumpăr de-ale gurii. Cu toate că, la drept vorbind, nu este nimic normal în lista dată de Douglas. În timp ce verific primele produse din lista trimisă în dimineața asta de Douglas Garrick, mă strâmb la gândul vânătorii de comori în care mă trimite:

Fructe „mâna lui Buddha"

Ferigă comestibilă cu vârf răsucit

Castraveți mexicani

Cireșe de pământ

Jur pe Dumnezeu, cred că a inventat toate numele astea din capul lui. *Castravete mexican*? Chestia asta nu există pe bune, nu? Categoric sună inventat.

Strâng în mână lista pentru cumpărături, îmi iau haina și mă îndrept spre scară. Habar n-am cât o să-mi ia să găsesc castraveți mexicani sau măcar să-mi dau seama ce-s ăia, așa că ar fi bine să-mi rezerv niște timp.

Chiar când ajung pe palierul de la parter, aproape că dau peste bărbatul care locuieşte sub mine. *Exact* sub mine. Cel cu cicatrice deasupra sprâncenei stângi. Mă crispez când îl văd.

— Hei, îmi zâmbeşte el larg.

Are un dinte de aur în locul unuia dintre incisivi, lucru care mă face să mă gândesc la Joe Pesci din *Singur acasă* – filmul meu preferat din copilărie.

— Te grăbeşti?

— Da, zâmbesc eu în semn de scuză. Îmi pare rău.

— Nicio problemă, îmi răspunde el cu un zâmbet şi mai larg. Mă cheamă Xavier, apropo.

— Îmi pare bine să te cunosc, îi spun evitând făţiş să-mi spun numele.

— Tu eşti Millie, nu?

Ei bine, stratagema mea a eşuat. Am o senzaţie neplăcută în stomac – bărbatul ăsta ştie exact unde locuiesc şi, într-un fel sau altul, mi-a aflat şi prenumele. Probabil că îmi ştie şi numele de familie. Desigur, îl poate găsi cu uşurinţă pe cutia poştală.

Din când în când, am în continuare acelaşi sentiment că sunt privită. În unele momente îmi spun că poate lucrurile astea nu sunt decât în mintea mea, însă în momentul acesta n-aş mai fi atât de sigură de asta. Xavier ştie un pic cam multe despre mine. Este oare posibil ca el să...?

Dumnezeule, nici mă pot gândi acum la posibilitatea asta. Este oricum destul de înfricoşător să circul pe străzile din South Bronx şi fără să-mi fac griji că tipul care locuieşte sub mine mă urmăreşte. Poate că ar trebui să accept oferta lui Brock şi să mă mut cu el. Probabil că Xavier m-ar lăsa în pace dacă m-aş muta în Upper West Side. Şi dacă n-ar face-o, ar trebui să se descurce cu portarul ăla cu şapcă şi uniformă. Nu treci de niciunul dintre portarii ăştia. Cred că, dacă sunt nevoiţi, ştiu să-şi folosească şepcile pe post de bumerang.

— Cu ce treabă ieşi azi? mă întreabă Xavier.

Mă îndrept spre ieşire.

— Mă duc să fac nişte cumpărături.

— Oh, da? Te interesează să-ţi ţin companie?

— Nu, mulţumesc.

Xavier pare că ar mai vrea să spună ceva, dar nu-i dau şansa s-o facă. Trec pe lângă el şi ţâşnesc pe uşă. Indiferent dacă până la urmă rămân sau nu cu Brock, s-ar putea să fiu nevoită să mă mut cu el în viitorul apropiat. Nu mă simt deloc confortabil în preajma acestui bărbat. Am o presimţire că e genul de tip care nu acceptă un refuz.

UNSPREZECE

Ajung la penthouse-ul Garrick cărând patru plase supraîncărcate cu tot felul de produse. M-am descurcat să le duc până la ultimul cvartal, când era gata să împrăștii totul pe jos. Dar, prin mila Domnului, sunt aici, cu castraveții mexicani cu tot. (Chestiile astea chiar există și le-am găsit la un magazin spaniol.)

Din fericire, nu trebuie să mai manevrez și clanța, pentru că liftul se deschide direct în apartament. Speram să ajung dintr-un pas la bucătărie, dar pe la jumătatea drumului trebuie să las jos toate sacoșele și să îmi trag sufletul. Dacă aș fi scăpat castravetele mexican și s-ar fi spart, cred că m-aș fi așezat pe jos și m-aș fi pus pe plâns.

În timp ce stau în living, încercând să găsesc cea mai bună strategie de a duce cumpărăturile în bucătărie, aud zgomotele.

Țipetele.

În fine, țipete înfundate. Nu pot auzi cuvintele în sine, dar sună ca și când cineva aflat într-un dormitor de la etaj ar lua bătaie. Las cumpărăturile și mă furișez spre scară, ca să văd dacă pot auzi ce se întâmplă. Și în secunda aceea se aude și bubuitura.

Însoțită de un zornăit de sticlă spartă.

Pun mâna pe balustradă, pregătită să urc și să mă asigur că totul este în regulă. Însă înainte de a face un singur pas, la etaj se trântește o ușă. Apoi pașii se aud tot mai tare pe trepte; fac un pas înapoi.

— Millie.

Douglas se oprește brusc în capul scărilor. Poartă o cămașă elegantă și e rozaliu la față, ca și când l-ar fi strâns prea tare cravata, cu toate că aceasta îi atârnă lejer în jurul gâtului. Ține în mâna dreaptă o pungă de cadou.

— Ce faci aici?

— Eu...

Mă uit la cele patru sacoșe pline.

— Am adus cumpărăturile. Voiam să le pun la loc.

Douglas mijește ochii.

— Atunci de ce nu ești în bucătărie?

Îi zâmbesc prostește.

— Am auzit o bufnitură. Eram îngrijorată că...

În timp ce vorbesc, observ o ruptură în cămașa lui scumpă. Și nu este vorba că s-a descusut. Este sfâșiată cu furie, chiar deasupra buzunarului de la piept.

— Totul este în regulă, spune el scurt. O să mă ocup eu de cumpărături. Poți pleca.

— OK...

Nu-mi pot lua ochii de la cămașă. Cum se poate întâmpla una ca asta? Omul este CEO – doar nu dă la sapă. Poate s-a întâmplat adineauri, în dormitorul de oaspeți?

— De asemenea...

Ridică punga de cadou pe care o ține în mâna dreaptă.

— Te rog să returnezi asta. Wendy nu a vrut-o.

Iau punguța roz și arunc o privire în interior, unde zăresc o frântură de material mătăsos.

— OK, sigur. Este și chitanța acolo?

— Nu, era un *cadou*.

— Nu... nu cred că pot să-l returnez fără chitanță. De unde l-ai luat?

Douglas scrâșnește.

— Nu știu – asistenta mea l-a cumpărat. O să-ți trimit pe e-mail copia chitanței.

— Dacă e cumpărat de asistenta ta, n-ar fi mai simplu să-l returneze ea?

Înclină capul spre mine.

— Scuză-mă, te rog, dar nu este *jobul* tău să faci comisioanele pe care ți le încredințez?

Capul îmi zvâcnește în spate. Este pentru prima dată de când lucrez aici când Douglas îmi vorbește cu atâta lipsă de respect. L-am considerat întotdeauna destul de amabil, deși cam stresat și distras. Acum îmi dau seama că are și o altă față.

Dar nu avem cu toții și o altă față?

Douglas Garrick mă privește țintă. Așteaptă să plec, însă fiecare fibră din ființa mea îmi spune că ar trebui să rămân. Că ar trebui să verific ce se întâmplă la etaj, să mă asigur că totul este în regulă.

Însă Douglas se postează între mine și scară. Își încrucișează brațele la piept și ridică spre mine sprâncenele lui groase. N-o să trec de el și, chiar dacă aș face-o, am sentimentul că, și dacă i-aș bate la ușă, Wendy Garrick m-ar asigura că totul este în regulă.

Așa că, în cele din urmă, nu-mi rămâne decât să plec.

DOISPREZECE

În timp ce parcurg distanța de cinci cvartale de la stația de metrou până acasă, simt iar furnicăturile acelea în ceafă.

Când le-am simțit în Manhattan, în zona elegantă în care lucrez și unde locuiește și iubitul meu, părea că sunt paranoică. Dar acum, în South Bronx, când soarele a coborât deja spre orizont, paranoia devine bun-simț sănătos. Mă îmbrac în așa fel încât să nu atrag atenția. Port o pereche de blugi albaștri cu cel puțin o măsură mai mari, o pereche de încălțări Nike gri, ce cândva erau albe, și un palton mai degrabă neîngrijit decât stilat – într-o culoare închisă, menită să se piardă în noapte –, însă, în același timp, e limpede că sunt femeie. Chiar și cu fesul îndesat peste părul blond și cu paltonul meu urât și lălâu, cei mai mulți s-ar prinde că sunt femeie încă de când m-ar zări în capul străzii.

Așa că măresc ritmul. Am în buzunar și un spray paralizant. Încleștez degetele pe el. Însă sentimentul acela neplăcut nu mă părăsește până când nu intru în clădire și închid ușa după mine.

Asta-i treaba. *Niciodată* nu simt acele furnicături la mine în apartament. Nu le simt nici când fac curat în penthouse. Nu vin decât atunci când sunt afară, în anumite momente când cineva chiar m-ar putea urmări. Mă fac să mă gândesc că senzația este reală.

Sau că înnebunesc. E și asta o posibilitate.

Brock mi-a dat un mesaj să mă întrebe dacă vreau să trec pe la el în seara asta, însă îl refuz. Sunt prea obosită.

Alung din minte gândul la Brock și scot câteva plicuri din cutia poștală – toate conțin facturi. Cum este posibil să am atâtea facturi? Pare că trăiesc practic din nimic. Îndes plicurile în geantă chiar când broasca ușii de la intrarea în bloc se răsucește și, o clipă mai târziu, înăuntru năvălește o pală de aer rece, iar bărbatul cu cicatrice deasupra sprâncenei stângi intră în bloc.

Xavier. Așa a zis că-l cheamă.

— Bună, Millie, mă salută el un pic cam prea vesel. Ce mai faci?

— Bine, îi răspund înțepată.

Mă răsucesc pe călcâie și mă îndrept spre scări, sperând c-o să rămână în urmă ca să-și verifice cutia poștală. N-am norocul ăsta. Xavier se grăbește să mă prindă din urmă, încercând să pășească alături de mine.

— Ai vreun plan în seara asta? mă întreabă el.

— Nu, îi spun și mă zoresc pe scări spre etajul al doilea.

Acolo o să-i pot spune la revedere lui Xavier.

— Poate treci pe la mine, să vedem un film.

— Am treabă.

— Ba nu, nu ai. Tocmai ai spus că n-ai planuri în seara asta.

Strâng din dinți.

— Sunt obosită. Nu vreau decât să fac un duș și să mă bag în pat.

Xavier rânjește la mine și dintele de aur îi sclipește în lumina tulbure a plafonierelor de pe scară.

— Vrei să-ți țin companie în chestiile astea două?

Mă întorc cu spatele la el.

— Nu, mulţumesc.

Când ajungem la palierul de la etajul al doilea, mă aştept să-şi vadă de drum. Dar el continuă să urce scările alături de mine. Simt cum mi se întoarce stomacul pe dos şi bag mâna în buzunar, ca să simt sprayul paralizant.

— De ce nu? insistă el. Haide. Doar nu poate să-ţi placă păpuşelul ăla răsfăţat şi bogat care îţi face mereu vizite. Ai nevoie de un bărbat adevărat.

De data asta îl ignor. Într-un minut o să fiu la mine în casă. Dar trebuie să reuşesc să ajung până acolo.

— Millie?

Încă cinci paşi. Încă cinci trepte de urcat şi o să scap de nemernicul ăsta. Patru, trei, două...

Dar apoi simt cum o mână îmi prinde braţul şi degetele îmi sapă în carne.

N-o să reuşesc.

TREISPREZECE

— Hei.

Mâna cărnoasă a lui Xavier este încleştată strâns pe braţul meu.

— Hei!

Mă zbat, însă mă strânge ca în menghină – este mai puternic decât pare. Deschid gura, gata să ţip, dar îmi pune palma pe gură înainte să apuc să scot un sunet. Mă dau atât de tare cu capul de perete, încât îmi clănţăne dinţii.

— Deci acum ai ceva de zis? rânjeşte el la mine. Înainte te credeai prea bună pentru mine, nu-i aşa?

Încerc să mă eliberez din strânsoare, dar se lipeşte cu tot corpul de mine, ca să-i simt umflătura din pantaloni. Îşi linge buzele crăpate.

— Hai să intrăm şi să ne distrăm un pic, OK?

A făcut totuşi greşeala de-a mă prinde de braţul greşit. Scot sprayul şi închid ochii, apoi i-l pulverizez direct în faţă. Urlă şi, în secunda în care dau drumul duzei, îl împing cât de tare pot.

M-am plâns mereu de cât de abrupte sunt scările în clădirea asta, dar măcar o dată acest lucru funcţionează în favoarea mea, căci Xavier se rostogoleşte un rând întreg de trepte. La un moment dat, aud un pocnet groaznic, apoi o bufnitură, când aterizează la baza treptelor. Şi apoi linişte.

Rămân preţ de o clipă în capul scărilor, holbându-mă la trupul răşchirat pe palierul de dedesubt. A murit? L-am ucis?

Cobor treptele în fugă şi mă opresc cu un derapaj. Mă aplec să mă uit mai bine, ţinând încă sprayul în mâna dreaptă. Pare însă că pieptul i se ridică şi i se lasă, apoi scoate un mormăit gros. Este în viaţă. N-am reuşit nici măcar să-l las lat, inconştient.

Păcat. Dacă merită cineva să-şi rupă gâtul, atunci tipul ăsta e persoana.

Nu. Probabil e mai bine că n-a murit.

Pradă unui impuls, trag piciorul înapoi şi-l lovesc cât pot de tare în coaste. De data asta geme mai tare. *În mod sigur* este încă în viaţă. Îl lovesc încă o dată, să fie. Şi apoi încă una, să-i ajungă. De fiecare dată când pantoful meu vine în contact cu coastele lui, zâmbesc în sinea mea.

Mă uit la următorul şir de trepte. A supravieţuit căderii pe primul. Mă întreb ce s-ar întâmpla dacă s-ar rostogoli şi pe următorul. Sau poate şi pe al treilea. Nici măcar nu pare chiar atât de greoi. Fac prinsoare că aş putea să-l rostogolesc şi...

Nu. Doamne, ce-mi trece prin cap?

Nu pot face asta. Am petrecut zece ani în puşcărie. Nu mă întorc acolo.

Scot telefonul şi formez 112. O să-mi fac dreptate, dar nu prin uciderea acestui om.

PAISPREZECE

O oră mai târziu, poliţia şi ambulanţa sunt parcate în faţa blocului nostru. Nu este ceva neobişnuit să vezi o maşină de poliţie parcată pe stradă, însă de data asta au şi girofarurile pornite.

Sperasem să-l ducă pe Xavier direct la închisoare, însă are un braţ fracturat, un cucui şi posibil câteva coaste rupte. Până a ajuns poliţia, începuse să devină mai coerent şi chiar a încercat să se ridice. Slavă cerului că au ajuns, fiindcă altminteri ar fi trebuit să găsesc altă variantă cu care să-l pun la pământ.

M-a enervat îngrozitor faptul că niciunul dintre vecinii mei nu a ieşit să mă ajute. Orice-ar zice Brock despre incidentul cu Kitty Genovese, eu pot spune cu certitudine că un bărbat a încercat să mă violeze pe holul blocului în care locuiesc şi nici măcar o persoană nu a ieşit să mă ajute. Ce naiba e în neregulă cu oamenii? Serios acum.

Când au ajuns cu toţii aici, un poliţist mi-a pus câteva întrebări, dar apoi mi s-a cerut să aştept la mine în apartament până se ocupă ei de toate. Aşa că asta şi fac. L-am sunat pe Brock şi i-am spus că un vecin a încercat să mă atace, dar am fost destul de vagă în privinţa modului în care am reuşit să scap. Este pe drum, însă nu pot pleca nicăieri până când nu dau o declaraţie oficială care să-l arunce pe Xavier în puşcărie imediat după ce-i îngrijesc braţul rupt. Sper că nenorocitul ăla are nevoie şi de-o operaţie.

Văd de la fereastră ambulanţa îndepărtându-se. Am privit totul, încă de când mi-au spus să mă duc în apartament. Poliţiştii au vorbit cu câţiva vecini şi au discutat destul de mult şi cu Xavier în ambulanţă, înainte de a-l trimite de acolo. Câţiva poliţişti încă discută în faţa blocului. Nu-mi pot imagina despre ce. Un bărbat m-a atacat cu câteva secunde înainte de a ajunge acasă. Mi se pare destul de simplu şi clar.

Apoi, unul dintre poliţişti arată spre fereastra mea. O clipă mai târziu intră în clădire şi mă îndepărtez de fereastră. Îmi frec de blugi palmele transpirate. Am încă urme roşii pe braţ, din locul unde m-a prins, iar capul îmi pulsează uşor de la lovitura în zid, însă el este într-o stare mult mai rea decât mine.

Aşa şi merită.

Deschid îndată ce aud bătăi la uşă. Poliţistul din prag are în jur de treizeci de ani, o barbă un pic cam crescută şi o expresie uşor plictisită. De parcă ar fi la al cincilea incident din noaptea aia în care un tip a încercat să violeze o femeie pe scări, în faţa uşii de la apartamentul ei.

— Salut, spune el. Eşti Wilhelmina Calloway?

Tresar când îl aud folosindu-mi numele întreg.

— Eu sunt.

— Pe mine mă cheamă Scavo. Pot să intru?

Pe când eram în puşcărie, toate femeile spuneau că, dacă un poliţist îţi cere voie să intre în casă, ai dreptul să spui „nu". *Nu-i lăsa pe nemernicii ăia înăuntru.* Dar Scavo nu este aici ca să mă ancheteze pe mine, aşa că fac un compromis – îl las înăuntru, dar nu ne aşezăm.

Este alt poliţist decât cel cu care am vorbit imediat după incident. Atunci a fost o femeie; m-a şi îmbrăţişat.

Nu cred că tipul ăsta are de gând să facă la fel. Nici măcar nu vreau.

— Așadar, o să trecem în revistă ce s-a întâmplat în seara asta, spune Scavo, între tine și domnul Marin.

— În regulă.

Încrucișez brațele la piept, fiindcă mi s-a făcut dintr-odată frig chiar dacă, în fine, căldura funcționează, lucru neobișnuit.

— Ce vrei să știi?

Scavo mă măsoară de sus în jos.

— Asta purtai în seara asta, în timpul incidentului?

Nu știu despre ce naiba vorbește. O spune de parcă aș fi îmbrăcată nepotrivit. Port un tricou și aceiași blugi pe care îi aveam mai devreme. Tricoul este un pic mulat, dar nu într-atât încât să atragă atenția. Ca și când asta ar avea vreo importanță.

— Da, dar aveam pe deasupra un palton.

— Îhî.

Scavo face o față de parcă nu prea m-ar crede. De parcă l-aș fi sedus pe Xavier cu tricoul meu supersexy și cu blugii mei lălâi.

— Deci spune-mi exact ce s-a întâmplat.

Repet povestea pentru a treia oară în seara aceasta. De data asta e mai ușor. Nu-mi mai tremură vocea când descriu felul în care m-a prins. Ridic încheietura ca să-i arăt lui Scavo urmele roșii, cu toate că el pare cu totul neimpresionat.

— Și asta-i tot? întreabă el. Doar te-a prins de mână?

— Nu.

Strâng pumnii, frustrată.

— Ți-am mai *spus*. M-a prins și s-a împins în mine.

— Adică cum?

— Adică s-a lipit cu corpul de mine!

Se încruntă.

— Este posibil să fi interpretat greşit toată situaţia? De exemplu, poate că era doar prietenos, şi atât?

Îl privesc stupefiată.

— Pentru că uite care-i treaba, domnişoară Calloway.

Scavo coboară privirea spre mine.

— Domnul Marin spune că discuta prieteneşte cu tine şi ai luat-o razna, brusc. I-ai dat cu spray paralizant şi apoi l-ai împins pe scări.

— Îţi baţi joc de mine?

În momentul ăsta aş vrea să-i aplic acelaşi tratament cu spray paralizant şi împins pe scări şi poliţistului Scavo.

— Nu s-a întâmplat deloc aşa!!! Chiar crezi una ca asta? Îi iei *lui* partea?

— Păi, vezi tu, una dintre vecine te-a văzut aplecată deasupra lui, lovindu-l repetat cu piciorul în coaste. I-a fost frică să iasă.

Deschid gura, dar nu-mi iese decât un chiţăit jalnic.

— Credem că domnul Marin are câteva coaste rupte, continuă poliţistul. Şi avem o martoră care spune că l-ai lovit în coaste cât zăcea inconştient la pământ. Aşa că spune-mi tu ce să cred.

Chiar îmi doresc cu adevărat să nu-l fi lovit pe Xavier. Dar a fost atât de tentant. Şi ştiu cât de tare poate să doară o fractură de coastă.

— Eram pur şi simplu supărată.

— De ce erai supărată? Domnul Marin crede că te-ai supărat pentru că flirtai cu el şi nu ţi-a răspuns la flirt. A zis că de aia l-ai atacat.

Mă simt de parcă aş fi încasat un pumn în stomac. Sau în coaste.

— Eu l-am atacat *pe el*?

Scavo ridică o sprânceană.

— Şi, pe deasupra, ai şi antecedente penale, nu-i aşa, domnişoară Calloway? Un istoric de comportament violent?

— Asta chiar e o porcărie, icnesc eu. Bărbatul ăla m-a atacat. Dacă nu m-aş fi apărat...

— Uite care-i treaba, spune Scavo, este doar cuvântul tău împotriva cuvântului lui, şi o vecină te-a văzut lovindu-l în timp ce era la podea. Şi el este ăla cu oase rupte.

Simt cum mă lasă picioarele. Dintr-odată, îmi doresc să mă fi decis să stau jos în timpul conversaţiei.

— Sunt arestată?

— Domnul Marin nu s-a hotărât încă să depună plângere.

Scavo face o faţă de parcă ar crede că atacatorul meu trebuie să depună neapărat plângerea aia. De parcă şi-ar dori să-mi pună cătuşele chiar acum.

— Aşa că, până se decide el, îţi sugerez să nu pleci din oraş.

Îl urăsc pe bărbatul ăsta. Unde a dispărut poliţista de mai devreme? Cea care m-a îmbrăţişat şi mi-a spus că Xavier n-o să-mi mai poată face rău niciodată? *Unde* s-a dus?

Cu aceste cuvinte, îl conduc pe Scavo spre ieşire. Când deschid uşa, dau peste Brock stând în prag, îmbrăcat în hainele de la birou – o cămaşă elegantă, azurie, şi pantaloni bej –, cu mâna ridicată să ciocăne. Scavo se strâmbă când îl vede, dar nu spune nimic. Pare că Brock ar vrea să-l întrebe ceva pe poliţist, dar, din fericire, Scavo pleacă grăbit.

Reuşesc să-mi ţin firea şi apuc să-l trag pe Brock în apartament şi să încui uşa după el. Abia după aceea ochii mi se umplu de lacrimi, dar nu sunt provocate de tristețe, ci de *furie*. Cum *a îndrăznit* omul acela să-mi vorbească așa? Am fost atacată la mine în bloc și, într-un fel sau altul, *atacatorul* a devenit victimă?

— Millie.

Brock mă ia în brațe.

— Iisuse Hristoase, ești bine? Am ajuns cât de repede am putut.

Dau din cap în tăcere și mă desprind de el. Dacă vorbesc, n-o să fiu în stare să-mi rețin lacrimile. Și, dintr-un anumit motiv, nu vreau să plâng în fața lui Brock.

— Sper ca nemernicul ăla să meargă la închisoare pentru multă vreme, spune el.

Ar trebui să-i spun ce s-a întâmplat. Ce mi-a spus polițistul. Dar, dacă o fac, va trebui să-i spun și motivul. Trebuie să-i explic istoricul meu de comportament violent. Să-i spun despre cazier. Despre toate motivele pentru care nu mă crede nimeni.

Dacă Enzo ar fi aici, ar fi altceva. Lui aș putea să-i spun totul. Iar el ar înțelege. *Ar exista* o mică șansă să-l facă bucăți pe Xavier Marin, să-i smulgă mădular cu mădular, cu mâinile goale, iar eu aș fi OK cu asta – mai mult decât OK. Mă uit la Brock și aproape că mă pufnește râsul când încerc să mi-l imaginez într-o ipostază similară. Dar, pe de altă parte, dacă Xavier o să mă acuze de agresiune, Brock ar putea să mă apere. Da, ce să zic, asta ar fi o treabă foarte bună pentru relația noastră.

— Nu poți dormi aici în niciun caz, spune el.

De data asta, sunt complet de acord cu el.

— Am parcat chiar în față. Hai să mergem la mine.

Simt cum îmi cad umerii.

— OK.

— Și ar trebui să stai la mine, spune el.

Când îmi vede expresia de pe față, adaugă repede:

– Nu zic că ar trebui să te muți. Dar ia-ți haine cam pentru o săptămână. Poate începi să cauți și altă locuință.

În momentul ăsta nu am energie să mă contrazic cu el; are dreptate. Dacă Xavier se întoarce în clădire, nu mai pot trăi aici. Va trebui să-mi găsesc o casă nouă. Cu toate că abia dacă-mi permit acest apartament, cu toți banii câștigați la familia Garrick. Oare va trebui să găsesc un cartier și mai rău-famat aici, în Bronx?

În fine, o să mă gândesc mâine la asta. Deocamdată, trebuie să-mi fac bagajele.

CINCISPREZECE

Dormitorul matrimonial din casa Garrick este enorm; dacă spui ceva, sunt sigură că se aude cu ecou.

Pun la loc un morman de rufe. Mai degrabă aş fi crezut că ei doi îşi duc lucrurile la curăţătorie, dar având în vedere că Wendy nu prea pare să iasă din dormitor, nu cred că se îmbracă prea des în chestii care au nevoie de o asemenea curăţare. Bazându-mă pe ce văd la spălat, poartă mai ales cămăşi de noapte. Chiar acum împăturesc o cămaşă de noapte albă, delicată, cu dantelă la guler, care pare să-i vină până la glezne, dacă iau în considerare înălţimea pe care i-am intuit-o în unica noastră conversaţie.

Şi atunci văd ceva.

Pe gulerul cămăşii de noapte este o pată. O pată neregulată, maroniu-roşcată, impregnată în material. Am mai văzut pete ca astea când am spălat rufele. Sunt imposibil de confundat.

Este sânge.

Şi nu doar atât; pata e destul de mare. Chiar în zona gâtului, impregnată adânc în material. Închid ochii, incapabilă să mă gândesc la altceva decât la sursa care a generat acest sânge.

Aud telefonul sunând şi deschid ochii. Îl scot din buzunarul blugilor şi simt că mă lasă inima. Pe ecran, numărul este identificat ca aparținând secției de poliție din Bronx. Nu pare să aducă vești bune.

În fine, probabil că nici n-o să mă aresteze la telefon.

— Alo? întreb așezându-mă pe marginea patului matrimonial al cuplului Garrick, cu dimensiunea unui vapor de croazieră.

— Wilhelmina Calloway? Sunt polițistul Scavo.

Mi se face un gol în stomac – felul în care sună numele polițistului îmi încrețește carnea pe mine.

— Da?

— Am noutăți pentru dumneata.

Dacă omul ăsta se ocupă încă de caz, veștile nu pot fi prea bune. Dar poate ar trebui să încerc să fiu optimistă. În momentul acesta, simt că merit o victorie.

— Ce vești?

— Domnul Marin a decis să nu depună plângere, spune el.

Astea sunt veștile bune? Strâng atât de tare telefonul în mână, încât încep să mă furnice degetele.

— Și cu mine cum rămâne? Că eu vreau să depun plângere.

— Domnișoară Calloway, avem un martor care te-a văzut atacându-l.

Își drege vocea.

– Ești norocoasă acum, că s-a terminat doar cu atât. Dacă ai fi fost eliberată condiționat, până acum te-ai fi întors deja la închisoare. Desigur, el va putea să depună oricând plângere împotriva dumitale.

Îmi înghit nodul din gât.

— Unde se află acum?

— A fost eliberat în dimineața asta.

— I-ați dat drumul din pușcărie azi-dimineață?

Scavo oftează.

— Nu, n-a fost arestat nicio clipă. A fost eliberat din spital în dimineaţa asta.

Asta înseamnă că diseară va fi acasă. Ceea ce înseamnă că nu mă mai pot întoarce nicicum acolo.

— Ascultă, cucoană, spune Scavo, de data asta ai avut noroc, dar trebuie să vezi un psiholog sau ceva. Învaţă să-ţi controlezi problemele cu furia. Altminteri, o să sfârşeşti prin a ajunge iar la pârnaie.

— Mulţumesc pentru pont, îi spun printre dinţi.

Imediat după ce închid, ridic privirea şi îmi dau seama că nu mai sunt singură în cameră. La capătul celălalt, stând în prag, se află Douglas Garrick. Purtând un costum Armani cu o cravată roşie, ca să inspire putere, cu părul lui negru pieptănat lins pe spate, ca întotdeauna.

Mă întreb cât a auzit din conversaţie. Desigur, ar fi cât se poate de nasol dacă a auzit ultima replică a lui Scavo.

— Bună, Millie, spune el.

Mă ridic în picioare clătinându-mă şi îmi îndes telefonul în buzunar.

— Hei, scuze. Eu... eu puneam rufele la loc, atâta tot.

Nu-mi pune la îndoială afirmaţia, contraatacând cu faptul că vorbeam la telefon. În schimb, intră în cameră, lărgindu-şi cu degetul mare nodul de la cravată. Îşi scoate sacoul şi îl aruncă pe comodă.

— Ei bine? spune el.

Îl privesc lipsită de expresie.

— Ai de gând să-mi laşi sacoul aruncat acolo, pe comodă?

Îmi ia o secundă să-mi dau seama ce vrea să fac. Dulapul este cam la doi metri de noi şi i-ar fi fost destul de uşor să şi-l pună singur pe umeraş, dar mi-a lăsat mie treaba asta. E corect, până la urmă ăsta mi-e jobul, dar în vocea lui e o nuanță care mă deranjează. Am remarcat-o tot mai mult în interacțiunile din ultima vreme cu el.

— Îmi cer scuze, bâigui stânjenită. Îl pun eu pe umeraș.

Douglas Garrick mă privește cum mă fâstâcesc cu haina în brațe; mă studiază cu atenție. Zilele trecute am căutat pe internet informații despre el, dar n-am găsit mare lucru – nici măcar o poză decentă. Se pare că este o persoană extrem de discretă. Singurele lucruri pe care le-am aflat sunt că are funcția de CEO al unei companii foarte mari, denumită Coinstock, așa cum mi-a spus și Brock. Este un fel de geniu informatic, el a inventat un software folosit practic de fiecare bancă din țară. Brock mi-a mai spus și că i s-a părut un tip mișto, dar nu poți cunoaște pe cineva cu adevărat dintr-o simplă interacțiune de business. Douglas pare genul de bărbat priceput să-și anuleze complet farmecul atunci când este nevoie.

— Ești căsătorită? mă întreabă el.

Încremenesc când aud întrebarea, cu sacoul pe jumătate atârnat pe umeraș.

— Nu...

Buzele i se arcuiesc într-un colț.

— Ai un iubit?

— Da, îi spun încordată.

Nu comentează nimic după răspunsul meu, dar ochii lui mă cântăresc cu insistență, până când ajung să mă foiesc neliniștită. Nu contează cât de chipeș este – nu-mi place deloc să mă privească în felul ăsta. Când ne-am cunoscut, am fost impresionată că și-a ținut privirea sus, dar cred că asta a fost numai ca să facă impresie bună. Dacă va continua să mă privească în felul ăsta...

Ei bine, presupun că nu prea am ce face. Mai ales acum, după ce un polițist tocmai m-a acuzat că am agresat un bărbat.

Dau să spun ceva, ca să-i redirecţionez privirea spre ochii mei, când îl văd că se uită, în fine, spre cămaşa de noapte albă care stă încă întinsă pe patul uriaş. Priveşte ţintă spre pata de sânge de la guler. Poate că e doar imaginaţia mea, dar mi se pare că aud clar cum trage adânc aer în piept.

— În fine.

Mă uit şi eu spre cămaşă, apoi iar spre Douglas.

— Dacă mă pot retrage, aş vrea să caut cum se scot petele de sos de roşii din ţesătură.

Mă mai priveşte ţintă preţ de o clipă, apoi dă din cap mulţumit, în semn de aprobare.

— Foarte bine. Aşa să faci.

Dar n-am nevoie să caut nimic pe internet, fiindcă deja ştiu cum se curăţă petele de sânge.

ȘAISPREZECE

Iau cina împreună cu Brock, dar nu mă pot concentra la niciun cuvânt din tot ce-mi spune.

Vremea s-a încălzit şi am luat o masă afară, într-un restaurant arăbesc, mic şi drăguţ, din East Village. Brock arată uluitor în costumul lui de serviciu, iar eu m-am îmbrăcat cu o rochiţă nouă şi uşoară, de vară. În timp ce mâncăm antreurile, Brock îmi povesteşte despre unul dintre clienţii lui; de obicei sunt fericită să-mi petrec după-amiaza împreună cu iubitul meu superb. Sunt în permanenţă uimită de felul în care cineva ca Brock ar fi interesat de cineva ca mine şi, în mod obişnuit, i-aş soarbe fiecare cuvânt (chiar dacă vorbeşte despre legea brevetelor, ceea ce, la drept vorbind, e cam plictisitor). Însă astăzi nu-mi stă mintea la asta.

Fiindcă am simţit iar furnicăturile acelea în ceafă. De parcă m-ar privi cineva.

Ar fi trebuit să-i spun lui Brock să mâncăm acasă. Nu mă mai simt în siguranţă cu Xavier umblând liber pe stradă. Nu ştiu de ce m-a ales ca ţintă tocmai pe mine, dar s-a făcut o săptămână de când m-a atacat şi simt adeseori ochii aceia ţintuindu-mă. Mi-ar plăcea să cred că e doar imaginaţia mea, însă nu-s atât de sigură. Chiar şi cu un braţ rupt – chiar şi în alt *cartier* –, Xavier tot mi-ar putea lua urma.

— Ce zici, Millie, nu-i aşa? mă întreabă Brock.

Ridic ochii şi-l privesc fără nicio expresie. În mâna dreaptă ţin furculiţa în care stă înfipt un cubuleţ de carne de miel, dar nu cred că am înghiţit ceva în ultimele zece minute.

— Ha? reacţionez eu absolut jalnic.

Brock ridică sprâncenele încruntat şi bucăţica de piele dintre ele se încreţeşte într-un fel pe care de obicei îl găsesc drăguţ, dar acum mi se pare de-a dreptul enervant.

— Eşti bine?

— Da, îl mint eu.

Îmi acceptă răspunsul fără alte întrebări. Am observat că, mai ales pentru un avocat, Brock este foarte încrezător, aproape credul. Oricine altcineva mi-ar fi pus, probabil, o mulţime de întrebări despre trecutul meu, dar el nu-i aşa. Este o uşurare faptul că nu trebuie să-i spun totul, dar uneori îmi doresc să mă fi presat mai mult. Fiindcă am obosit să ţin totul secret faţă de el.

L-am cunoscut pe Brock în scurta perioadă în care mi-am imaginat că s-ar putea să mă intereseze oarecum o carieră legală, până când mi-am dat seama că trecutul meu ar face-o dificilă, dacă nu chiar imposibilă. Cei de la facultate mi-au aranjat oportunitatea de a-l seconda, cu toate că, încă din prima zi, Brock a recunoscut pe un ton prostesc: *Jobul meu nu-i chiar atât de interesant.* Eu îmi imaginam că o să mergem prin săli de judecată, însă în cea mai mare parte a timpului nu făcea decât să întocmească acte. În timp ce eu îl priveam.

Îmi pare rău, mi-a spus la finalul săptămânii petrecute împreună. *Sunt sigur că te aşteptai la altceva.*

Este în regulă, i-am spus. *Oricum nu voiam să devin avocat.*

Lasă-mă să mă revanşez. O să te scot la cină.

Mai târziu, Brock a recunoscut că toată săptămâna a încercat să găsească o cale de a-mi da întâlnire.

Adevărul e că aproape l-am refuzat. Încă îmi lingeam rănile după ce Enzo îmi spusese că n-are nicio intenţie de a se întoarce în Statele Unite şi nu voiam să-mi mai rupă cineva sufletul încă o dată. Dar apoi mi-am imaginat cum italiencele alea frumoase se dau la fostul meu iubit şi m-am decis – ce mama naibii? De ce nu m-aş distra şi eu un pic, la urma urmelor?

Brock a fost un iubit foarte bun. Cu fiecare săptămână care trece, caut să-i descopăr defectul acela fatal, dar rămâne frustrant de perfect. Iar când a aflat că nu l-au acuzat pe Xavier de agresiune, a părut că se înfurie aşa cum se cuvine. S-a oferit să meargă cu mine la secţia de poliţie şi să discute cu poliţistul responsabil de caz. Încă o ofertă pe care a trebuit s-o refuz, din motive evidente.

Apoi, abandonează pur şi simplu subiectul. Toată săptămâna n-am fost în stare să mă gândesc decât la asta, dar Brock a şi trecut peste incident, deşi continuă să-mi repete o chestie evidentă: trebuie să-mi găsesc altă casă.

— Arăţi un pic palidă, observă el.

Îmi frec ceafa, apoi mă răsucesc ca să mă uit în spate. Sunt sigură că o să dau nas în nas cu Xavier, dar nu-i nimeni. Sau, cel puţin, nu-l văd eu. Însă categoric trebuie să fie pe undeva prin preajmă.

— Hai să ne mutăm împreună, răbufnesc brusc.

Brock se opreşte în mijlocul propoziţiei. În colţul gurii are o bobiţă de sos tahini.

— Poftim?

— Cred că suntem pregătiţi pentru pasul ăsta, îi spun.

Încă o minciună. Nu mă simt deloc pregătită să mă mut cu Brock, dar n-am absolut nicio intenţie să mai revin vreodată în apartamentul meu din South Bronx cât timp Xavier locuieşte încă în bloc, şi nu ştiu dacă o să mă mai simt vreodată în siguranţă în cartierul acela. Nu ştiu dacă sunt în siguranță nici măcar aici, dar categoric în Bronx nu sunt.

În orice caz, asta este ce trebuie să spun acum. Un zâmbet uriaș luminează chipul iubitului meu.

— OK. Îmi place ce aud.

Se întinde să mă ia de mână peste masă.

— Te iubesc, Millie.

Deschid gura, știind că am atins un punct critic în care trebuie să i-o spun și eu lui. Însă, exact în momentul acela, senzația ciudată din ceafă devine de nesuportat. Întorc încă o dată capul, sigură că o să-l văd pe Xavier stând la o jumătate de metru de mine și privindu-mă fix.

Mijesc ochii, cercetând atentă strada din spatele meu. Unde este nemernicul ăla?

Cu toate astea, nu-l zăresc nicăieri. Fie s-a pitit în spatele unei cutii poștale, fie nu-i prin zonă. Însă văd o persoană pe care nu mă așteptam s-o văd.

Douglas Garrick.

ȘAPTESPREZECE

Douglas Garrick se află în spatele meu.

Mai precis, traversează strada. Semaforul este roşu şi îl văd cum ţâşneşte pe trecerea de pietoni în timp ce un taxi galben îl claxonează violent. Îl privesc preţ de o clipă, cu inima bătând să-mi spargă pieptul. Presupusesem, într-un fel sau altul, că Xavier este cel care mă urmăreşte, dar acum nu mai ştiu ce să cred. Oare Douglas fusese pe urmele mele în tot acest timp?

— Aşteaptă-mă o secundă, îi spun lui Brock. Mă întorc imediat.

— Ce nai..

Nu-i dau lui Brock nicio șansă să-și termine gândul și mă reped spre Douglas pe stradă, forțându-l pe șoferul unui sedan albastru să se proptească în pedala de frână și să mă înjure copios, însă îl ignor și-mi văd de drum.

Ce face Douglas în East Village? El locuieşte în Upper West Side și lucrează pe Wall Street. Dacă mă urmărea pe mine, atunci n-o s-o mai facă. Iar celălalt lucru interesant este că nu e singur. Pare să fie însoţit de o femeie blondă, care poartă atârnată pe umărul drept o geantă maro, mare, de toată ziua.

Ce se petrece? De ce mă urmăreşte? Şi cine e femeia aceea? Chiar dacă n-am văzut-o prea bine pe Wendy Garrick în viaţa reală, am văzut poze de-ale ei, iar femeia aia nu este doamna Garrick.

Îl urmăresc încă un cvartal. Poate că mă amăgesc, dar nu cred să știe că sunt în spatele lui când o apucă, împreună cu femeia care-l însoțește, pe Second Avenue. Ea ridică vocea, însă nu aud ce-și spun. Dacă mă apropii mai mult, s-ar putea să mă vadă.

Nu știu cât o să-i mai pot urmări. Brock este încă la restaurant și crede, probabil, că mi-am pierdut mințile. Sper ca acest mic incident să nu ajungă în convorbirea săptămânală cu părinții lui.

Din fericire, Douglas și femeia ajung în fața unei clădiri mici, din cărămidă cafenie, un bloc de apartamente. La fel ca la mine acasă, nici clădirea aceasta nu are portar. Ea se caută de chei în geantă, deschide ușa și intră. Înainte de a dispărea amândoi înăuntru, reușesc să-i văd destul de bine chipul.

Este dureros de evident ce se petrece aici. Douglas are o amantă care locuiește în această clădire. Este încă destul de devreme ca să-i poată spune lui Wendy, când va ajunge acasă în seara asta, că a lucrat până târziu.

Dar de ce se certau?

Desigur, nici asta nu-i atât de dificil de intuit. Dacă ea este iubita lui, iar el este însurat, poate că este furioasă că nu-și părăsește nevasta. Femeia avea cel puțin treizeci de ani și nu arăta ca o parașută cu care a ieșit doar ca să se distreze nițel. Poate speră că Douglas o să se despartă de Wendy și o să se însoare cu ea.

Încă privesc clădirea din cărămidă maronie, încercând să-mi dau seama ce-ar trebui să fac în continuare, când telefonul începe să-mi sune în buzunar. Mă strâmb văzând pe ecran numele lui Brock. Îmi doresc să-mi fi lăsat telefonul în geantă, dar în momentul ăsta chiar trebuie să-i răspund. Omul mi-a spus că ne putem muta împreună, mi-a spus că mă *iubește*, și o secundă mai târziu eu am țâșnit de pe scaun ca o nebună și am fugit în direcția opusă.

— Millie?

La capătul celălalt, vocea lui Brock trădează nedumerirea.

— Ce s-a întâmplat? Unde ai plecat?

— Eu... mi-am văzut o veche prietenă. Voiam să iau legătura cu ea. N-am mai văzut-o de ani întregi.

— OK...

Pare să accepte fără tragere de inimă explicația mea ridicolă, exact așa cum bănuiam că va face.

— Te întorci?

Arunc o ultimă privire la clădirea cafenie din fața mea.

— Da. Mă întorc în câteva minute.

— Câteva *minute*?

Orice-ar face Douglas Garrick în clădirea asta, n-am cum să-mi dau seama stând aici și holbându-mă la ea. Așa că pornesc înapoi spre restaurant, pregătită să fac față confruntării cu Brock. O să vrea mai mult decât un simplu răspuns ca explicație pentru fuga mea. Însă adevărul m-ar face să par complet nebună.

— Mă întorc imediat, îi spun. Îți promit.

— Vrei să cer nota și să plătesc? mă întreabă el. Ești bine? Ce se petrece?

— Nimic.

Traversez iar spre restaurant, ajustându-mi un pic pașii.

— Cum ți-am zis, am văzut o veche prietenă.

— Nu păreai prea bine.

— Dar sunt, insist eu. Eu...

Chiar în mijlocul insistențelor mele de a susține că sunt absolut în regulă, rămân mută. Pentru că mă uit la ceva care face să-mi stea inima în loc.

Este o Mazda neagră, cu farul drept spart. Aceeaşi pe care am văzut-o parcată în faţa blocului din Bronx şi uneori în apropierea reşedinţei Garrick.

Cobor privirea spre numărul de înmatriculare. 58F321. Scotocesc prin minte, încercând să-mi amintesc ce număr avea ultima dată când am văzut-o. De ce nu mi l-am scris? Eram atât de sigură că mi-l voi aminti.

Dar acel far spart... Pare foarte cunoscut.

— Millie? se aude vocea lui Brock în receptor. Millie? Mai eşti acolo?

Mă uit fix la maşină. În tot acest timp, am presupus că Xavier era cel care mă urmărea. Dar acum descopăr maşina asta parcată în apropiere de clădirea unde locuieşte amanta lui Douglas. Chiar dacă nu sunt sută la sută sigură că este aceeaşi maşină care mă urmărea şi pe mine, aş fi în stare să pariez o sumă importantă pe asta. Arată cam ponosită ca să fie condusă de un multimilionar, dar poate că nu, dacă acesta ar încerca să nu iasă în evidenţă.

Dar de ce m-ar urmări Douglas? La urma urmelor, senzaţia asta o am încă dinainte de-a începe să lucrez pentru familia Garrick. Asta ar însemna că Douglas mă urmărea chiar dinainte de a începe să lucrez pentru el.

Simt un fior rece pe şira spinării. Ce se petrece aici?

OPTSPREZECE

Astăzi îmi fac bagajele, ca să mă mut.

Adevărul este că încă nu mă simt confortabil să mă mut cu Brock, dar dacă Xavier Marin locuiește aici, în bloc, atunci nu mai pot locui eu. Și trebuie să recunosc, n-o să fie vreun chin să stau în apartamentul cu două dormitoare al lui Brock, din Upper West Side. Nu e chiar un penthouse, dar este superb. Are chiar și o verandă care *nu* funcționează și pe post de ieșire de incendiu. De asemenea, pentru când se face foarte cald, vara, are aer condiționat. Aer condiționat! Asta este expresia cea mai înaltă a luxului.

Brock m-a adus în Bronx cu Audi-ul lui. Portbagajul nu este prea mare, însă, din fericire, nici eu nu am prea multe lucruri. Unul dintre avantajele acestui apartament este că a venit parțial mobilat, așa că majoritatea obiectelor din interior nu sunt ale mele. Ce nu încape în portbagaj sau pe bancheta din spate o să las aici.

— Mă bucur așa de tare că ne mutăm împreună, îmi spune Brock în timp ce navigăm pentru ultima dată pe străduțele spre apartamentul meu. O să fie grozav, adaugă el.

Îmi simt zâmbetul de pe chip ca de plastic.

— Da.

Cum pot face asta? Cum pot să mă mut cu Brock când nu știe adevărul despre trecutul meu? Nu-i corect față de el. Și n-o să fie corect nici față de mine când o să afle adevărul și o să mă dea afară, în stradă.

Încă lucrez pentru familia Garrick — deocamdată. Cu cât mă gândesc mai mult la asta, cu atât sunt mai puțin sigură că Douglas mă urmărea pe mine în ziua aceea. La urma urmelor, vorbea cu amanta lui, nu părea deloc concentrat la mine. M-am grăbit să trag concluzii. Și faptul că am aflat că șeful meu are o amantă nu-i un motiv ca să renunț la un job atât de bine plătit, mai ales că găsirea altuia este mereu dificilă, în cazul meu. Poate că mă mut eu cu Brock, dar ar fi o greșeală să devin dependentă de el. Am nevoie să-mi câștig banii – pentru eventualitatea în care mă dă afară pe sus-menționata stradă.

Când se face roșu, Brock întinde mâna și-mi pune palma pe genunchi. Îmi zâmbește; mi se pare că arată atât de bine – ca un star de cinema – și, cu toate astea, nu mă pot gândi decât că mutarea este o idee proastă. Face o greșeală îngrozitoare și nici măcar nu știe. Iar o parte din mine își dorește să-și ia naibii mâna de pe genunchiul meu. Nu mi-a mai spus că mă iubește din ziua aceea, de la restaurant. Îmi dau seama că arde de nerăbdare s-o spună din nou, însă el a făcut-o deja de două ori, iar eu nici măcar o dată. Dacă o spune iar, fie va trebui să mă audă și pe mine zicând același lucru, fie... În fine, va trebui s-o spun dacă vreau ca relația asta să continue. Nu mai e nimic de adăugat.

— Hei.

Intrăm pe strada mea și Brock își retrage mâna.

— Ce se întâmplă aici?

În fața clădirii se află parcată o mașină de poliție, cu girofarul pornit. Strâng buzele, ca să nu mă apuc să-i spun că mereu sunt parcate în zonă mașini de poliție. Mi se întoarce stomacul pe dos când mă întreb dacă nu cumva există o șansă să fi venit pentru mine. Poate că Xavier s-a răzgândit în legătură cu plângerea penală.

Oh, Doamne, oare o să mă ia de-aici încătușată?

— Brock, îi spun agitată, poate că ar trebui să plecăm acum. Venim altă dată.

El își încrețește nasul.

— Nu mai vin și mâine până în Bronx. Haide, o să fie în regulă.

Chiar când sunt pe cale să fac un atac de panică îngrozitor, ușa de la bloc se deschide larg și un polițist scoate în stradă un bărbat cu mâinile încătușate la spate. Se pare că n-au venit deloc pentru mine. Probabil au o nouă captură de droguri cu arestări.

Apoi văd pe chipul bărbatului încătușat cicatricea de deasupra sprâncenei drepte. Este *Xavier*.

Cobor geamul chiar la timp ca să-l aud pe Xavier urlând la ofițerul de poliție care-l conduce la mașină:

— Trebuie să mă credeți! Drogurile alea... Nu le-am văzut în viața mea. Nu sunt ale mele!

Chiar și din locul unde suntem parcați, văd cum polițistul își dă ochii peste cap.

— Da, asta spuneți cu toții când dăm peste o grămadă de heroină în apartamentele voastre.

În secunda în care intră în mașina de poliție, ochii lui Xavier se umplu de panică. Chiar dacă își dă seama că este o mișcare proastă, se eliberează din strânsoarea polițistului și o rupe la fugă pe lângă clădire. Desigur, are mâinile legate la spate, ceea ce înseamnă că nu va ajunge prea departe. Polițistul îl prinde câteva secunde mai târziu și mă uit cum îl trântește la pământ. Este cel mai bun show văzut de mine în ultimele câteva luni.

Brock face ochii mari în fața scenei care se desfășoară în fața noastră.

— Iisuse Hristoase. Ai noroc să te muți de-aici.

— El este omul, respir eu. El este cel care m-a atacat.

— Uau. Deci era și drogat? Cred că nici măcar nu-i vreo surpriză.

Când interacționasem cu el, Xavier nu-mi lăsase impresia că se droghează. Părea întotdeauna absolut curat. Dar dacă i le-au găsit în casă... ba chiar mai mult de-atât, dacă au dat peste o cantitate mare – destul cât să implice că le vindea –, n-o să se mai întoarcă prea curând.

— Nu mai trebuie să mă mut, îmi scapă mie.

Brock rămâne cu gura căscată.

— Poftim?

— El n-o să mai fie în bloc, subliniez eu. Așa că nu mai trebuie să plec.

Brock se bosumflă.

— Nu înțeleg, spune el. Nu *vrei* să locuiești cu mine?

Este o întrebare incredibil de complicată și de vicleană. Da, ar fi grozav să am ceva mai mult spațiu, aer condiționat și un portar care să țină la distanță hoții. Dar ăsta nu-i un motiv ca să mă mut cu iubitul meu.

— Ba da, îi spun eu. Într-o bună zi. Dar... nu acum.

— Înțeleg, îmi răspunde el pe un ton de gheață.

— Îmi pare foarte rău.

Mă întind să-i strâng mâna, dar nu-mi răspunde la gest.

— Pur și simplu, sunt genul de persoană care are nevoie de spațiul propriu. Asta-i tot.

Ochii lui albaștri se pironesc într-ai mei.

— Ăsta chiar e singurul motiv?

Îmi imaginez că părinții lui Brock sunt tipul de oameni care ar face verificări amănunțite despre femeia care se mută cu fiul lor. La naiba, poate chiar au făcut deja. Dar fac prinsoare că au căutat-o pe Millie Calloway, singura mea salvare. Și nu este decât o chestiune de timp până când își vor da seama că prenumele meu este, de fapt, Wilhelmina, iar Brock va afla totul.

Trebuie să-i mărturisesc eu adevărul înainte de-a se întâmpla una ca asta.

Însă cu nemernicul ăla de Xavier în pușcărie, mi-am obținut o scurtă păsuire.

NOUĂSPREZECE

Astăzi, penthouse-ul Garrick pare liniștit.

Aud un zgomot venind din dormitorul de oaspeți, însă nu este plâns, țipăt sau altceva care să dea de bănuit. E doar un zgomot care arată că este cineva înăuntru – o femeie pe care n-ar trebui s-o deranjez.

După ce am găsit pata de sânge de pe cămașa de noapte, chiar m-am gândit că Douglas va avea o scuză rezonabilă ca să mă concedieze, însă până acum nu a făcut-o. Este un lucru bun, având în vedere că am nevoie de bani. (Brock încă îmi bate apropouri, că ar trebui să mă mut cu el, dar până acum am reușit să-l duc cu vorba.)

Iar azi, după ce am avut câteva zile ca să mă gândesc la asta, nu mai sunt convinsă că acel roșu de pe cămașa de noapte era atât de rău prevestitor pe cât mi s-a părut atunci. În continuare sunt convinsă că era sânge, dar există o mulțime de motive inofensive pentru care hainele pot fi pătate de sânge, uneori. Am avut de-a face cu destui copii cărora le țâșnea sânge din nas, ca să știu că ar fi greșit să trag concluzii pripite. Așa că am reușit să-mi scot asta din cap.

Mă rog, în cea mai mare parte.

După ce am dereticat prin celelalte dormitoare, m-am îndreptat pe hol spre baia principală de la etaj. În general, băile nu sunt foarte murdare. Are sens, având în vedere că aici nu locuiesc decât două persoane și rareori pare că ar fi nevoie să le curăţ, dar n-am de gând să mă cert cu ei. Sunt plătită să fac curat şi, dacă trebuie să curăţ ceva deja curat, atunci asta o să fac.

Doar că azi, când intru în baie, văd ceva ce n-am mai văzut până acum. Ceva ce mă face să mă simt ca şi când aş fi primit un pumn în plex.

Pe chiuvetă este urma însângerată a unei palme.

De fapt, ca să fiu corectă, este cam o jumătate de urmă. Ca şi când cineva s-ar fi prins de chiuvetă cu mâna plină de sânge.

Ochii îmi cad pe podea. Când am intrat aici n-am văzut, dar acum observ picăturile de sânge de pe dalele de linoleum. Par să formeze o cărăruie.

O apuc pe urma lor şi ies din baie. Pe coridor nu e nicio lumină aprinsă şi probabil de aceea nu le-am văzut de prima dată, dar acum zăresc stropii de sânge care formează o potecă pe mochetă. Şi urma se opreşte la uşa dormitorului de oaspeţi.

N-ar trebui să bat. Douglas mi-a spus asta foarte clar încă de când am început să lucrez aici, iar prima dată când am ciocănit, lui Wendy Garrick *nu* i-a făcut deloc plăcere să mă vadă.

Dar în minte îmi vine iar cazul lui Kitty Genovese. Cum aş putea să nu investighez, când în casa asta există o dâră de sânge care duce până la uşă?

Aşa că ridic mâna strânsă în pumn şi bat.

Înainte am auzit nişte zgomote, dar acum de cealaltă parte a uşii se aşterne tăcerea. Nimeni nu-mi spune să intru sau să nu intru. Aşa că ciocăn iar.

— Doamnă Garrick? strig eu. Wendy?

Niciun răspuns.

Încleştez dinţii, frustrată. Nu ştiu ce se petrece acolo, dar n-am să plec până când nu verific că nu sângerează de moarte. Am eu o regulă să nu fac curat cu cadavre prin preajmă.

Chiar dacă n-ar trebui, pun mâna pe clanță. Încerc s-o apăs, dar nu se clintește. *E încuiat.*

— Doamnă Garrick, este sânge în toată baia.

În continuare, niciun răspuns.

— Uitați care e treaba, dacă nu deschideți ușa, o să sun la poliție.

Asta îi provoacă o reacție. O aud foindu-se dincolo de ușă, apoi răspunzând cu o voce ușor înecată.

— Sunt aici. Sunt bine. Nu chema poliția.

— Sunteți sigură?

— Da. Te rog... pleacă. Încerc să dorm.

Aș putea să-mi văd de treabă, dar realitatea este că, de fapt, n-aș putea. Nu după ce am văzut tot sângele ăla din baie. Și nu e vorba doar de sânge, ci de faptul că oricine ar fi lăsat urmele alea era prea rănit ca să mai poată curăța în urmă.

— Vreau să vă văd, îi spun. Vă rog să deschideți ușa.

— Ți-am spus că sunt bine. Doar că mi-a curs niște sânge dintr-o măsea spartă.

— Deschideți ușa pentru două secunde și vă las în pace. Dar să știți că nu plec de aici până nu vă văd.

În spatele ușii se așterne iar o tăcere lungă. În timp ce aștept, urmăresc cu ochii dâra de picături de sânge care vine de la baie. Există o grămadă de explicații nevinovate pentru asta. Poate că se rădea pe picioare și s-a tăiat. Poate că i s-a spart într-adevăr o măsea.

Și mai există și niște explicații mai puțin nevinovate.

În cele din urmă, dinspre clanță se aude un clic. Ușa a fost descuiată. Și, foarte încet, Wendy o întredeschide.

Iar eu trebuie să-mi astup gura cu mâna ca să nu țip.

DOUĂZECI

— Wendy, spun cu respirația tăiată. Oh, sfinte Dumnezeule!

— Ți-am spus că sunt bine. Nu-i atât de rău pe cât pare.

Am văzut multe lucruri rele în viață, dar fața lui Wendy Garrick este unul dintre cele mai rele, care o să mă bântuie ani întregi de acum înainte. După cum arată, femeia asta a fost luată la pumni ca un sac de box, și asta nu o dată. Vânătăile care îi acoperă chipul sunt în diferite stagii de vindecare. Cea de pe obrazul stâng pare proaspătă, dar celelalte sunt gălbui, semn că au fost provocate de niște lovituri aplicate cu mai mult timp în urmă.

Wendy mi-a spus că sângerarea a venit de la un dinte, însă eu sunt convinsă că persoana care i-a adus fața în halul ăla a fost capabilă și să-i scoată un dinte.

— Este de la medicamente, îmi spune ea. Am căzut și, pentru că iau anticoagulante, mă învinețesc ușor.

Femeia asta s-a uitat în oglindă? Chiar încearcă să-mi spună că asta i s-a întâmplat de la o *căzătură*?

Poartă o cămașă de noapte roz cu flori și, la fel ca în baie, și pe aceasta se văd pete de sânge. Nu este prima cămașă de noapte însângerată pe care o văd de când lucrez aici.

— Trebuie să mergi la spital, reușesc să îngaim.

— La spital? tresare ea. Şi ce-mi vor face acolo, mai exact?

— O să verifice dacă n-ai oase rupte.

— N-am. Sunt bine.

— Atunci trebuie să faci plângere pentru asta, adaug.

Wendy Garrick mă priveşte fix cu ochii ei învineţiţi. Trage aer în piept şi tresare. Mă întreb dacă nu cumva are o coastă ruptă. Nu m-ar surprinde.

— Ascultă-mă bine, *Millie*, spune ea cu voce joasă. N-ai nici cea mai vagă idee de ce se petrece aici. *Nu* vrei să fii implicată în toată treaba asta. Trebuie să-ţi vezi de treabă şi să mă laşi în pace.

— Wendy...

— Vorbesc serios.

Ochii învineţiţi se fac mari şi, pentru prima dată, văd în ei groaza.

— Dacă ştii ce-i bine pentru tine, trebuie să închizi uşa asta şi să-ţi vezi de drum.

— Dar...

— Trebuie *să pleci*, Millie.

În vocea ei se simte o grabă înfricoșată.

— N-ai nici cea mai vagă idee. *Vezi-ţi de treaba ta.*

Deschid gura să protestez, dar nu reușesc, fiindcă îmi trântește ușa în nas.

Mesajul este limpede. Orice s-ar întâmpla în casa aia, Wendy *nu* vrea ajutorul meu. Vrea ca eu să nu mă bag. Să-mi văd de ale mele.

Din păcate, nu m-am priceput niciodată la asta.

DOUĂZECI ȘI UNU

În 2007, celebrul violonist Josh Bell, la al cărui concert tocmai se epuizaseră toate biletele, la prețul de o sută de dolari bucata, s-a gândit să se dea drept muzicant de stradă. S-a așezat într-o stație de metrou din Washington, D.C., îmbrăcat în blugi și cu o șapcă pe cap, și a cântat exact aceleași piese ca în concert, cu o vioară lucrată manual, valorând mai mult de trei milioane și jumătate de dolari.

— Abia dacă s-au oprit câțiva să-l asculte, explică dr. Kindred în amfiteatrul plin cu studenți. De fapt, când copiii se mai opreau în fața lui, părinții îi apucau de mână și-i grăbeau, să-și vadă de drum. Acest om cântase într-un concert cu sala plină din Boston și în ziua aceea doar vreo cincizeci de persoane s-au oprit cât să-i arunce un dolar în cutia viorii. Cum explicați acest lucru?

O fată din primul rând ridică mâna, ezitantă. E mereu dornică să răspundă la orice întrebare.

— Cred că o parte din răspuns constă în faptul că frumusețea acelei muzici este mai dificil de perceput într-un cadru neasumat de ascultător.

În fiecare zi iau metroul din Bronx către oraș și, adeseori, în timp ce aștept să vină trenul, văd oameni cântând la diferite instrumente. Stația din apropierea blocului meu duhnește a urină din motive la care prefer să nu mă gândesc, dar dacă aud pe cineva cântând în timp ce aştept, parcă nu mai e aşa de rău.

Eu m-aş fi oprit să-l ascult pe Josh Bell. Poate chiar i-aş fi pus un dolar în cutia viorii, cu toate că am nevoie de fiecare dolar disponibil.

— OK, spune dr. Kindred. Alţi factori care ar fi putut intra în joc?

Ezit un moment înainte de a ridica mâna. De obicei nu sunt foarte activă în clasă, pentru că am cu zece ani mai mult decât cea mai vârstnică persoană din amfiteatru (în afară de profesor). Dar nimeni altcineva nu pare să fie interesat să răspundă.

— Nu a vrut nimeni să-l ajute, spun eu.

Dr. Kindred dă din cap şi se freacă pe barba uşor crescută.

— Ce vrei să spui?

— Păi, avea în faţă o cutie de vioară cu bani înăuntru. Oamenii au presupus că avea nevoie de ajutor, mai precis, de bani. Şi, pentru că nu voiau să-l ajute, l-au ignorat. Au simţit că, dacă s-ar opri, ar însemna că trebuie şi să-l ajute.

— Ah.

Profesorul dă din cap în semn de încuviinţare.

— Aşadar, nu este o veste prea bună pentru rasa umană, dacă nimeni nu vrea să se bucure de o muzică bună fiindcă asta ar însemna să ajute o persoană în nevoie.

Profesorul mă priveşte în continuare, aşa că simt că trebuie să spun ceva.

— Cel puţin cincizeci de oameni s-au oprit. Asta e ceva.

— Foarte adevărat, răspunde el. Asta *este* ceva.

Totuşi, eu aş fi ajutat. Întotdeauna ajut. N-aş putea niciodată, absolut niciodată, să-mi văd de drum, chiar şi atunci când ar trebui s-o fac.

După ce se termină prelegerea, ies din clădire şi zăresc un chip cunoscut venind din josul străzii. Sunt puţin surprinsă s-o văd pe Amber Degraw, femeia care m-a concediat după ce fetiţa ei nu se mai oprea din a-mi spune „mama". Şi nu mă surprinde atât să o văd pe ea, cât să constat că împinge un cărucior în care se află Olive. Fetiţa se joacă cu un fel de zdrăngănitoare pe care şi-a îndesat-o în gură cât de mult a putut. Are degetele pline de salivă.

Pe când lucram pentru Amber, nu am văzut-o niciodată interesată s-o scoată pe Olive la plimbare. Deci faptul că m-a dat afară le-a prins bine amândurora.

Iau în calcul să mă ascund după colţ, ca să evit o întâlnire stânjenitoare, însă Amber mă vede şi ridică mâna într-un salut entuziast. Se pare că a uitat cum m-a concediat.

— Millie! strigă ea după mine. Doamne Dumnezeule, *ce bine* îmi pare că te văd!

Serios? Fiindcă nu asta zicea ultima dată când ne-am văzut.

— Bună, Amber, spun eu deja resemnată să fac conversaţie politicoasă.

Se opreşte lângă mine într-un uşor derapaj, dând drumul mânerului căruţului doar cât să-şi netezească părul strălucitor, blond-roz. Astăzi, Amber este toată în piele. Poartă o pereche de pantaloni de piele îndesaţi în nişte cizme de piele înalte până la genunchi şi o haină de piele crem-cafeniu.

— Ce mai faci?

Lasă capul într-o parte, de parcă aş fi o cunoştinţă oarecare ce a avut un mic ghinion, şi nu o persoană pe care a concediat-o chiar ea.

— Totul este în regulă?

— Desigur, îi spun printre dinţi. E minunat.

— Unde lucrezi acum?

Parcă nu-mi vine să-i spun despre noul meu loc de muncă. Deja m-a concediat pentru cel mai stupid motiv din lume – aşa că nu exclud nimic cu femeia asta.

— Nu mi-am găsit încă de lucru.

— Te-am văzut ieri pe stradă, spune ea. Mergeai spre clădirea aia veche de pe strada 86. Douglas Garrick stă acolo, nu-i aşa?

Încremenesc, surprinsă că deţine informaţia aceasta confidenţială. Însă îmi amintesc din nou că în cercurile bogaţilor par că se cunosc toţi unii cu alţii.

— Da. Acum lucrez pentru familia Garrick.

— Oh, asta căutai acolo?

Zâmbetul care arcuieşte buzele lui Amber mă face să nu mă simt deloc în largul meu. Ce vrea să spună, mai exact?

— Da...

Îmi face cu ochiul.

— Sunt sigură că o să tragi toate foloasele din asta.

Nu apreciez deloc tonul, dar îmi aduc aminte că nu am de ce să stau aici şi să pălăvrăgesc cu Amber – unul dintre avantajele faptului că nu-i mai sunt angajată. Dar trebuie s-o salut pe micuţa Olive, a cărei bărbie străluceşte de scuipat. N-am mai văzut-o de o vreme şi un copil se schimbă repede la vârsta asta. Probabil că nici n-o să mă recunoască.

— Bună, Olive! ciripesc eu.

Olive îşi scoate zdrăngănitoarea de la gât şi ridică spre mine ochii ei enormi, albaştri, cu care mă priveşte fix.

— Mama! strigă ea încântată.

Lui Amber îi fuge culoarea din obraji.

— Nu! Ea nu e mama ta! *Eu* sunt!

— Mama! strigă Olive și întinde spre mine mânuțele ei dolofane. Mama!

Când vede că nu o iau în brațe, Olive începe să suspine. Amber îmi aruncă o privire fioroasă.

— Uite cum ai supărat-o!

Cu această observație, Amber își schimbă expresia și își reia plimbarea, ca să se îndepărteze cât mai repede, în timp ce Olive continuă să țipe „Mama!". În ciuda situației, întâlnirea asta mă face să zâmbesc. S-a dovedit că își amintește totuși de mine.

În timp ce o privesc pe Amber dispărând în depărtare, începe să-mi sune telefonul – într-o clipită, starea de bine mi se evaporă. Apelul ăsta nu poate fi decât de la două persoane. Fie e Douglas, care-mi spune să nu-i mai hărțuiesc nevasta, fie e Brock, ceea ce ar fi chiar mai rău.

Lucrurile nu s-au liniștit încă între noi de când i-am spus atât de abrupt că nu vreau să locuiesc cu el. I-am explicat în mod repetat că am nevoie de spațiul meu și că mă simt mai în siguranță acum că Xavier a fost închis pentru viitorul apropiat, dar se pare că nu înțelege. Am o presimțire rea că foarte, foarte curând va trebui să avansăm în această relație, fiindcă altminteri va lua sfârșit.

Doar că, atunci când mă uit la telefon, văd că nu mă sună nici Douglas, nici Brock. Este un număr pe care nu-l recunosc.

— Alo?

— Sunteți Wilhelmina Calloway?

Fac o pauză, întrebându-mă dacă vocea de la celălalt capăt o să-mi spună că e pe cale să-mi expire garanţia maşinii sau dacă o să se dezlănţuie cu un potop de cuvinte într-o altă limbă.

— Da...

— Bună! Eu sunt Lisa de la Jobmatch!

Umerii mi se relaxează. Jobmatch este serviciul pe care-l foloseam ca să-mi plasez anunţurile pentru jobul de menajeră.

— Bună, Lisa.

— Domnişoară Calloway, spune Lisa cu voce veselă, n-am primit niciun răspuns la mesajele trimise prin e-mail, aşa că acesta este al doilea apel privind cardul dumneavoastră de credit.

— Cardul meu de credit?

— Da, spune Lisa. Cardul dumneavoastră American Express a fost refuzat.

Clatin din cap în faţa propriei stupidităţi.

— Îmi cer mii de scuze. Eu l-am anulat. Voiam să folosesc MasterCard. Dar acum nu mai am nevoie de anunţ.

— Mă rog, spune Lisa, eu doar voiam să mă asigur că înţelegeţi că anunţul dumneavoastră nu a fost activ fiindcă n-a fost plătit.

Mă opresc brusc, în mijlocul First Avenue.

— Stai aşa. Anunţul meu pentru postul de menajeră nu a fost activ?

— Mă tem că nu, fiindcă nu a fost plătit. Aşa cum v-am zis, am încercat să vă contactăm...

Deja n-o mai ascult. Nu ştiu cum e posibil ca anunţul meu să nu fi fost postat online.

— Eşti sigură? izbucnesc eu. Zici că anunţul meu nu a fost online? Absolut deloc? Nici măcar o zi?

— Nici măcar o zi, îmi confirmă Lisa.

Mă gândesc iar la momentul când îmi căutam job, cu câteva luni în urmă. Cele mai multe dintre interviuri au fost cu angajatori pe care i-am contactat eu, în urma anunțurilor publicate de ei. De fapt, n-a existat decât o persoană care să mă contacteze fără să fi sunat eu.

Douglas Garrick.

DOUĂZECI ȘI DOI

Tot ce ştiu este că o să-i dau eu de capăt până la urmă.

Douglas Garrick m-a sunat *pe mine*. Îmi amintesc atât de limpede. Am răspuns la telefon şi mi-a spus că are nevoie de o menajeră care să se ocupe de curăţenie, să spele rufe, să gătească din când în când şi să mai facă mici comisioane. Nu a menţionat anunţul sau cel puţin nu cred că a făcut-o, dar la momentul respectiv am presupus că de aceea sună. La urma urmelor, nu exista niciun alt motiv.

De unde să fi avut numărul meu de telefon, dacă nu din anunţ?

Toată treaba asta îmi face rău. Am în continuare impresia că mă priveşte cineva, chiar dacă se presupune că Xavier este în puşcărie. Şi mai e şi acea Mazda neagră parcată în faţa clădirii unde a intrat Douglas împreună cu amanta lui. Într-un fel sau altul, Douglas a făcut rost de numărul meu de telefon, chiar dacă anunţul nu a fost niciodată online.

Ştia cine sunt.

Stau în mijlocul străzii, în faţa unei pizzerii. Aroma înnebunitoare de sos de roşii, grăsime şi brânză topită îmi invadează nările, însă de data asta mă face să vărs. Cercetez strada care mi se aşterne în faţă, căutând orice-ar putea da de bănuit.

Nu-l văd pe Douglas. Nu-l văd nici pe Xavier.

Însă cineva tot este acolo. Cineva care mă urmărește. Sunt absolut sigură de asta.

Scot iar telefonul. Găsesc un mesaj de la Douglas, care vrea să confirmăm că pot trece în seara aceea să fac curat, chiar dacă am mai fost la ei acum două zile și sunt sigură că totul este aproape imaculat. De obicei îi răspund tot cu un mesaj, însă acum mă uit țintă spre ecran. Înainte să mă pot răzgândi, apăs pe numărul lui, ca să-l sun.

Când se face legătura și începe să sune la celălalt capăt, aud țârâitul unui telefon chiar în spatele meu. Stomacul mi se întoarce pe dos.

Mă răsucesc în viteză, dar telefonul care sună îi aparține unei adolescente care răspunde și pe care o aud țipând în receptor: „Oh, Doamne!", în timp ce trece pe lângă mine. Iisuse, ce nevricoasă sunt.

— Alo? Millie?

La capătul firului este vocea lui Douglas. Nu se află la doi pași în spatele meu. Oriunde s-ar afla, pare un loc mult mai liniștit decât strada aglomerată pe care mă aflu.

— Oh, bună.

— Este totul în regulă? Vii în seara asta la curățenie?

— Da...

Mă blestem în gând că nu mi-am pregătit o poveste înainte de a suna. Am acționat din impuls.

— Lucram la CV-ul meu și am o întrebare rapidă pentru tine.

— Nu ne părăsești, nu?

În vocea lui se simte o notă de umor, dar și ceva întunecat care zace dincolo de suprafață, în adânc.

— Sper să n-o faci.

— Nu, categoric nu. Aș vrea doar să-mi mai găsesc ceva de lucru și mă întrebam de unde ai aflat de mine.

Adică de unde aveai numărul meu de telefon, când m-ai sunat.

Se gândește preț de o clipă.

— De fapt, Wendy mi l-a dat.

— Wendy? Soția ta?

— Mai știi și altă Wendy? chicotește el. O prietenă i-a dat numărul tău și i-a spus că ești foarte bună.

— A spus și ce prietenă?

— Nu.

Vocea îi devine ușor defensivă.

— Ți-am dat destule informații în privința asta. Te rog să n-o deranjezi pe Wendy cu această treabă.

— Desigur că nu. Îți mulțumesc mult pentru informații. Și în mod sigur vin în seara asta.

O să mă duc, firește. Dar dacă el crede că n-o s-o întreb nimic pe Wendy, se înșală amarnic, fiindcă de întâmplat o să se întâmple altceva.

DOUĂZECI ȘI TREI

În această seară, îmi fac apariția la penthouse cu brațele pline de haine aduse de la curățătorie. Toate îi aparțin lui Douglas Garrick. Am preluat patru costume, fiecare dintre ele costând, probabil, mai mult decât câștig eu într-un an. Dacă aș fi o escroacă și aș încerca să vând costumele astea, mi-aș rezolva toate problemele. Însă nu merită. Deja sunt speriată teribil de Douglas și ultimul lucru pe care-l vreau este să se înfurie pe mine.

Deși ceea ce am de gând să fac azi îmi va sluji de minune exact ca să-l înfurii.

Când ajung în living cu hainele curățate atârnându-mi pe braț, constat că în casă e liniște. Cel mai probabil, Wendy este la etaj și, la fel de probabil, Douglas lucrează până târziu – sau este cu amanta lui. Duc hainele sus și aud zgomotul tălpilor mele, încălțate în pantofi sport, răsunând în tot penthouse-ul. Am făcut menajul în case mult mai mari decât asta, dar niciuna dintre ele nu avea un ecou atât de puternic. Mă întreb dacă are legătură cu vechimea clădirii.

Nu mă surprinde să văd că ușa dormitorului de oaspeți este închisă. Iau hainele și le duc în dormitorul matrimonial. Atârn în dulap costumele lui Douglas, însă mintea îmi este la femeia închisă în dormitorul de oaspeți. Astăzi sunt hotărâtă să-i vorbesc.

Așa că, imediat după ce așez costumele la locul lor, mă strecor pe coridor spre camera de oaspeți.

Dintr-un motiv oarecare, luminile de pe hol nu se aprind. L-am întrebat o dată pe Douglas despre asta și a pomenit ceva despre o problemă cu cablurile electrice. A bombănit că vor fi reparate, dar luminile acelea au rămas nefuncționale de când lucrez eu aici. Dacă adăugăm și arhitectura atât de învechită, lipsa luminilor de la etaj îți dă fiori pe șira spinării.

Mă opresc în fața camerei de oaspeți. Mocheta de sub picioarele mele este curată – am curățat bine tot sângele din baie și am îndepărtat petele de pe covor cu perhidrol. N-a mai rămas niciun semn din sângele lui Wendy, împrăștiat ieri peste tot. Iar Douglas nu știe că eu știu.

Ridic mâna pregătită să bat la ușă, când un fior rece îmi străbate corpul. Nu mă pot abține să nu-mi amintesc avertismentul lui Wendy, de ultima dată când am vorbit cu ea:

Dacă știi ce-i bine pentru tine, trebuie să închizi ușa asta și să-ți vezi de drum.

Îmi înghit toate îndoielile. Nu, *niciodată* n-o să-mi văd de drum. Cu hotărârea reînnoită, bat tare la ușă, cu degetele strânse în pumn.

Sunt pregătită s-o implor iar să deschidă, dar de data asta aud pași în spatele ușii. O clipă după aceea, ușa se întredeschide și, din nou, mă uit la fața învinețită a lui Wendy, cu toate că, trebuie să recunosc, arată un pic mai bine decât acum câteva zile.

— Ce este?

În tonul ei se ghicește resemnarea.

— Încercam să dorm.

Privirea îmi cade pe cămașa ei de noapte de un galben palid, pe care, din fericire, de data asta nu se zărește nicio pată de sânge.

— Ce cămaşă de noapte frumoasă! Eu dorm mereu în tricourile cu Mets.

Îşi încrucişează braţele la piept.

— De aia m-ai trezit, ca să-mi spui chestia asta?

— Nu, nu... de-aia. Adevărul e că vreau să te întreb ceva.

Wendy se foieşte de pe un picior pe altul. Până acum nu mi-am dat seama cât de slabă este. Femeia asta aproape că se stinge pe picioare. Presupun că ar putea fi din cauza bolii, însă nu ştiu dacă am văzut vreodată vreo femeie atât de slabă. Clavicula îi iese dureros în evidenţă şi când îşi trage cămaşa de noapte pot să-i văd absolut fiecare os din mâna brăzdată cu vene albăstrui. Pe faţa slabă, ochii par enormi.

— Ce vrei?

— Vreau să ştiu de unde ai avut numărul meu de telefon.

Se joacă cu o şuviţă de păr şi recunosc brăţara care-i atârnă la încheietură. Este aceeaşi brăţară oferită cadou de Douglas, recent.

— Cum adică?

— Douglas mi-a spus că i-ai dat numărul meu, ca să mă sune pentru jobul de menajeră. Dar de unde îl aveai?

— Ai postat un anunţ, nu-i aşa? Probabil că de acolo l-am luat.

Oftează lung.

— Acum, dacă nu te superi, o să mă întorc în pat. A fost o zi lungă.

— Realitatea este că am aflat că anunţul n-a mai fost postat pe internet. Aşa că, după cum ziceam, de unde aveai numărul meu de telefon?

Aproape că aud rotiţele învârtindu-se în creierul lui Wendy. Înainte să mai poată născoci o altă minciună, i-o retez scurt:

— Spune-mi adevărul.

Wendy coboară privirea.

— Te rog. Nu vreau să fac asta. Lasă-mă în pace.

— Spune-mi, îi strecor printre dinţi.

— De ce nu faci niciodată ce-ţi zic? ridică ea braţele în aer. În regulă. Am numărul tău de la Ginger Howell.

Replica ei mă face să mă simt ca şi când aş fi luat un pumn în măruntaie. Ştiu cine este Ginger Howell, dar n-am mai văzut-o de mult timp. De doi ani, mai precis. A fost una dintre ultimele femei pentru care am lucrat înainte ca Enzo să se întoarcă în Italia. I-am găsit un avocat dispus să lucreze cu plata în funcţie de rezultat, care s-o ajute să divorţeze de monstrul de bărbatu-său, care s-a luptat cu ghearele și cu dinţii, până când am fost cât pe ce să apelăm la soluţia de a-i face paşaport şi acte false, dar, în cele din urmă, nemernicul a lăsat-o să plece.

Sper că acum este bine. Ginger părea o persoană drăguţă. Nu merita ce-i făcea soţul ei. Dar dacă Wendy a auzit de mine de la Ginger, atunci...

— De ce i-ai spus lui Douglas să mă sune, Wendy?

Dă să răspundă, dar eu adaug:

— Vreau să-mi spui adevăratul motiv.

Nu mă priveşte, stă cu privirea înfiptă în covor.

— Cred că ştii de ce.

În ceafă îmi sună un ecou surd. Din clipa în care am păşit în casa asta, am bănuit că aici se petrece ceva ciudat. Însă de fiecare dată când am încercat să iau legătura cu Wendy, nu a părut interesată să-mi vorbească.

— Mi-am luxat încheietura, spune ea cu amărăciune. M-a doborât la pământ şi m-am lovit, dar când am mers la medic n-a vrut să iasă din cabinet. A trebuit să spun că am alunecat pe gheață și așa mi-am luxat-o. Este singurul motiv pentru care m-a lăsat să caut ajutor pentru casă – altminteri nu permite niciodată nimănui să vină aici.

Strâng tare pumnii.

— De ce nu ai spus nimic?

— Pentru că a fost o idee tâmpită să te aduc aici.

Ochii ei injectați se umplu de lacrimi.

— Eram disperată, însă odată ce te-am văzut, am știut că nu pot trece prin asta. Nu-l cunoști pe Douglas. Habar n-ai cum este. Să scap de el *nu este o opțiune.*

— Te înșeli, îi spun.

Dă capul pe spate și lasă să-i scape un râs sarcastic.

— Habar n-ai despre ce vorbești. Douglas este *peste tot*. Vede *tot*.

Mă gândesc iar la momentele acelea de pe stradă, când simțeam că cineva mă privește.

— Ne vede în momentul ăsta? Ascultă această conversație?

— Nu... nu știu.

Privește încolo și încoace pe coridor.

— N-am reușit să-mi dau seama dacă sunt camere de luat vederi în casă, dar asta nu înseamnă că nu sunt. Douglas are acces la o tehnologie pe care nici nu ne-o putem imagina măcar. Este genial, să știi.

De data asta, râde cu tristețe.

— Cândva, lucrul ăsta mi se părea atrăgător la el.

— Tot merită să încercăm.

Obrajii ei învinețiți se colorează ușor.

— Nu înțelegi. Ar cheltui fiecare bănuț ca să-mi ia urma.

Are dreptate – și Douglas are o grămadă de bani de cheltuit. Cu un soț ca Douglas, evadarea ar fi dificilă – chiar n-am nicio idee de ce este în stare. Și nu știu dacă o pot ajuta. Mai ales că nu am resursele pe care le are Enzo… eu nu am un „tip" pentru orice. De aceea, îmi jur mie însemi că o să renunț la această viață și o să mă concentrez pe obținerea diplomei de la facultate, ca să pot ajuta femeile într-o manieră care să nu presupună încălcarea legii. Dar fiecare moleculă din corpul meu strigă că ar trebui să încerc s-o ajut pe această femeie – acum.

N-aș putea trece niciodată în metrou pe lângă un bărbat care are nevoie de ajutor. Sau pe lângă o femeie înjunghiată sub fereastra mea. Nu pot permite ca astfel de lucruri să se petreacă sub nasul meu.

— Ai vreun ban? o întreb. Cash, vreau să zic.

Dă din cap ezitantă.

— Am vândut pe rând câteva bijuterii. Am foarte multe – de fiecare dată când mă bate, îmi cumpără ceva scump. Am ascuns niște bani într-un loc unde nu cred că o să-i găsească. N-o să mă țină mult, dar poate mă vor ține suficient timp.

Mintea mi-o ia la goană.

— Ai prieteni care te pot ajuta? Prieteni de care el, poate, să nu știe? Din liceu, din facultate sau…?

— Te rog, oprește-te, îmi spune ea cu voce gâjâită. Se pare că nu pricepi ce încerc să-ți spun. Douglas este extrem de periculos. Nu-l poți subestima pe omul ăsta. Dacă încerci să mă ajuți și nu funcționează… o să-ți pară rău. Crede-mă.

— Dar, Wendy…

— *N-o pot face, OK?*

Se uită în jos, la brățara pe care o poartă la încheietura mâinii stângi – îmi amintesc ce mândru a fost Douglas când mi-a arătat-o. Cu o privire sălbatică în ochi, se chinuie cu închizătoarea până când brățara îi alunecă de pe încheietura subțire.

— Urăsc darurile pe care mi le face, spune ea cu vocea plină de venin. Abia dacă mă pot uita la ele, dar se aşteaptă să le port.

Strânge brăţara în pumn, apoi întinde mâna şi mă prinde de încheietură. Îmi strecoară brăţara în palmă.

— Ia chestia asta, să n-o mai văd în ochi. Nici măcar nu mă mai pot uita la ea. Dacă mă întreabă, o să... o să-i spun că am pierdut-o.

Deschid palma şi mă uit la brăţara aceea mică. Mă întreb dacă e pătată cu sângele ei.

— Nu pot s-o iau, Wendy.

— Atunci arunc-o, răbufneşte ea. N-o mai vreau la mine în casă. Mai ales că a gravat ce a gravat pe ea.

Apropii brăţara de ochi, ca să văd gravura. Citesc literele acelea micuţe:

Pentru W, eşti a mea pe vecie. Te iubesc, D.

— A lui pe vecie, spune ea cu amărăciune. Proprietatea lui.

Mesajul este inconfundabil.

— Te rog, lasă-mă să te ajut.

O apuc de încheietură, uitând că s-ar putea să fie tocmai cea luxată. Tresare şi îi dau drumul.

— O să fac orice e nevoie. Mie nu mi-e frică de soţul tău. O să găsim noi o cale să te scăpăm din asta.

Atunci o văd în ochii ei. Pâlpâirea unei ezitări. A unei *speranţe*. Nu durează decât o fracţiune de secundă, dar este acolo. Femeia asta e disperată.

— Nu, spune ea ferm. Şi acum trebuie să pleci.

Înainte să apuc să mai scot vreun cuvânt, îmi trânteşte uşa în faţă.

Wendy Garrick este absolut îngrozită din cauza soţului ei – şi mie mi-e frică de el. Dar după toţi aceşti ani am învățat că nu trebuie să las frica să mă controleze. L-am pus cu botul pe labe pe Xavier. Am învins bărbați la fel de puternici ca Douglas. Nu-mi pasă de ce zice Wendy. Pot să mă descurc cu el.

DOUĂZECI ȘI PATRU

Dacă aş avea un bănuţ pentru fiecare moment în care aproape că am fost dărâmată de un biciclist pe banda de biciclete, în timp ce traversam, nici n-ar mai trebui să lucrez pentru familia Garrick. În timp ce trec strada ca să ajung la clădirea lor, un biciclist fără cască, ţinând la ureche un telefon mobil, evită la milimetru să mă bage în spital. De ce vorbesc bicicliştii tot timpul la telefon şi nici nu poartă cască? Parcă treaba asta ar fi *o regulă*.

Chiar înainte de a intra în clădire, aud cum îmi sună telefonul din geantă. Ezit să răspund şi mă gândesc să las să intre mesageria vocală. Apoi mă răzgândesc şi scotocesc prin poşetă după el. Pe ecran este numele lui Brock. Acum sunt şi mai tentată să las să răspundă mesageria vocală. Nu vreau să avem încă o conversaţie despre motivul pentru care nu mă pot muta cu el. Sau, aşa cum îi place lui să spună, despre motivul pentru care *n-o să mă mut* cu el.

În cele din urmă apăs pe butonul verde al telefonului şi răspund.

— Hei.

— Bună, Millie. Poţi să ieşi la cină diseară?

— Probabil că azi o să lucrez până târziu la familia Garrick, îi răspund, ceea ce nu este cu totul o minciună.

— Oh.

Mă întreb câte invitații la cină va trebui să refuz până când va înceta să mă mai invite. Și nu vreau asta. Îmi place mult Brock, cu toate că poate încă nu-l iubesc. Nu vreau să-l pierd.

— Ascultă, îi spun, începând de mâine Douglas o să fie plecat pentru câteva zile, așa că n-au nevoie de mine ca să le pregătesc cina. Dac-am ieși la masă mâine-seară?

— OK, îmi spune cu o voce un pic ciudată. De asemenea, cu ocazia cinei, cred că trebuie și să stăm de vorbă.

Las să-mi scape un râs cam sugrumat.

— Asta nu sună prea bine.

— Eu doar...

Își drege vocea.

— Îmi place mult de tine, Millie. Și trebuie să discutăm despre cum stau.

— Stai foarte bine.

— Chiar așa?

Nu știu ce să spun. Dar are dreptate. Brock și cu mine trebuie să stăm de vorbă. Mai bine mai repede decât mai târziu. Trebuie să-i mărturisesc tot trecutul meu și apoi el poate decide dacă vrea să meargă mai departe. Mi-ar plăcea să cred că este un tip suficient de rezonabil ca să nu se sperie de un deceniu petrecut în închisoare, dar îmi imaginez încontinuu fața lui când o să-i spun. Și nu e prea fericită.

— Bine, îi spun. Hai să vorbim, atunci.

— Treci pe la mine la șapte?

— Sigur.

La capătul celălalt urmează o pauză și sunt aproape înfricoșată ca nu cumva să-mi spună iar că mă iubește, dar Brock nu zice decât:

— Ne vedem mâine.

După ce închid, mă uit preţ de o clipă la ecranul telefonului. Dacă l-aş suna chiar acum înapoi şi i-aş mărturisi totul? Ca să smulg plasturele dintr-odată. Şi după aia n-ar mai trebui să aştept şi să mai trăiesc încă o zi cu greaţa aia în stomac.

Nu, nu pot s-o fac. Lucrul ăsta o să aştepte până mâine.

Îmi continui drumul spre bloc, cu o senzaţie apăsătoare în capul pieptului. Portarul se grăbeşte să-mi ţină uşa şi când intru îmi face cu ochiul.

Gestul lui îmi pare un pic ciudat. Omul este cu cel puţin treizeci de ani mai în vârstă. Încearcă să se dea la mine? Mă străduiesc, pentru o secundă, să-mi amintesc dacă l-am mai văzut şi înainte făcând cu ochiul, dar apoi mi-l scot din minte. Un portar cu apucături bizare este ultima dintre problemele mele.

Liftul se opreşte zdrăngănind la etajul douăzeci, uşile se deschid în holul penthouse-ului, iar eu sar cât colo, fiindcă, de câte ori am venit aici în ultimele câteva luni, n-am mai văzut niciodată aşa ceva. Şi e suficient ca să rămân cu gura căscată.

Wendy stă în faţa uşilor – a ieşit din camera ei. Şi mă priveşte cu ochii ei mari, verzi.

— Trebuie să vorbim, îmi spune ea.

DOUĂZECI ȘI CINCI

Wendy mă apucă de braţ şi mă trage spre canapea. Având în vedere cât de slabă este, are totuşi ceva forţă. Cumva, lucrul ăsta nu mă miră cu totul.

Mă aşez pe canapea şi se aşază şi ea alături, netezindu-şi cămaşa de noapte peste genunchii osoşi. Vânătăile de pe faţă nu mai sunt atât de vizibile, dar ochii sunt la fel de injectaţi ca ultima dată când am văzut-o.

— Ziceai că vrei să mă ajuţi. Ai vorbit serios?

— Sigur că am vorbit serios!

Un zâmbet mic de tot îi răsare pe buze. În acel moment îmi dau seama că Wendy este foarte drăguță. Uluită de cât de firav îi pare trupul şi de aspectul îngrozitor al vânătăilor, până acum n-am reușit să-i observ frumusețea.

— Ți-am urmat sfatul.

— Ce sfat?

— După ce ai plecat, a spus ea, m-am gândit să mă sinucid.

Trag adânc aer în piept.

— Eu *nu* ți-am dat un asemenea sfat.

— Ştiu, spune ea repede. Dar totul pare atât de lipsit de speranță. Când am reușit să-l fac pe Douglas să te angajeze, mi s-a părut că asta e ultima mea șansă de a mă urca în barca de salvare menită să mă scoată din situația îngrozitoare în care mă aflu. Și când te-am alungat, mi s-a părut că nu există nicio posibilitate de a scăpa vreodată de el. Așa că m-am dus în baie și m-am gândit să-mi tai venele.

— Oh, Dumnezeule mare, Wendy...

— Dar n-am făcut-o, spune ea, încleștându-și maxilarele. Fiindcă, măcar o dată, am simțit că nu mai sunt cu totul singură. Și mi-am amintit ce-ai spus despre contactarea unei persoane de care Douglas să nu știe. O persoană pe care să n-o fi întâlnit niciodată. Mi-am amintit-o pe vechea mea prietenă din facultate, Fiona. Era una dintre cele mai bune prietene ale mele, dar n-am mai vorbit de ani întregi și nu am niciun contact cu ea prin rețele sociale.

Ridic sprâncenele.

— Deci o să încerci s-o găsești?

— Am făcut-o deja.

Obrajii de obicei palizi ai lui Wendy se îmbujorează ușor.

— I-am obținut numărul de telefon de la o altă prietenă din facultate – și, desigur, am pus-o să jure că va păstra secretul –, iar în dimineața asta am vorbit cu Fiona ore întregi. Are o fermă chiar lângă Potsdam, în nordul statului New York. Trăiește destul de izolat, cu excepția liniei de telefonie fixă. I-am spus totul despre situația mea și mi-a zis că pot sta cu ea atât cât am nevoie.

Cu toate că îi aplaud inițiativa, asta nu-i va rezolva problema. Chiar dacă el n-ar găsi-o acolo, nici nu poate sta ascunsă pentru totdeauna în nordul statului New York. Nici măcar nu are posibilitatea de a-și găsi un job fără un act de identitate sau cod numeric personal. Cu asta ne ajuta Enzo de obicei. La genul de relații pe care le are Douglas, o s-o găsească într-o clipită dacă-și va folosi undeva numele adevărat. De asemenea, am învățat din experiență că nu are niciun rost să te duci la poliție când e vorba de bărbații ăștia incredibil de bogați și puternici – ei știu bine cum să ungă rotițele necesare.

— Știu că nu-i o situație permanentă, recunoaște ea. Dar este în regulă. Măcar dacă aș putea sta acolo o vreme, ca să-mi dau seama ce să fac mai departe. Poate aș reuși să găsesc un avocat care să mă ajute să navighez prin sistem, stând în același timp ascunsă de el. Sau aș putea găsi pe cineva care să mă ajute s-o iau de la capăt.

Oftează tremurat.

— Cel mai important va fi că n-o să mai fiu alături de el. Și că n-o să reușească să dea de mine.

— Este minunat, Wendy, îi spun eu.

Și vorbesc serios, chiar dacă sunt pe cale să pierd un job foarte profitabil. Am păstrat brățara pe care m-a obligat zilele trecute s-o iau și asta probabil o să mă ajute cu chiria pe o lună. În plus, am presimțirea că, după conversația de mâine cu Brock, s-ar putea să ne mutăm totuși împreună. (Sau să ne despărțim pentru totdeauna. Una din două.)

— Dar uite cum stau lucrurile, spune Wendy. Am nevoie de ajutorul tău.

— Desigur! Orice ai tu nevoie.

— E o chestie destul de importantă. Dar o să te recompensez.

— *Orice.*

— Am nevoie să mă duci acolo.

Se trage de guler cu mâna ușor tremurândă.

— Plănuiesc să plec mâine, când Douglas nu e în oraș. O să fie în cealaltă parte a țării, așa încât, și dacă se prinde că am plecat, n-o să poată face nimic – cel puțin nu imediat, oricum.

— OK...

— Fiona zice că mă poate prelua ea dacă reușesc să ajung în Albany. Nu-și poate părăsi ferma o zi întreagă.

Aşa că am nevoie să mă ducă cineva până acolo. Aş închiria chiar eu o maşină, dar asta ar însemna să le dau actul de identitate şi...

— O s-o fac eu, o întrerup. Închiriez eu maşina. Te duc eu până în Albany – nu-i nicio problemă.

— Îţi mulţumesc, Millie.

Îmi ia mâinile într-ale ei.

— Îţi promit că îţi dau banii cash. Nici nu ştii cât de mult apreciez că mă ajuţi.

— Nu-ţi face griji pentru bani, îi spun, cu toate că, în general, îmi fac multe griji pentru bani. O să ai nevoie de ei mai mult decât mine.

Wendy mă ia în braţe şi abia atunci văd cât de fragil îi este corpul, de fapt. Aş putea s-o strivesc dacă aş strânge-o un pic mai tare.

Când se desprinde de mine, văd că are lacrimi în ochi.

— Trebuie să ştii că, dacă mă ajuţi, te pui în mare pericol.

— Înţeleg asta.

— Ba nu, *nu înțelegi.*

Îşi linge buzele un pic crăpate.

— Douglas este un bărbat extrem de periculos şi crede-mă când îţi spun că va face orice e nevoie ca să mă găsească şi să mă aducă înapoi. *Orice e nevoie.*

— Nu mi-e frică.

Dar simt în ceafă o voce care-mi spune că poate *ar trebui* să-mi fie. Că aş face o mare greşeală să-l subestimez pe Douglas Garrick.

DOUĂZECI ȘI ȘASE

În dimineața următoare, închiriez o mașină.

Chiar dacă i-am spus că nu este nevoie, Wendy mi-a dat bani cash pentru închiriere, dar o să folosesc cardul meu de credit ca să închiriez mașina. Nu vreau ca manevra asta să fie legată de ea în vreun fel sau altul.

Desigur, există o probabilitate ca Douglas Garrick să suspecteze că am ceva de-a face cu dispariția soției lui. Dar n-o să trădez niciodată, absolut niciodată. Chiar dacă el o să mă tortureze, ceea ce, la drept vorbind, nu pot exclude. Un bărbat care îi poate face așa ceva nevestei lui este în stare de orice.

— Bună ziua, bine ați venit la Happy Car Rental, ciripește la recepție o fată care nu pare a avea vârsta necesară pentru a închiria ea însăși o mașină. Cu ce vă pot ajuta?

— Am rezervat un Ford Focus gri, îi spun. Am făcut rezervarea online.

Bat darabana cu degetele în tăblia recepției, în timp ce fata scrie datele mele în computer. Cât aștept, nu pot să ignor furnicăturile acelea din ceafă. Mă simt ca și cum m-ar privi cineva. Din nou.

Mă răsucesc pe călcâie. Partea de la stradă a firmei de închiriat mașini este făcută din geamuri mari, de sus până jos, așa că oricine poate vedea cu ușurință înăuntru.

Aproape că mă aştept să văd un bărbat cu faţa lipită de geam, holbându-se la mine. Dar nu e nimeni acolo.

Mă înfior fără să vreau. Potrivit doamnei Randall, Xavier Marin este în puşcărie. Fără posibilitate de eliberare pe cauţiune, mi-a spus ea – şi l-a şi evacuat din casă. Deci de ce mai am încă impresia aceea că sunt privită? Şi nu e pentru prima dată. M-am simţit aşa de peste zece ori de la arestarea lui Xavier.

Adevărul este că nu ştiu cine m-a urmărit în tot acest timp. Dacă Douglas Garrick a fost într-adevăr cel care m-a urmărit prin tot oraşul? Nu prea are sens, pentru că am simţit privirea aceea pironită asupra mea înainte de a începe să lucrez pentru el. Însă nu pot exclude posibilitatea. Pe el l-am văzut când am luat cina pe terasa restaurantului.

Dacă Douglas ştie exact ce punem la cale? Dacă este chiar acolo, *urmărindu-ne*?

— Maşina e pregătită, spune fata. E un Hyundai roşu.

— Nu, spun eu nerăbdătoare. Am făcut rezervarea pentru un Ford Focus gri.

Cheia e să stai cât mai neobservat, să nu atragi atenţia. Am învăţat asta de la Enzo.

— Nu ştiu ce să-ţi spun. Aici scrie despre un Hyundai roşu. Acum nu avem în inventar un Ford Focus gri.

— E de necrezut. Am făcut rezervare şi voi nici măcar nu aveţi maşina pe care am rezervat-o?

Fata ridică neajutorată din umeri. Nici măcar nu e prima dată când mi se întâmplă. La ce bun să mai faci rezervare, dacă pur şi simplu dau altcuiva lucrul ăla pe care l-ai rezervat?

— Nu vreau o maşină roşie, spun încordată. Aveţi un Hyundai gri?

Clatină din cap.

— Stăm prost cu mașinile sedan. Pot să vă închiriez o Honda CRV gri.

Petrec o clipă dezbătând în minte dacă un SUV va ieși mai mult în evidență decât un sedan roșu. În cele din urmă, accept Hyundai-ul roșu.

Adevărul este că nu vreau decât să scap de-aici. Scopul acestei călătorii este s-o scot pe Wendy din oraș, dar nu cred c-ar fi așa de rău să plec și eu departe.

DOUĂZECI ȘI ȘAPTE

Până la destinaţie avem de mers cam cinci ore, luând în calcul şi traficul. Sau cel puţin asta îmi spune GPS-ul de la bord.

Planul nostru este ca, atunci când ne apropiem de Albany, să găsim un motel ieftin de pe autostradă unde s-o las pe Wendy peste noapte şi de unde o va prelua Fiona în dimineaţa următoare. O să aibă destule haine ca să reziste câteva săptămâni şi destui bani ca să reziste câteva luni.

Douglas n-o s-o găsească niciodată.

Parchez Hyundai-ul roşu, dureros de strident, la un cvartal distanţă de bloc, astfel încât portarul care-mi tot face cu ochiul să nu-i poată povesti lui Douglas că nevastă-sa a șters-o cu menajera, într-un sedan roşu. Maşina este atât de ridicol de roşie, de parcă aş conduce o autospecială de pompieri. Dar acum nu mai am ce face în privinţa asta.

În timp ce aştept aşezată la volan să apară Wendy, primesc un mesaj de la Douglas:

Vii în seara asta?

Douglas mi-a cerut să fac menajul şi cât e el plecat. Am fost de acord şi nu mă surprinde că îmi monitorizează în continuare programul și confirmă programul de curățenie, chiar dacă nu se află în oraș. Sunt un pic stânjenită de situație, având în vedere că la întoarcerea acasă va descoperi că soția lui a dispărut. Dar în încercarea de a mă preface că lucrurile sunt cât mai normale cu putință, îi răspund:

O să fiu acolo.

Desigur că n-o să fiu. O s-o duc pe nevastă-sa într-un loc sigur.

În ciuda enervării provocate de încurcătura cu mașina închiriată și în ciuda drumului lung pe care-l am în față, trebuie să-mi zâmbesc în sinea mea pentru că, în sfârșit, Wendy îl părăsește pe Douglas. Găsesc acest lucru atât de reconfortant. Și acesta este și motivul pentru care m-am hotărât să obțin o diplomă în asistență socială. Asta îmi doresc să fac în viață: să ajut oameni aflați în astfel de situații.

În oglinda retrovizoare o văd pe Wendy venind pe stradă cu două geamantane după ea. Și-a prins părul la spate, într-o coadă simplă, are ochelari de soare și s-a îmbrăcat în blugi și un hanorac confortabil, cu glugă.

Ies din mașină, ca s-o ajut să pună valizele în portbagaj. Radiază, pur și simplu.

— Uitasem de-a binelea cât de confortabili sunt blugii, spune ea.

— Nu porți blugi?

— Douglas îi urăște, îmi răspunde încrețindu-și nasul. De aia nu mi-am luat cu mine decât blugi!

Râd și arunc geamantanele în portbagaj. Urcăm amândouă în mașină, deschid GPS-ul și pornim la drum. N-am mai fost la volan de câțiva ani și mă bucur să conduc din nou. Desigur, condusul în oraș este foarte stresant, dar curând vom ieși pe autostradă și vom călători fără probleme – măcar până când ne prinde din urmă traficul orei de vârf.

— Deci Douglas nu a bănuit nimic? o întreb pe Wendy.

Își împinge ochelarii pe nasul mic.

— Nu cred. Înainte de a pleca a venit să-și ia la revedere și eu m-am prefăcut că dorm.

Se uită la ceas.

— Iar acum probabil că se îmbarcă în avion spre Los Angeles.

— Foarte bine.

Wendy își scoate ochelarii ca să mă privească.

— Nu ai spus nimănui despre asta, nu?

— În niciun caz. Absolut nimănui.

Pare ușurată.

— Abia aștept să scap de-aici. Cu greu am putut închide ochii seara trecută.

— Nu-ți face griji. Conduc cu viteză. O să fim la motel înainte să-ți dai seama ce se întâmplă.

În timp ce rostesc aceste cuvinte, pun o frână bruscă la culoarea roșie a semaforului și ocolesc la milimetru un pieton care îmi arată grațios degetul mijlociu. OK, trebuie să ajungem cât mai repede la destinație, dar cel mai important este să ajungem întregi.

Aștept să se schimbe culoarea semaforului și mă uit în retrovizoare. Este imposibil să nu observ mașina din spate. E un sedan negru.

Cu farul din dreapta crăpat.

Sau e cel din stânga? Întind gâtul ca să mă uit în spate, pentru că întotdeauna confund stânga cu dreapta când mă uit în oglindă. Nu, cel crăpat este categoric farul din *dreapta*.

Întind gâtul și mai tare, ca să văd masca din față, pe care zăresc un cerculeț mic – logoul Mazda. Simt cum mă lasă inima. Este o Mazda neagră, cu farul din dreapta crăpat. Aceeași mașină pe care am văzut-o de nenumărate ori în ultimele câteva luni.

Încerc să prind o frântură și din numărul de înmatriculare, dar înainte de-a apuca să văd ceva, un cor de claxoane izbucnește în spatele meu. OK, trebuie să mă pun în mișcare înainte să scoată cineva pistolul și să mă împuște.

— Ești bine?

Deasupra ochelarilor de soare zăresc fruntea încruntată a lui Wendy.

— Ce s-a întâmplat?

Mă întreb cât de mult ar trebui să-i spun. N-am nicio șansă să văd cum trebuie numărul acela de înmatriculare în timp ce conduc, dar în același timp este deja extrem de stresată și n-are sens s-o mai sperii și eu spunându-i că am impresia că mă urmărește cineva.

Mai ales dacă acel cineva este soțul ei.

Dar nu trebuie musai să fie Douglas. În ciuda a ceea ce a zis doamna Randall, este absolut posibil ca Xavier Marin să fi ieșit din pușcărie. Și acum să mă tortureze pe mine.

Dar asta nu prea are sens. Fie că este sau nu la închisoare, Xavier are sigur propriile probleme acum. N-o să-și piardă vremea urmărindu-mă prin Manhattan, și categoric n-o să facă tot drumul până în Albany.

În timp ce-mi croiesc drum spre autostradă, încerc să conduc creativ. Țin Mazda sub ochi în timp ce schimb benzile, ca să-mi dau seama dacă le schimbă și ea. N-o face de fiecare dată, dar ori de câte ori mă uit în oglindă, este în spatele meu. Într-un anumit moment reușesc să văd primele trei semne din numărul de înmatriculare: 58F.

Aceleaşi ca ale maşinii care mă tot urmăreşte prin oraş.

— Millie! icneşte Wendy, când aproape şterg cu laterala un SUV verde. Mergi mai încet, te rog! Nu vreau să facem vreun accident.

— Scuze, bombăn eu. Doar că n-am mai condus de ceva vreme.

În sfârşit, aproape că am ajuns la autostrada Franklin D. Roosevelt; ţin un ochi pe oglinda retrovizoare. Mazda neagră a stat permanent în spatele meu. Şi va fi tot mai uşor să continue să mă urmărească atunci când voi ieşi pe autostradă. Nu este încă oră de vârf, aşa că benzile vor fi libere.

Însă asta înseamnă şi că pot merge oricât de repede vreau ca să-l evit pe urmăritor. Când ies pe autostradă, pun piciorul pe acceleraţie, pregătită să apăs pedala până la podea. *Hai să vedem dacă Mazda aia rablagită poate să prindă suta.* Apoi mă uit în retrovizoare.

Mazda a dispărut. Nu a luat-o pe autostradă, după mine.

Respir lung, deopotrivă uşurată şi nedumerită. Eram sigură că maşina aceea mă urmăreşte. Aş fi pariat viaţa mea pe asta. Dar s-a dovedit că nu era decât o coincidenţă. Nu mă urmăreşte nimeni.

Totul o să fie bine.

DOUĂZECI ȘI OPT

— Hai să ne oprim la McDonald's, îmi sugerează Wendy.

Este teribil de incitată de ideea că poate mânca fast-food. Cam cincizeci la sută din dieta mea înseamnă fast-food, așa că eu nu sunt nici pe departe atât de entuziasmată. Dar Douglas este foarte strict cu privire la ce poate și la ce nu poate mânca Wendy; mă tem că e atât de slabă și de privată de grăsimi, încât înghiţirea chiar şi a unui singur cartof prăjit de la McDonald's ar putea s-o ucidă.

Din fericire, pe autostradă apare un indicator în care sigla McDonald's iese strident în evidenţă. Aşa că ies de pe șosea la următorul refugiu. Oricum ar trebui să pun niște benzină.

Trag în parcarea de la McDonald's și lui Wendy i se luminează ochii. Când deschide uşa, mirosul de prăjeală îmi umple nările. Sunt gata să ies din mașină și s-o urmez, când îmi sună telefonul. Îl ridic și mi se face un gol în stomac la vederea numelui lui Brock afișat pe ecran.

Oh, *nu* – am fost atât de prinsă cu salvarea lui Wendy, încât am uitat complet să anulez ieşirea la cină. Cum am putut să-i fac iar una ca asta? Sunt absolut nebună după Brock. De ce continui să sabotez relaţia noastră?

Uneori mă întreb dacă nu cumva o fac intenționat, așa încât să mă părăsească acum, înainte de a apuca să-i spun adevărul despre mine, ceea ce-l va face să mă părăsească pentru un motiv care va durea mult mai mult.

— Du-te tu înainte, mormăi eu. Ne vedem înăuntru.

Conversația cu Brock n-o să fie scurtă. Sau poate că va fi *foarte* scurtă.

Răspund la telefon imediat ce Wendy iese din mașină. Deloc surprinzător, Brock pare un pic furios.

— Unde ești? Credeam că vii aici la șapte.

— Ăăă... Mi s-au schimbat planurile.

— OK, deci când ajungi?

Aș vrea să-i pot spune că sunt la colțul străzii, dar realitatea e că mă aflu la ore distanță de el. Și nu există o cale ușoară de a-i mărturisi asta.

— Nu cred că mai ajung în seara asta.

— De ce nu?

Mi-aș dori mai mult decât orice să-i pot mărturisi. Ar fi o ușurare să împărtășești cu cineva toate astea, dar Wendy m-a pus să jur că păstrez secretul și are toate motivele.

— Am de lucru. Învăț.

— Tu vorbești serios?

Brock a trecut de la „un pic furios” la „extrem de furios”.

— Millie, ne făcuserăm și noi un plan pentru seara asta. Și nu doar că nu ai mai venit fără să mă anunți, ci acum îmi servești și rahatul ăsta cu învățatul?

Nu înțeleg de ce învățatul n-ar fi o scuză foarte bună. Poate chiar ar fi trebuit să învăț în seara asta!

— Ascultă, Brock...

— Nu, tu să asculți, mârâie el. Am fost răbdător, dar mi se cam termină răbdarea asta. Trebuie să știu ce simți pentru mine și încotro merge relația noastră.

Fiindcă eu sunt gata pentru ceva mai mult şi aş vrea să ştiu că nu-mi pierd vremea.

Brock este gata să se aşeze la casa lui. Ştiu că parţial este din cauza problemei cu inima, dar poate că ceva din toată această poveste este dorinţa indescriptibilă de ceva mai mult, dorinţă pe care o au toţi oamenii când ajung la treizeci de ani. Nu se prosteşte. Va trebui fie să-l iau în serios, fie să îl părăsesc. Aşa e corect.

— Nu-ţi pierzi vremea, murmur la telefon. Te asigur. Lucrurile sunt un pic nebuneşti pentru mine acum, dar jur, ţin la tine.

— Chiar ţii? Pentru că uneori nu sunt sigur de asta.

Ştiu ce aşteaptă. Şi mai ştiu şi că am la dispoziţie două variante. Fie îi spun ce vrea să audă, fie va trebui să mă despart de el.

Şi nu vreau să ne despărţim. Chiar dacă nu cred ce urmează să spun, Brock este un tip foarte, foarte bun. Viaţa pe care mi-am imaginat-o alături de el este tot ce mi-am dorit dintotdeauna. Şi nu vreau să-l pierd.

— Îmi pasă de tine.

Trag adânc aer în piept.

— Te... te iubesc.

Aproape că aud cum toată furia iese din iubitul meu.

— Şi eu te iubesc pe tine, Millie. Chiar te iubesc. Şi trebuie să stăm serios de vorbă.

Va trebui să-i spun totul despre mine – curând. Nu pot aştepta să se mai întâmple ceva. Trebuie să pun cărţile pe masă şi să mă asigur că vrea în continuare să fie cu mine.

— Îndată ce se mai aşază un pic lucrurile, OK? Săptămâna viitoare.

— OK, spune Brock, pentru că sunt destul de sigură că acum ar fi în stare să spună „da" la orice. Şi dacă termini de învățat, poate luăm cina împreună mâine-seară? Şi rămâi la mine peste noapte.

Întotdeauna eu sunt cea care rămâne la el peste noapte. Nici măcar nu înțeleg de ce se mai deranjează să-şi lase un rând de haine şi un flacon de pastile la mine acasă. Dar trebuie să recunosc că locuința lui e mai frumoasă şi mult mai bine poziționată.

— Desigur.

— Te iubesc, Millie.

Oh. Se pare că de-acum înainte aşa va trebui să ne terminăm conversațiile.

— Şi eu te iubesc.

Închid telefonul, dar nu mă simt deloc în regulă cu această discuție. Mi-am păstrat iubitul, dar pentru câtă vreme? El spune că mă iubeşte, însă uneori simt că abia dacă ştie cine sunt.

Dar poate că totul va fi OK. Poate că o să mă iubească şi după ce va afla adevărul despre mine. Şi am putea rămâne împreună, să ne luăm casa aia în suburbie şi să o umplem cu copii. Putem avea împreună o viață normală, perfectă.

Doar că am o bănuială foarte puternică legată de faptul că asta nu mi se va întâmpla niciodată. Niciodată n-am fost normală sau perfectă şi a existat un singur om în viața mea care a înțeles acest lucru.

DOUĂZECI ȘI NOUĂ

În condiţii ideale, drumul ar dura trei-patru ore. În condiţii de trafic intens, ajungem să facem cam cinci ore, la care se adaugă cele treizeci de minute cât ne-am oprit la McDonald's – a meritat s-o văd pe Wendy cum se îndoapă cu un hamburger Quarter Pounder şi cu o porţie medie de cartofi prăjiţi. Acum trebuie să mă şi întorc, deşi e trecut de nouă seara, dar măcar drumul ar trebui să fie mai liber. Sunt sigură că pot face sub trei ore.

Când ne apropiem de Albany, ies de pe autostradă într-un refugiu care anunţă că există şi un motel. Se dovedeşte a fi exact ceea ce căutăm – un loc ieftin, cu lumini pâlpâitoare care anunţă că are locuri de cazare disponibile. Camerele se deschid direct afară, aşa că Wendy nu va trebui să treacă prin hol ca să ajungă la ele. Trag în parcarea aproape goală.

— Ei bine, îi spun, am ajuns.

— Da...

Noi două n-am vorbit prea mult pe parcursul călătoriei, mai mult am ascultat muzică, iar acum văd cum panica îi creşte în privire.

— Millie, poate că e o greşeală.

— Nu e o greşeală. Faci exact ce trebuie să faci.

— E mai deştept decât mine.

Îşi împreunează mâinile.

— Douglas e un geniu și are la dispoziție o avere. O să mă găsească. O să verifice fiecare motel, iar tipul de la recepție îi va spune probabil totul despre mine.

— Nu, nu-i va spune, rămân eu pe poziții. Pentru că eu o să-ți închiriez camera, îți aduci aminte? N-o să te vadă nimeni.

Wendy pare aproape în pragul unui atac de panică, dar trage de câteva ori aer în piept și în cele din urmă încuviințează din cap.

— OK, poate că ai dreptate.

Scoate niște bani din geantă și mi-i întinde. Ies din mașină și mă îndrept spre clădirea principală a motelului. Tipul de la recepție are puțin peste douăzeci de ani, o barbă stufoasă și un telefon în mâna dreaptă; nu ar putea fi mai puțin entuziasmat nici dacă ar lucra în schimburi la cimitir.

— Bună, îi spun. Aș vrea să rezerv o cameră, te rog.

Nici nu ridică privirea din telefon.

— Un act de identitate cu poză.

Eram pregătită pentru această cerere, de aceea nici n-am lăsat-o pe Wendy să-și ia singură camera. Dar mă simt încă în siguranță să-i dau permisul de conducere. Nu-l va introduce în sistem – va rămâne probabil doar în hard drive-ul acestui computer. Nu că Douglas m-ar căuta în special *pe mine*, dar n-ai de unde să știi. Dacă este așa de deștept precum îl crede Wendy, s-ar putea să pună lucrurile cap la cap, până la urmă.

Și dacă se va întâmpla asta, atunci sunt serios în pericol.

Din fericire, recepționerul acceptă fără nicio obiecție banii cash și nu-mi cere cardul de credit. I-aș fi dat și cardul, dacă ar fi trebuit, dar se pare că putem trece prin această etapă fără să lăsăm urme electronice.

— Camera 207.

Ia o cheie din rastelul din spatele lui. Chestia asta e foarte învechită.

— Este în spate, după colț.

— Excelent, îi spun.

Îmi face cu ochiul.

— Știam eu că asta vrei.

Mârâi în sinea mea. Știam, desigur, că nu-i nicio șansă ca tipul ăsta să nu-și amintească de mine – o femeie singură care închiriază o cameră seara târziu —, dar să sperăm că lucrul ăsta n-o să conteze prea tare. Poate o să se creadă că mă țin de prostii acolo. Asta-i și scopul.

Mă întorc la mașină cu cheia de la camera de motel. Wendy iese din mașină; și-a îndesat șapca pe cap în așa fel încât cozorocul să-i ascundă cât mai mult fața. Îmi imaginez că la un moment dat, în viitor, o să-și tundă și o să-și vopsească părul, folosind probabil o foarfecă de bucătărie și o vopsea ieftină de la drogherie. Dar deocamdată șapca este suficientă.

— Îți mulțumesc foarte mult pentru asta, spune ea în lacrimi. Mi-ai salvat viața, Millie.

— Am făcut ce am putut.

Îmi aruncă o privire sugestivă.

— Cred că știm amândouă că nu-i adevărat.

O ajut să dea jos valizele din portbagaj și, preț de o clipă, rămânem amândouă față în față în parcarea pustie, uitându-ne una la alta. Nu știu dacă o voi mai vedea vreodată pe Wendy. Sper că nu, pentru că, dacă o s-o revăd, asta ar însemna că misiunea a eșuat.

— Îți mulțumesc, îmi mai spune ea încă o dată.

Și, înainte să-mi dau seama exact ce se petrece, mă strânge tare în brațe. Mă minunez iar de cât de fragil pare să-i fie trupul. Sper ca în următorii câțiva ani să mănânce mult de la McDonald's.

— Succes, îi spun.

— Să ai grijă, îmi răspunde ea cu voce gâjâită. *Te rog*, ai grijă. Douglas o să înceapă să mă caute și n-o să lase nimic la voia întâmplării.

— Pot să mă descurc cu el, te asigur.

Wendy nu pare să mă creadă, dar își scoate bagajele din portbagaj. O privesc îndreptându-se spre camera 207, aflată chiar în spate de tot. Mă uit după ea până ce îmi dispare din raza vizuală, apoi mă urc în mașină și plec spre casă.

TREIZECI

Când ajung în oraș este apr[illegible]ezul nopții.

În contrast izbitor cu tra[illegible] bară la bară de la plecare, acum străzile sunt pustii și chiar când trec încet pe culoarea verde a semaforului nu mă claxonează nimeni. Nu este pe stradă nici țipenie miercuri, la miezul nopții.

Happy Car Rental o să mă factureze pentru încă o zi dacă predau mașina după ora douăsprezece noaptea, așa că trebuie să ajung la timp la locul de predare. Trag în parcare cu cinci minute înainte de miezul nopții, așa că ar face bine să nu se certe cu mine.

La recepție este un băiat care pare la fel de vioi și entuziast precum cel de la motel, de acum trei ceasuri. Pun pe tejghea cheile de la Hyundai și le împing spre el.

— Este înainte de miezul nopții, îl informez. Deci e o singură zi.

Mă pregătesc pentru o confruntare, dar băiatul ridică din umeri și ia cheile.

— OK, spune el.

Îmi vine să casc. Am condus aproape opt ore, încontinuu, iar acum mă prinde din urmă oboseala. Abia aștept să mă târăsc în patul meu. Din fericire, mâine nu am cursuri, așa că pot dormi până mai târziu. Iar jobul meu de menajeră, evident, nu mai există.

Doar că, imediat ce păşesc pe stradă, pun la îndoială înţelepciunea deciziei de a returna maşina la miezul nopţii. Acum trebuie să ajung în South Bronx şi nu am cu ce. Chiar dacă sunt destul de încrezătoare că mă pot apăra singură, tot nu sunt sigură că metroul este o idee bună la ora asta. Poate în weekend, însă miercuri noapte n-o să fim în trenuri decât eu, tâlharii şi violatorii.

Însă nici Uber nu-mi mai permit să comand, din moment ce am rămas fără job.

În timp ce stau la un colţ de stradă, la capătul cvartalului unde se află Happy Car Rental, cântărindu-mi opţiunile, văd cum se apropie un set de faruri luminând strada. Răsucesc repede capul, exact la timp ca să văd ce maşină se apropie de mine. Un sedan negru, cu logoul Mazda pe grila radiatorului.

Şi cu farul din dreapta crăpat.

Nici măcar nu trebuie să văd bine numărul de înmatriculare ca să ştiu că este aceeaşi maşină care m-a urmărit în ultimele câteva luni. Aceeaşi care a mers în spatele meu şi în această după-amiază, când am dus-o pe Wendy. Iar acum m-a prins singură. La un colţ de stradă pustie. La miezul nopţii.

Mazda trage la marginea străzii. Abia dacă desluşesc silueta unui bărbat stând pe locul şoferului. Motorul se opreşte, dar farurile rămân aprinse şi îndreptate spre mine, suficient de puternice încât să fiu nevoită să-mi feresc privirea.

Apoi portiera maşinii se deschide larg.

TREIZECI ȘI UNU

N-o să-mi vând pielea așa de ușor.

Scotocesc cu disperare prin geantă, căutându-mi sprayul paralizant. Mi-a mai rămas ceva după ce l-am pulverizat pe Xavier. Dacă este Douglas, n-am de gând să-l las să stoarcă vreo informație de la mine. Iar dacă este Xavier, l-am pus la pământ o dată, pot s-o fac din nou. Nu mi-e teamă.

Cu toate că inima îmi bate destul de tare când îl văd pe bărbatul acela ieșind din mașină.

Dau cu degetele peste sprayul paralizant și prind capătul duzei.

— Să nu îndrăznești să te apropii! șuier spre umbra întunecată.

Încet, umbra ridică mâinile în aer și aud o voce familiară:

— Nu trage, Millie.

Îmi ia o fracțiune de secundă ca să recunosc vocea aia. Dintr-odată, mă simt invadată de o senzație caldă și chipul mi se destinde involuntar într-un zâmbet. Las jos sprayul și țâșnesc spre bărbatul care stă cu mâinile ridicate.

— Enzo! strig aruncându-mă în brațele lui. Oh, Dumnezeule!

Mă îmbrățișează la rândul lui și, preț de o clipă, nu simt nimic altceva decât bucurie pură, învăluită în îmbrățișarea caldă a fostului meu iubit. Întotdeauna m-am simțit în siguranță când mă îmbrățișa în felul acela și nu am fost sigură că o să mă mai aflu vreodată în brațele lui. Iar acum, iată-l. Cu umerii lui lați, cu părul lui negru și des, cu ochii lui pătrunzători. Și ceea ce-mi place cel mai mult la el – zâmbetul care mă face să mă simt de parcă m-ar considera cea mai grozavă persoană din câte a întâlnit pe lume.

— Millie, îmi șoptește el în păr, sunt atât de fericit că m-am întors.

— Când ai venit?

Are o scurtă ezitare.

— Acum vreo trei luni, poate un pic mai mult.

Dacă ar fi existat pe fundal o minunată muzică de reunire, acesta ar fi fost momentul când s-ar fi oprit brusc, cu un scrâșnet. Cu gura căscată, mă desprind de Enzo.

— Acum trei *luni*?

Expresia lui bleagă îmi spune tot ce trebuie să știu – și, din nefericire, totul are sens, un sens perfect și absolut îngrozitor. În ultimele câteva luni am avut sentimentul că mă urmărește cineva – că mă privește cineva. Am dat vina pe Xavier sau pe Douglas, dar niciunul dintre ei n-avea de-a face cu asta. În tot acest timp, fusese *Enzo*. *Enzo* este proprietarul Mazdei negre cu farul drept crăpat. Eram atât de încântată să-l revăd, încât am ignorat ceea ce se afla exact în fața mea.

— M-ai urmărit! îl lovesc eu în umăr. Nu-mi vine să cred! De ce-ai face una ca asta?

— Nu te-am urmărit.

Maxilarul i se încordează – Dumnezeule, uitasem cât de sexy este. Mă distrage și nu mă pot lăsa distrasă, pentru că am tot dreptul să fiu furioasă pe el.

— Nu te-am urmărit, am fost pe post de bodyguard.

— Bodyguard?

Îmi încrucişez braţele la piept.

— Este o scuză cam jalnică. De ce n-ai venit să mă saluţi, în loc să mă urmăreşti timp de trei luni?

— Pentru că...

Coboară ochii aceia negri, negri de tot.

— Credeam că eşti supărată din cauză că nu m-am întors când mi-ai cerut-o.

— Aşa deci. Am *fost* supărată. Te-am întrebat când te întorci şi nici măcar nu mi-ai răspuns.

— Dar, Millie, nu puteam s-o fac. Mama... eram tot ce-i mai rămăsese pe lume şi era atât de bolnavă. Cum aş fi putut s-o părăsesc?

— Acum ai părăsit-o, punctez eu.

— Da, se încruntă el. Asta pentru că a murit.

Ei bine, acum mă simt ca o mare, mare nemernică.

— Îmi pare foarte rău, Enzo.

Rămâne tăcut preţ de o clipă.

— Da.

— Ar fi trebuit să...

Înghit un nod micuţ care mi s-a format în gâtlej.

— Dacă mi-ai fi spus, aş fi fost alături de tine. Dar tu... tu m-ai îndepărtat. Ştii bine.

— *Nu mă puteam* întoarce, spune Enzo cu dinţii încleştaţi. Asta e tot ce ţi-am zis. Nu ţi-am spus nicio clipă că nu te mai iubesc.

Mă săgetează cu privirea.

— *Tu* eşti cea care a vrut să pună capăt relaţiei noastre. Tu eşti cea care a început să se vadă cu acest Broccoli.

Îmi dau ochii peste cap.

— Îl cheamă *Brock*.

— Ce vreau să spun este că tu ești cea care a vrut să meargă mai departe. Nu eu. Eu încă... Niciodată n-am încetat să te iubesc.

— OK, sigur, mârâi eu. Te aștepți să cred că nu ai mai fost cu nicio femeie de când te-ai despărțit de mine.

— Nu. Nicio altă femeie.

Privirile ni se întâlnesc – chiar vorbește serios. Un lucru pe care Enzo nu-l face este să mintă. Pe mine, cel puțin. Apoi îmi dau seama că aș putea la fel de bine să mă înșel. Nu credeam nici că este în stare să mă spioneze.

— N-ar fi trebuit să mă urmărești așa, îi spun cu asprime. A fost sinistru și dubios. Ar fi trebuit să-mi spui că te-ai întors.

— Ca să-mi zici să mă car din viața ta?

Ridică din sprâncenele acelea negre.

— În fine, așa cum ți-am explicat, sunt pe post de bodyguard. Ai nevoie de un bodyguard.

— Ba chiar nu am. Pot să-mi port singură de grijă.

E rândul lui Enzo să pufnească.

— Oh, *serios*? Locuiești în cartierul ăla îngrozitor, South Bronx. Crezi că nu e nevoie să-ți port de grijă? Lasă-mă să-ți spun că a fost cel puțin o zi în care n-ai fi ajuns acasă de la stația de metrou dacă n-aș fi fost în spatele tău, păzindu-te.

Mi se ridică tot părul de pe ceafă. Oare spune adevărul? Chiar există pericole pândindu-mă din întuneric, pe care le-a eliminat înainte să aflu măcar de ele?

— Așa cum ai zis și tu, am un iubit, spun încetișor. Și, dacă este nevoie, mă poate proteja el, îți mulțumesc foarte mult.

— Așa cum te-a protejat de Xavier Marin?

Auzind acel nume de pe buzele lui Enzo, mă simt ca și când aș fi primit un pumn în față.

— Ce vrei să zici?

Chiar și în întuneric, văd cum Enzo strânge pumnii.

— Omul ăla... te-a atacat. N-am putut face nimic ca să-l opresc, pentru că erați înăuntru, în bloc. Apoi *i-au dat drumul*, pur și simplu. Și Broccoli ăsta al tău...

Îmi ia foc fața.

— Brock.

— Scuze, *Brock*, spune el cu o nuanță de furie în glas. Nu face nimic. *Nimic*. Nu-i pasă că bărbatul care i-a atacat iubita e *tot acolo, în libertate*. Fără să fi primit vreo pedeapsă! A scăpat nevinovat! Dar mie... mie îmi pasă.

Se lovește cu pumnul în piept.

— Așa că m-am asigurat că primește ce merită și că n-o să te mai deranjeze niciodată.

Simt brusc cum mi se învârte capul. Mi-l amintesc pe Xavier scos din bloc cu cătușe, strigând că drogurile găsite în apartamentul lui nu-i aparțin. Pe doamna Randall spunând tuturor că a fost surprinsă să afle că era traficant.

— *Tu* ai fost cel care...

Enzo ridică un umăr.

— Știu eu un tip.

Deci Xavier se află în pușcărie din cauza lui Enzo. Dacă n-ar fi fost el, omul ăla ar umbla și acum liber pe stradă. Enzo are dreptate – Brock n-a făcut nimic.

Dintr-odată, nici nu mai știu ce să cred.

— Haide.

Flutură o mână în direcția Mazdei.

— Te duc eu acasă. Și te mai gândești pe drum dacă vrei să mă urăști sau nu.

E destul de corect.

Urc în mașină alături de Enzo, care se așază la volan. Înăuntru se simte mirosul lui. Aroma aceea lemnoasă pe care a emanat-o întotdeauna. Închid ochii, pierdută în trecut. De ce a trebuit să plece? Acum, lucrurile sunt complicate. A făcut prea multe greşeli. Nu pot să-l iert pur şi simplu.

Sau aş putea?

— Aşadar, spune el în timp ce pornim spre periferie. Încotro conduceai azi aşa grăbită?

Trag de un fir desprins de la blugi.

— De parcă n-ai şti.

— Nu ştiu chiar tot, Millie.

Mă priveşte cu faţa parţial ascunsă în umbră.

— Povesteşte-mi.

Aşa că îi povestesc.

TREIZECI ȘI DOI

Îi spun totul. Fiecare detaliu al abuzului lui Douglas şi al evadării lui Wendy.

I-am promis lui Wendy că nu voi spune nimănui, dar Enzo nu este oricine. El înţelege. Am muncit împreună, umăr la umăr, ca să ajutăm femei ca Wendy. Dacă există în lumea asta cineva în care să am încredere să-i spun povestea, el este.

Aproape că am ajuns până când termin eu povestea. Enzo nu a spus prea multe. Totuşi, e un lucru obişnuit pentru el. N-am întâlnit niciodată un ascultător atât de bun, de concentrat. Adeseori apreciez felul în care mă face să mă simt ascultată. Însă, în acelaşi timp, mă înnebuneşte faptul că nu ştiu ce gândeşte.

— Aşadar, spun în cele din urmă, după ce îi povestesc cum am lăsat-o pe Wendy la un motel şi m-am întors în oraş, asta a fost. Acum e în siguranţă.

Enzo este în continuare tăcut.

— Poate, spune el într-un final.

— Nu poate. Chiar *este*.

— Bărbatul ăsta, Douglas Garrick, spune el. Este un tip puternic şi periculos. Nu cred că va fi atât de simplu.

— Zici aşa pentru că am reuşit fără tine. Nu crezi că o pot face de una singură.

O ia pe strada care duce spre blocul meu. Este scufundată în linişte şi întuneric; peste tot e pustiu, cu excepţia unui bărbat care stă într-un colţ, fumând – probabil nu o ţigară. Când privesc strada asta, înţeleg de ce este Enzo atât de hotărât să mă protejeze, chiar dacă eu tot nu cred că am nevoie.

Se răsuceşte ca să mă privească în ochi.

— Cred că poţi face orice, spune el încet. Dar, Millie, zic şi eu... fii atentă.

— Wendy este foarte atentă.

— Nu.

Ochii lui negri sunt pironiţi în ai mei.

— *Tu* să fii foarte atentă. Ea a plecat, dar tu eşti încă aici.

Înţeleg ce spune. Dacă Douglas are cea mai mică bănuială că aş fi implicată în dispariţia nevestei lui, poate să-mi facă viaţa foarte grea. Dar sunt pregătită şi pentru asta. M-am descurcat eu cu bărbaţi mai răi decât el şi am scos-o până la urmă la capăt.

— O să am grijă, îl asigur pe Enzo. Nu este responsabilitatea ta să-ţi mai faci griji pentru mine. Aşa că nu e nevoie să mă protejezi.

— Şi cine o va face? Broccoli?

Obrajii îmi iau foc iar.

— De fapt, n-am nevoie de *niciunul* dintre voi ca să fiu protejată. Când nemernicul ăla m-a atacat în bloc, am avut grijă foarte bine de mine însămi. Aşa că nu-mi duce grija. Dacă vrei să-ţi faci griji pentru cineva, fă-ţi pentru siguranţa lui Douglas Garrick – faţă *de mine.*

— Mă rog, spune el, şi asta e adevărat.

Ne ţintuim unul pe altul cu privirea preţ de o clipă. Îmi doresc să nu mă fi părăsit şi să nu se fi întors în Italia. Dacă n-ar fi făcut asta, m-ar fi putut ajuta cu Wendy. Mi-ar fi putut spune mai devreme despre rezervele lui, ca să ne ocupăm de ele. Ar fi ajutat-o să obţină un act de identitate fals, ca să aibă mai multe opţiuni.

Şi în seara asta aş merge cu el acasă, nu cu Broccoli. Vreau să spun, cu *Brock*.

— Ar fi bine să plec, îi spun.

Dă încet din cap.

— OK.

Îmi desfac centura de siguranţă, dar parcă tot nu-mi vine să cobor din maşină.

— Trebuie să încetezi să mă mai urmăreşti.

— OK.

— Vorbesc serios.

Îl privesc intens.

— Mă văd cu altcineva acum. Iar tu mă *spionezi*. Este dubios şi inutil. Trebuie să încetezi. Altminteri... Va trebui să sun la poliţie sau ceva de genul ăsta.

— Am zis că e OK.

Pune mâna pe piept. Pe sub geaca subţire poartă un tricou prin care, din păcate, îi pot vedea toţi muşchii.

— Îţi dau cuvântul meu. Nu te mai supraveghez.

— Bine.

N-o să mai am acea senzaţie sinistră că mă priveşte cineva. Am rezolvat oficial misterul Mazdei negre cu farul crăpat, iar maşina asta n-o să mă mai deranjeze iar. Ar trebui să mă simt uşurată, însă nu se întâmplă aşa, ci mă simt mai degrabă inconfortabil. Aveam un înger păzitor şi nici măcar nu ştiam.

— În fine...

Deschid portiera din dreptul pasagerului.

— Cred că acum ne luăm rămas-bun.

Dau să ies din maşină, dar Enzo mă prinde de braţ. Mă întorc să mă uit la el şi-i văd sprâncenele îmbinate de încruntare.

— Am acelaşi număr de telefon, îmi spune el. Dacă ai nevoie de mine, sună. O să fiu acolo.

Încerc să afişez un zâmbet chinuit, dar nu prea îmi iese.

— N-o să am nevoie de tine. Ar trebui... cred, să-ţi găseşti altă iubită. Vorbesc serios.

Îmi dă drumul, dar încruntarea aceea încă i se ghiceşte pe buze.

— Sună. O să aştept.

Este înnebunitoare siguranţa asta a lui că o să-l sun. Dacă există un lucru pe care ar fi trebuit să-l ştie despre mine, acela e faptul că sunt capabilă să-mi port singură de grijă. Câteodată un pic cam *prea* bine.

Însă, în timp ce urc scările spre etajul al treilea, un sentiment îngrozitor îmi urcă în capul pieptului. Dacă Enzo are dreptate? Dacă l-am subestimat pe Douglas Garrick? La urma urmelor, este un bărbat cu adevărat îngrozitor, având în vedere tot ce am văzut. Şi, în plus faţă de asta, este şi incredibil de bogat.

Nu poate fi atât de uşor pentru Wendy să scape de el, nu-i aşa? Pe când ajutam femeile, alături de Enzo, să scape de soţii lor abuzivi, planificam totul atât de meticulos şi chiar şi atunci eram uneori descoperiţi. Am sentimentul că Douglas este mai deştept decât oricare dintre bărbaţii cu care am avut de-a face până acum. Chiar dacă ştiu că nu el a fost cel care m-a urmărit cu maşina, s-ar putea să aibă alte metode de a-i ţine socoteala soţiei lui.

Dacă ştie exact ce am plănuit noi pentru azi?

Gândul acesta mă loveşte cu puterea unei tone de cărămizi, exact când ajung pe palierul de la etajul al treilea. Mai ceva ca pe stradă, clădirea este complet scufundată în tăcere. Şi chiar dacă Enzo mai trage de timp pe afară – cu toate că l-am pus să-mi promită că n-o va face –, nu mă poate ajuta aici, înăuntru.

Mă uit ţintă la uşa închisă a apartamentului meu. Pe dinăuntru am instalat un zăvor, dar nu-l pot trage dimineaţa, când plec. Iar yala de la uşă este jalnic de uşor de spart. Chiar şi eu aş putea s-o fac, probabil. Însă lucrul ăsta nu m-a deranjat niciodată, pentru că n-am nimic care să merite furat.

Dacă cineva ar vrea să-mi intre în apartament, i-ar fi extrem de uşor.

Am cheile în mâna dreaptă, dar ezit să le bag în yală. Dacă Douglas chiar este cu un pas în faţa mea? Dacă mă aşteaptă în apartament, pregătit să mă convingă cu orice chip şi folosind orice mijloace să-i spun unde se află Wendy?

Enzo nu se poate să fi ajuns prea departe. Am numărul lui în agenda telefonului – nu l-am şters până acum. Aş putea să-l sun şi să-l rog să intre cu mine în apartament, doar ca să ne asigurăm că e totul în regulă.

Desigur, după discursul pe care i l-am ţinut despre cum n-am nevoie de el ca să mă apere, ar însemna că trebuie să-mi înghit mândria. Însă am făcut de multe ori lucrul ăsta în viaţă. Ce mai contează încă o dată?

Strâng tare pumnii. Trebuie să iau o decizie.

Îmi alung îndoielile acelea sâcâitoare şi bag cheia în yală. O răsucesc şi simt cum inima îmi bubuie în piept, dar până la urmă deschid uşa.

Preţ de o clipă, aproape că mă aştept să sară cineva la mine. Mă blestem în gând că nu mi-am pregătit sprayul paralizant. În casă însă este linişte desăvârşită. Nu mă aşteaptă nimeni. Nu sare nimeni la mine. Nu este nimeni aici.

— Alo? strig tare, de parcă intrusul stă pregătit, așteptând să fie salutat cum se cuvine.

Niciun răspuns. Sunt singură în apartament. Poate că Douglas o să pună lucrurile cap la cap la un moment dat, dar asta nu s-a întâmplat încă. Așa că închid ușa în spatele meu și trag zăvorul.

TREIZECI ȘI TREI

— Știi ceva, îmi spune Brock îndesându-și în gură o furculiță plină cu tăieței Pad Thai, la noi în firmă este disponibil un post part-time la recepție. Ai fi interesată?

Luăm cina la el acasă, în micuța zonă de dining. Familia Garrick are o zonă de dining cum se cuvine, dar cele mai multe apartamente din New York au o zonă minusculă în living, în care se găsește o masă extensibilă, la care au loc mai mult de patru persoane. Iar apartamentul lui Brock este considerat *mare* după standardele din Manhattan. Într-un apartament *mic*, n-ar exista deloc zona de luat masa, iar bucătăria, livingul, dormitorul și baia ar fi toate o singură încăpere, ca la mine acasă.

Trebuie spus totuși că, dacă ar vrea, și-ar putea permite și mai mult de-atât. Părinții lui sunt bogați – nu strigător la cer de bogați, precum Douglas Garrick, dar fac parte clar din clasa de sus –, însă nu vrea să ia bani de la ei, oricât de mult ar încerca ei să-i ofere. *M-au învățat să pescuiesc*, îi place lui Brock să spună. Simte că au făcut destul plătindu-i studiile universitare și diploma în Drept la o universitate Ivy League, iar acum e rândul lui să-și câștige pâinea, adică peștele.

Respect acest lucru la Brock. Chiar este cu adevărat un tip grozav. Și apreciez și faptul că nu m-a presat să stabilim o altă dată anume pentru Marea Discuție; acum pare că aş putea-o amâna la nesfârşit – deşi ştiu că n-ar trebui.

Amestec un pic de curry roşu cu orezul alb. Îmi place la nebunie mâncarea de la acest restaurant, pentru că toate felurile de curry sunt mereu foarte picante.

— Un job de secretară, zici?

Brock dă din cap.

— Nu căutai aşa ceva?

Au trecut trei zile de când am lăsat-o pe Wendy în Albany. I-am spus lui Brock ceva vag, că nu mai au nevoie de serviciile mele, şi nu are niciun motiv să suspecteze că s-ar întâmpla altceva. Douglas Garrick ar trebui să se întoarcă mâine din călătoria de afaceri – şi când mă gândesc la asta, simt cum mi se face greaţă. Dar cred în continuare că totul va fi bine.

În orice caz, trebuie să găsesc o cale de a renunţa la jobul de menajeră. Poate o să-i trimit lui Douglas un mesaj, săptămâna viitoare, în care să-i spun că mi s-a aglomerat programul şi nu mai pot lucra pentru el. Asta mă va lăsa cumplit de şomeră, iar ideea unui job cu program fix şi cu *oh, Doamne, ce beneficii* este uimitoare.

— Sună grozav, spun eu. Dar jobul ăsta de recepţioneră o să se potrivească şi cu orarul meu de la şcoală?

— Cum am spus, este part-time, îmi răspunde Brock. De fapt, ei speră să găsească pe cineva care poate lucra în weekenduri, deci ar fi perfect pentru tine.

Ar fi perfect. Absolut perfect. Iar Brock mi-a spus că toţi cei din compania lui sunt bine plătiţi. Şi nu va mai trebui să am de-a face nici cu cuplurile astea de nevrotici din Manhattan.

Desigur, dacă ar fi ca firma lui Brock să ia în considerare angajarea mea, ar face şi o verificare a trecutului meu. Şi când ei vor afla totul, va afla şi el. Îmi şi închipui cum îl şicanează careva din firmă pe Brock. *Hei, Brock, am auzit că prietena ta are cazier.*

Şi aproape că-mi imaginez şi reacţia lui. Zâmbetul lui obişnuit, lejer, alunecându-i de pe chip. *Cum? Ce vrei să spui?* Şi apoi conversaţia care va urma când va ajunge acasă de la job... oh, Doamne...

Chestia asta o ia razna de tot. Am ascuns prea mult de el toate lucrurile astea. Și dacă i-am spus lui Enzo că tipul ăsta este Tipul meu, asta înseamnă că sunt serioasă în privinţa lui. Asta înseamnă că trebuie să fiu complet cinstită cu el.

— De asemenea, spune Brock, părinţii mei vin în oraş luna viitoare, pentru o nuntă. Şi eu...

Îmi aruncă un zâmbet strâmb.

— Mi-ar plăcea să luăm cina împreună.

— Cu părinţii tăi? înghit eu pe nemestecate.

— Vreau să te cunoască şi ei.

Se întinde peste măsuţă şi îşi pune palmele peste ale mele.

— Vreau s-o cunoască şi ei pe femeia pe care o iubesc.

Dacă am fi într-o competiţie despre cine spune mai mult „te iubesc", Brock m-ar bate cu zece la unu.

Treaba asta scapă de sub control. Nu mai pot amâna Marea Discuţie. Trebuie să-i spun totul. Acum.

— Uite, Brock, încep eu, lăsând furculiţa jos. Trebuie să discutăm ceva.

Ridică o sprânceană.

— Oh?

— Da...

— Nu prea sună bine.

— Nu, este...

Încerc să înghit, dar am gâtul prea uscat. Mă întind să-mi iau paharul, însă am băut toată apa când am mâncat acel curry picant.

— Stai să-mi iau nişte apă.

Brock mă priveşte cum apuc paharul şi mă grăbesc spre bucătărie. Îndes paharul sub filtrul de apă, dorindu-mi ca măcar o dată să curgă un pic mai încet. În timp ce-mi umplu paharul, aud telefonul bâzâindu-mi în buzunar. Mă sună cineva.

Pe ecran a apărut numele lui Wendy. I-am scris numărul, pentru cazul în care merge ceva prost în planul nostru de evadare şi are nevoie să intervin. Dar şi-a lăsat telefonul în penthouse. Aşa că de ce m-ar suna acum?

Răspund şi vorbesc foarte încet, ca să nu mă poată auzi Brock. Sunt sigură că n-ar aproba nimic din toate astea şi este extrem de important să nu-i spun o vorbă, din moment ce se pare că-l ştie pe Douglas Garrick şi îl consideră un tip mişto.

— Wendy, şoptesc eu. Ce se întâmplă?

Preţ de o secundă, la capătul celălalt se aşterne tăcerea. Apoi se aude un suspin tăcut.

— M-am întors. M-a adus înapoi.

— Oh, Doamne...

— Millie.

Vocea i se frânge.

— Poţi veni încoace, te rog?

Apartamentul lui Brock este la doar cincisprezece minute de mers pe jos de penthouse-ul lor. Aş putea ajunge la ea în douăzeci de minute. Dar cum să fac? Tocmai am iniţiat o discuţie serioasă cu iubitul meu, care va dura probabil tot restul serii.

Însă el n-are o nevoie atât de disperată de mine cum are Wendy.

— Vin imediat, îi promit eu.

Las paharul cu apă în bucătărie şi mă întorc în zona de dining. Brock pare că abia s-a atins de tăieţeii Pad Thai de când am plecat eu spre bucătărie.

— Deci? spune el.

— Uite ce, a intervenit o urgență. Eu... trebuie să plec.

— *Acum?*

— Îmi pare foarte rău. Vorbim mâine-seară – îți promit.

Brock se bosumflă.

— Millie...

— *Promit*, pledez eu cu ochii. Și... mi-ar plăcea mult să-ți cunosc părinții. Cred că va fi minunat.

Ultima propoziție pare să-l liniștească.

— Știu că ai emoții în legătură cu întâlnirea asta, spune el, dar o s-o adori pe mama. Și ea este tot din Brooklyn. A făcut facultatea aici și are același accent ca tine.

— N-am niciun accent!

— Ba ai, rânjește el spre mine. Unul vag. E drăguț.

— Da, da...

Se ridică de la masă și întinde mâinile spre mine, Chiar dacă ard de nerăbdare să mă întorc la penthouse, îl las să mă ia în brațe.

— Vreau doar să știi, spune el, că indiferent care ar fi lucrul teribil despre tine pe care simți nevoia să mi-l zici, este OK. Te iubesc indiferent de situație.

Mă uit în ochii lui albaștri și îmi dau seama că vorbește serios.

— Vorbim curând și despre asta, îi promit eu. Și... și eu te iubesc.

Devine tot mai ușor s-o spun.

Mă sărută lung pe buze și, preț de o clipă, chiar îmi doresc să nu trebuiască să plec. Însă n-am de ales.

TREIZECI ȘI PATRU

Roțile liftului huruie mai rău decât de obicei.

Mă întreb cât de vechi este ascensorul ăsta. Am citit undeva că primele lifturi casnice s-au folosit la finalul anilor 1920. Așa că, și dacă acest ascensor este primul din istorie, tot are mai puțin de un secol vechime. Un lucru liniștitor, nu-i așa?

Cu toate astea, într-una din aceste zile sunt convinsă că vechile mecanisme vor rugini la jumătatea drumului și o să rămân captivă în lift pentru tot restul vieții mele.

Mă uit la ceas. N-au trecut nici douăzeci de minute de când m-a sunat Wendy. Am încercat s-o sun iar, ca să-i spun că sunt pe drum, însă n-a răspuns. Mi-e frică de ce-aș putea găsi când ajung la etajul douăzeci.

Dumnezeule mare, liftul ăsta poate merge și mai lent de-atât?

În cele din urmă se oprește zdrăngănind și ușile se dau deoparte. Soarele a apus și penthouse-ul este scufundat în întuneric. De ce nu aprinde nimeni luminile? Ce se petrece aici?

— Alo? strig eu.

Apoi îmi trece prin minte un gând îngrozitor.

Dacă Douglas este aici? Dacă a obligat-o pe Wendy să mă sune și să-mi ceară să trec pe la ea, ca să mă poată pedepsi pentru că am ajutat-o? Pare genul de lucru de care este în stare.

Bâjbâi prin geantă după sprayul paralizant. Îl localizez lângă pudră și îl scot, ținându-l strâns în mâna dreaptă.

— Wendy? chițăi eu.

Bag mâna stângă în buzunarul blugilor, unde mi-am îndesat telefonul. Nu vreau să sun la poliție, dar în același timp am un sentiment îngrozitor în legătură cu ce-o să găsesc în casa asta.

Ajung în living; pașii mei răsună pe podea ca zgomotul unor împușcături în acest apartament tăcut și steril. Inima mi se oprește în piept când văd pata roșie de pe covor. Apoi trupul zăcând răstignit pe canapeaua modulară.

— Wendy! strig din răsputeri.

Este mult mai rău decât am crezut. Douglas nu doar că și-a căutat soția sau a încercat să se răzbune, ci a găsit-o deja, iar acum Wendy zace moartă pe canapea. Alerg spre ea, așteptându-mă să văd o rană de cuțit căscându-se în pieptul ei și o pată stacojie lățindu-se pe rochia ei albastru-închis. Dar nu văd nimic din toate astea.

Apoi Wendy deschide ochii.

— Wendy!

Mă simt de parcă aș fi gata să mă prăbușesc, pradă unui atac de cord. Îmi doresc să fi avut la mine ceva din medicamentele lui Brock, pentru că inima mi-a luat-o razna într-un ritm de necontrolat.

— Oh, Dumnezeule mare! Am crezut că ești...

— Moartă?

Se ridică în capul oaselor pe canapea și atunci îmi dau seama că stacojiul de pe covor este vin roșu vărsat dintr-un pahar răsturnat pe măsuța de cafea – Douglas o să înnebunească dacă nu-l curăț. Wendy râde amar:

— Oh, îmi doresc să fi fost.

Am fost atât de concentrată să observ rănile sau sângele de pe corpul ei, încât nici n-am văzut vânătaia proaspătă înflorindu-i pe obrazul stâng, unde cea de dinainte aproape că s-a estompat. Tresar la vederea ei – nu pot decât să-mi imaginez ce anume a provocat una ca asta.

— Fața ta, icnesc eu.

— Asta nu e cel mai rău.

Wendy se sprijină în canapea, tresare și se prinde de cutia toracică.

— În mod sigur mi-a rupt coastele.

— Trebuie să mergi la spital!

— Nici vorbă.

Îmi aruncă o privire.

— Dar mi-ar folosi niște gheață.

Alerg în bucătărie și găsesc o pungă cu gheață în congelator. O acopăr cu un șervet de vase, apoi i-o aduc. O ia recunoscătoare și se gândește unde să o pună, apoi o așază pe piept, într-un final.

— Mă aștepta, spune ea cu o voce pierdută, ca o șoaptă. Când am ajuns la ferma Fionei, din Potsdam. Era deja acolo. *Știa*.

Clatin din cap. Nu înțeleg cum s-a putut petrece una ca asta. Mă așteptam s-o găsească până la urmă, dar chiar atât de repede?

— Nu știu cum de m-a găsit atât de rapid.

Închide ochii ca și când ar încerca să alunge o durere de cap.

— M-am gândit că era posibil să mă găsească până la urmă, dar nu atât de repede. Credeam că am mai mult timp...

— Știu...

— Millie.

Se răsucește în așa fel încât punga cu gheață alunecă puțin de la locul ei.

— Ai spus cuiva unde mergem?

— Firește că nu!

Ei bine, nu este cu totul adevărat. Am spus unei singure persoane. I-am spus lui Enzo.

Dar faptul că i-am spus lui Enzo este ca și când n-aș fi spus nimănui. Enzo n-ar fi suflat o vorbă despre ceva de genul ăsta. Dacă ar fi făcut vreun gest, acela ar fi fost să încerce s-o protejeze.

— Am fost o proastă să cred că aș putea scăpa de el.

Își aranjează punga cu gheață.

— Asta e viața mea. Este mai ușor dacă, pur și simplu... o accept.

— N-ar trebui s-o accepți.

Mă întind și o strâng de mână.

— Wendy, o să te ajut. Nu trebuie să-ți petreci restul vieții suportându-l pe omul ăsta.

— Știu că ai intenții bune...

— Nu.

Îmi tremură maxilarul.

— Ascultă-mă. O să te ajut. Îți promit.

Wendy nu spune nimic. Nu mă mai crede. Dar o să rezolv cumva treaba asta.

N-o să-l las pe Douglas Garrick să scape după ce a rănit-o în halul ăsta.

TREIZECI ȘI CINCI

Încă lucrez pentru familia Garrick.

Nu-i pot spune lui Brock adevăratul motiv pentru care m-am decis să rămân cu ei și să refuz interviul de la el de la firmă; i-am zis doar că, până la urmă, au decis că au nevoie de serviciile mele. Nu mi-a mai pus alte întrebări, dar asta mai ales din cauză că l-am tot evitat.

Data viitoare când o să-l văd, trebuie să-i mărturisesc totul despre trecutul meu. Este timpul. Dar asta nu înseamnă că nu sunt îngrozită de moment, așa că mi-a convenit să fiu „ocupată" în ultimele câteva zile. Chiar dacă i-am promis că îi voi explica totul „curând", efectiv niciodată nu este momentul potrivit. Poate că nici nu va fi vreodată.

Însă de spus trebuie să-i spun. Trebuie să știe adevărul înainte de a mă prezenta părinților săi, pentru numele lui Dumnezeu.

În seara asta pregătesc cina pentru familia Garrick. Am piept de pui rumenindu-se la cuptor și fierb niște cartofi pe aragaz, pe care îi voi trece prin procesorul de alimente, ca să iasă un piure mătăsos, exact așa cum îi place lui Douglas. Aș fi tentată să scuip în el dacă n-aș ști că mănâncă și Wendy.

În timp ce verific cuptorul, Wendy își face apariția în bucătărie. Fața ei învinețită arată mult mai bine și nu mai tresare când merge, deci presupun că se vindecă.

— Cina este aproape gata, îi spun.

Mai rămâne pentru o clipă în ușa bucătăriei. În cele din urmă, o aud:

— Trebuie să vorbesc o clipă cu tine, Millie. Poți veni în living?

Mâncarea ar trebui să fie în regulă și dacă o las pentru câteva minute, așa că o urmez îndată pe Wendy în living, spre biroul dintr-un colț al camerei. Are o expresie stranie pe chip și simt o tresărire de îngrijorare. Cu câteva zile în urmă i-am promis că o să găsesc o cale de ieșire din această situație și încă nu mi-am respectat promisiunea. Dar *o voi face*.

Încerc doar s-o fac într-un fel care să nu-l implice pe Enzo.

— Am descoperit ceva zilele trecute în biblioteca lui Douglas, îmi spune ea. Ceva ce aș vrea să vezi.

Cu un amestec de curiozitate și teamă, o urmez în timp ce șchiopătează spre biblioteca de pe hol. Scoate de pe raft ceva ce seamănă cu un dicționar și îl așază pe un raft gol. Îl deschide și atunci îmi dau seama că dicționarul a fost scobit complet de pagini.

Iar înăuntru se află o armă.

Mă plesnesc cu mâna peste gură.

— Oh, Dumnezeule. Ăsta e al lui Douglas?

Dă din cap.

— Știam că are o armă undeva în casă, dar n-am știut niciodată unde o ține.

— Nici măcar n-o încuie?

— Cred că vrea să aibă acces rapid la ea dacă îi trebuie.

Wendy scoate arma din cartea scobită de pagini. O ține ca o persoană care n-a mai ținut niciodată o armă în mână.

— Asta este o cale de scăpare.

— Nu. *Nu.*

Alung nodul de panică din piept.

— Crede-mă, indiferent cât de disperată ești, *nu* vrei să faci asta.

N-am prea multă experiență cu armele, dar am *o grămadă* de experiență cu acțiunile drastice, făcute din disperare. N-o s-o mai apuc niciodată, *niciodată* pe acel drum. Și nici ea n-ar trebui s-o facă.

Însă Wendy nu mă ascultă. Ține arma cu ambele mâini și țintește prin cameră. Nu are degetul pe trăgaci, dar intenția ei este evidentă.

— Te rog, nu face asta, o implor.

— Este și încărcat, îmi spune ea. M-am uitat cum să verific. Are cinci gloanțe înăuntru.

Clatin neîncetat din cap, nu mă pot opri.

— Wendy, nu vrei să faci asta, crede-mă.

Se întoarce să mă privească; are obrazul încă violaceu de la pumnul soțului ei, deși pe margini vânătaia s-a îngălbenit ușor.

— Ți se pare că am de ales?

— Vrei să-ți petreci restul zilelor în închisoare?

— Sunt deja acolo.

— Ascultă-mă.

Cât de blând pot, îi iau pistolul din mâini. Îl așez pe birou.

— Nu vrei să faci asta. Există o altă cale.

— Nu te mai cred.

Mi-o imaginez pe Wendy țintind cu pistolul spre chipul lui Douglas. Ținând cont de felul în care ține arma acum și de cât de tare tremură, probabil că ar rata chiar și de aproape.

— Ai vreo idee despre cum să tragi cu ăsta?

Ridică din umeri.

— Îl ţinteşti pe ăla de vrei să-l ucizi şi apoi apeşi pe trăgaci. Nu e chirurgie pe creier.

— E un pic mai mult decât ce zici tu.

Face ochii mari.

— Dar tu ai tras vreodată vreun glonţ, Millie?

Ezit niţel cam mult. Da, am un pic de experienţă la trasul cu arma. Enzo era convins că este important să ştiu cum se face, aşa că ne-am dus amândoi de câteva ori la poligonul de trageri. Am urmat un curs despre siguranţa armelor şi ne-am luat certificatele. Dar n-am tras niciodată în cineva, în afara exerciţiilor la ţintă din poligon. Nu sunt nici pe departe expertă.

— Oarecum.

Îmi aruncă o privire plină de înţelesuri.

— Millie...

— Nu.

Iau pistolul şi îl pun la loc în dicţionarul fals, pe care îl închid cu un pocnet.

— Asta n-o să se întâmple.

— Dar...

Wendy a încercat să spună ceva, dar oricare-ar fi fost acel lucru, zdrăngănitul uşilor de la lift l-a retezat brusc. Iau repede dicţionarul şi îl îndes la loc pe raftul unde l-am găsit, în timp ce Wendy o şterge înapoi în dormitorul ei, cu o viteză care mă şochează. Mă grăbesc şi eu pe scări în jos, pentru ca Douglas să nu-şi dea seama ce făceam.

Îl văd intrând în living; pare uşor luat prin surprindere să mă vadă venind de la etaj. Sprâncenele lui groase şi negre se ridică a nedumerire.

— Credeam că eşti ocupată să pregăteşti cina...

— Sunt, îl asigur eu. Este la cuptor.

— Înţeleg...

Îmi cercetează chipul cu ochii lui pătrunzători, îndeajuns de insistent încât să încep să mă foiesc.

— Deci ce avem la cină?

— Piept de pui la cuptor, piure de cartofi și morcovi glazurați, îi răspund, cu toate că meniul de azi a fost stabilit cu grijă chiar de el însuși.

Douglas se gândește o clipă.

— Soției mele să nu-i pui deloc cartofi pe farfurie. O deranjează la stomac.

— OK...

— Și pentru ea pune doar o jumătate de porție de pui, adaugă Douglas. Nu s-a simțit prea bine și mă îndoiesc că poate mânca mai mult de-atât.

În timp ce scurg cartofii din care Wendy nu va putea să guste, înțeleg, în sfârșit, de ce este cumplit de slabă. Douglas este cel care îi duce de mâncare în fiecare seară. El controlează fiecare dumicat care ajunge la ea în gură.

Mai presus de orice, o înfometează sistematic. Încă o cale de a o controla, de a o ține slabă și de a-i ucide voința.

Wendy are dreptate. Treaba asta trebuie să se termine odată.

Partea bună a lucrurilor este că acum pot să scuip fără probleme în piureul de cartofi.

TREIZECI ȘI ȘASE

Seara, când mă strecor în pat, mă tot gândesc la pistolul ascuns în dicționar.

Privirea din ochii lui Wendy când mi l-a arătat a fost de neconfundat. Vorbea absolut serios. A ajuns cu disperarea în punctul acela în care se gândește la ea însăși în termeni de *el sau eu*. Și să ajungi în punctul acesta e foarte rău. Este momentul în care începi să faci greșeli prostești.

Mai devreme sau mai târziu, de fapt mai devreme, tot va trebui să-l sun pe Enzo. El ar putea s-o ajute mai mult decât pot eu. Însă nu-l pot suna acum. Este aproape miezul nopții și, dacă vede că-i dau telefon la ora asta, o să creadă în mod sigur că-l sun cu gândul la sex. Și nu vreau să-și facă o impresie greșită.

Cu toate că există o mică parte în mine care n-a încetat să se gândească la el din seara aceea, când am fost în Albany.

Tot sunt supărată că a dispărut așa cum a făcut-o, însă nu pot nega bucuria adevărată pe care am simțit-o când l-am văzut ieșind din mașina aceea. Acum înțeleg, brusc, că niciodată n-am simțit așa ceva pentru Brock și nici nu sunt sigură că voi simți vreodată.

Dar nu e corect față de Brock. Iubitul meu are atât de multe calități. Mai presus de orice, este un tip pe care mă pot baza că n-o să mă abandoneze la greu. Măcar de atâta lucru sunt sigură.

Apoi îmi aduc aminte că n-am putut să-i spun despre ce i se întâmplă lui Wendy. Răspunsul lui ar fi fost să sun imediat la poliție și să nu mă implic. Gândire tipic avocățească.

Ca și cum l-ar fi apucat sughițul acolo unde e, ecranul telefonului se luminează de la un mesaj primit de la el:

Te iubesc.

Îmi încleștez dinții. Oh, Dumnezeule, de câte ori trebuie să-mi spună omul ăsta că mă iubește? Se așteaptă să-i spun și eu, probabil, același lucru, dar chiar n-o pot face acum. Aceste „Te iubesc"-uri m-au luat prizonieră. Așa că, în loc să-i răspund la fel, îmi fac un selfie în care simulez un sărut și i-l trimit. E și ăsta un fel de-a spune „te iubesc", nu? Îmi răspunde aproape instantaneu.

Ești drăguță. Mi-aș dori să fii cu mine.

Oh, Doamne, oare absolut tot ce-mi spune trebuie să fie o modalitate de a mă face să mă simt vinovată că nu m-am mutat cu el?

Frustrată, arunc telefonul cât colo. Dau să mă ridic ca să mă spăl pe dinți, când îl aud sunând. Probabil e Brock, având în vedere că nu i-am răspuns la mesaj. E posibil să vrea să mă întrebe dacă poate veni la mine. Iar eu va trebui să-i spun foarte amabil că nu.

Doar că, atunci când mă uit la ecranul telefonului, văd că nu este Brock. Este *Douglas*.

De ce mă sună *Douglas* la miezul nopții?

Mă uit la telefon preț de un minut, cu inima bătând să-mi sară din piept. Nu există niciun motiv rezonabil pentru care șeful meu să mă sune la ora asta. Sunt tentată să las să intre căsuța vocală, însă până la urmă răspund.

— Millie.

Vocea îi sună un pic sacadat.

— Nu te-am trezit, nu?

— Nu...

— Bine, spune el. Îmi pare rău că te sun atât de târziu, dar cred că e mai bine să-ți spun acum. De săptămâna viitoare nu vom mai avea nevoie de serviciile tale.

— Mă... mă concediezi?

— Mă rog, spune el, nu e chiar o concediere. Mai degrabă întrerupem colaborarea. Wendy pare să se simtă mai bine și i-ar plăcea să aibă iar un pic de intimitate în propria casă.

— Oh...

— Nu-i vorba că nu ți-ai făcut tu treaba bine.

Iisuse, mulțumesc.

— Doar că un cuplu căsătorit are nevoie de intimitatea lui. Înțelegi ce zic?

Am prins mesajul, clar și răspicat. Nu vrea să mai vorbesc cu Wendy sau să încerc s-o ajut.

— Înțelegi, nu-i așa, Millie? mă presează el.

— Desigur, îi spun printre dinții încleștați. Sigur că înțeleg.

— Bine.

Tonul i s-a mai relaxat.

— Și ca să-ți mulțumesc pentru tot ce ai făcut pentru noi, îți ofer două bilete la un meci al celor de la Mets. Ți-ar plăcea, nu?

— Da, spun eu încet. Îmi place Mets...

— Excelent! Atunci așa rămâne.

— Îhî.

— Noapte bună, Millie. Somn ușor.

Închid telefonul cu un sentiment de disconfort. E ceva ce mă deranjează în conversația asta – un lucru de care nu-mi dau seama încă. Mă prăbușesc iar în pat și abia atunci văd tricoul supradimensionat în care obișnuiesc să dorm.

Un tricou cu Mets.

Ridic privirea și mă uit la fereastra de vizavi de pat. Storurile sunt trase, ca de obicei. Alerg la fereastră, bag degetele printre lamelele jaluzelelor și mă uit afară, pe stradă. Este complet întuneric. Nu văd niciun bărbat suspect care să stea acolo, la pândă. Nimeni nu se uită cu binoclul spre fereastra mea.

Poate că e doar o coincidență. La urma urmelor, na, locuiesc în New York. Cui nu-i place Mets?

Dar nu mai cred în coincidențe. Era ceva în tonul lui când a menționat că-mi dă niște bilete la meciul Mets. *Îți ofer două bilete la un meci al celor de la Mets. Ți-ar plăcea, nu?*

Oh, Dumnezeule, dacă mă poate vedea aici?

Dar nu e vreun mare secret că dorm în tricouri cu Mets. Se poate să fi și răspuns la ușă la un moment dat, îmbrăcată așa. Și toți iubiții mei știau de asta, chiar dacă lista nu-i include decât pe Brock și Enzo.

Și totuși, mai am și alte tricouri în care dorm. Douglas știa ce port *în seara asta.*

I-am jurat lui Wendy că n-o s-o abandonez, dar trebuie să recunosc, de data asta sunt speriată rău de tot. Storurile sunt trase. Nu le deschid niciodată seara, mai ales când mă schimb în haine de dormit.

Cu mâinile tremurând, iau telefonul și îi trimit un mesaj lui Brock:

Vrei să vii pe la mine?

Ca întotdeauna, îmi răspunde imediat:

Ajung cât de repede pot.

TREIZECI ȘI ȘAPTE

Imediat ce termin de pus rufele la loc, o să plec să mă întâlnesc cu Brock, ca să luăm cina împreună.

Douglas mi-a trimis un mesaj și am aranjat o dată pentru ultima mea venire la curățenie. După asta va trebui să-mi caut alt job, așa că sper să-mi dea un bacșiș uriaș. Altminteri, o să intru în panică.

Mă bucur că azi e ultima dată când mai lucrez pentru familia Garrick. N-am abandonat-o pe Wendy, dar nu mai vreau să intru vreodată în casa asta. Douglas Garrick îmi dă fiori, și cu cât stau mai departe de el, cu atât e mai bine. O să fac tot ce pot s-o ajut pe Wendy din exterior.

În seara asta mai este un lucru care-mi stă pe suflet. Îndată ce termin aici, voi avea cu Brock Marea Discuție. Ultimele dăți când ne-am văzut, am evitat cu grijă orice discuții serioase, dar lucrurile trenează așa de prea multă vreme. O să ne vedem la el acasă și o să-i spun totul. Un Ghid Complet al lui Millie. Și poate că relația se va termina aici sau poate nu va avea nicio problemă cu nimic. Nu e decât o cale să aflu.

Cea mai mare parte a hainelor celor doi Garrick merg la curățătorie, așa că nu am decât vreo câteva piese: maiouri, chiloți și șosete, cea mai mare parte abia purtate un pic când le-am aruncat în mașina de spălat. Le sortez şi le aşez pe fiecare la loc, gândindu-mă încontinuu la arma ascunsă în bibliotecă.

Am pus-o pe Wendy să jure că n-o să facă nicio prostie, dar, cu toate că mi-a promis, nu o cred pe deplin. A ajuns la capătul puterilor. I-am văzut disperarea pe faţa învineţită, când ţinea pistolul în mâini. Data viitoare când o s-o enerveze Douglas, este foarte posibil să-l ucidă.

Nu că aş avea vreo problemă ca nemernicul ăla să-şi ia un glonţ în cap. Dar dacă o face, Wendy va ajunge la închisoare. Nu s-a dus niciodată la doctor sau în vreun spital care să consemneze felul în care o agresa Douglas, şi chiar dacă eu aş putea depune mărturie în instanţă cu ceea ce ştiu, s-ar putea să nu fie destul.

M-am decis oficial să-l sun mâine pe Enzo. Cel mai bine pentru mine ar fi să ies cu totul din povestea asta – mai ales că nu mai lucrez acolo – şi să-l las pe el să descurce treaba. Până la urmă, el e cel care-i cunoaşte pe toţi „tipii" ăia. Avea sens să fim o echipă când eram împreună, dar adevărul este că acum mi-e greu să mă aflu în preajma lui.

Enzo o va ajuta pe Wendy. Ştiu că o s-o facă.

Aproape că am terminat de pus lucrurile la loc, când aud o bufnitură venind de pe coridor. Am mai auzit asemenea bufnituri şi înainte. Diferenţa este că acum ştiu că zgomotele astea sunt loviturile pe care le încasează Wendy.

Ies din dormitorul matrimonial ca să văd ce se petrece. Ca de obicei, uşa de la dormitorul de oaspeţi este închisă, dar îl aud pe Douglas strigând înăuntru:

— Am văzut acum încasarea asta de pe card! bubuie el de la capătul holului. Ce-i asta? Optzeci de dolari pentru un prânz la La Cipolla?

Nu l-am auzit niciodată vorbindu-i în felul ăsta. Probabil nu şi-a dat seama că sunt în casă. Mi-a spus să plec devreme, așa că e posibil să creadă că am plecat deja și că-i poate vorbi lui Wendy cum vrea, fără ca eu să aud.

— Îmi... îmi pare rău.

Wendy pare înfricoșată de-a dreptul.

— M-am întâlnit cu prietena mea Gisele la prânz și acum n-are job, așa că m-am oferit eu să plătesc.

— Cine ți-a zis că poți pleca de acasă?

— Poftim?

— *Cine ți-a zis că poți pleca de acasă, Wendy?*

— Eu... eu doar... îmi pare rău, dar este foarte dificil să stau înăuntru tot timpul și...

— Te-ar fi putut vedea cineva! răcnește el înfuriat. Dacă îți vedea cineva fața, ce-ar fi crezut despre mine?

— Eu... îmi pare rău, eu...

— Pariez că o să-ți pară rău. Nu te gândești niciodată la nimic, nu-i așa? *Vrei* ca oamenii să creadă că sunt un monstru!

— Nu. Nu-i adevărat. Jur.

În cameră se face liniște deplină. Gata, s-a terminat cearta? Sau trebuie să năvălesc înăuntru ori să sun la poliție? Dar nu, nu pot suna la poliție – Wendy mi-a spus că asta este exclus.

Ce n-aș da să am un prieten în NYPD...

Mă apropii pe vârfuri de ușa dormitorului, cât de mult îndrăznesc, încercând să aud ce spun. Când sunt pe punctul de a bate la ușă, Douglas începe iar să vorbească și de data asta pare și mai furios.

— Restaurantul ăsta este teribil de romantic pentru tine și o prietenă, nu-i așa?

— Poftim? Nu! Nu-i... romantic...

— Îmi dau mereu seama când minți, Wendy. Cu cine ai fost de fapt la prânzul ăla de fițe?

— Ți-am spus! Am fost cu Gisele.

— Da, corect. Acum spune-mi şi *adevărul*. A fost acelaşi tip care te-a dus în nord?

Mă apropii şi mai mult. Wendy suspină.

— Am fost cu Gisele, plânge ea.

— Ai fost pe naiba, şuieră el. N-am de gând să permit ca paraşuta de nevastă-mea să umble prin oraş cu alt bărbat! Este umilitor.

În acel moment, din cameră se aude o bubuitură teribilă. Şi Wendy urlă.

Nu-l pot lăsa să-i mai facă rău. Trebuie să intervin cumva. Doar că, dintr-odată, în cameră se face linişte.

Şi apoi aud din cameră un soi de bolboroseală, un gâlgâit.

Ca şi cum o femeie ar fi sugrumată.

Nu mai e timp de pierdut. Orice s-ar întâmpla în încăperea aceea trebuie oprit.

Atunci îmi amintesc de armă.

TREIZECI ȘI OPT

Îmi amintesc exact unde se află pistolul.

Alerg spre bibliotecă și scot dicționarul. Pistolul stă cuibărit în aceeași scobitură unde se afla și cu două zile în urmă, când mi l-a arătat Wendy. Exact acolo unde știam că va fi. Îl iau cu mâinile tremurând ușor.

Holbându-mă la revolverul pe care îl țin în mână, mă întreb dacă nu cumva fac o greșeală gravă. Chiar dacă în camera aceea se întâmplă lucruri îngrozitoare, nu știu cum o să le îmbunătățească prezența unei arme în peisaj. Când există posibilitatea ca cineva să fie împușcat, lucrurile o pot lua razna foarte repede.

Dar n-am de gând să-l împușc pe Douglas. Nu iau în calcul această variantă. Singura mea intenție este să-l sperii. Până la urmă, nimic nu-i mai înfricoșător decât o armă. Contez pe elementul-surpriză ca să pun capăt situației.

Ținând bine revolverul în mână, mă grăbesc înapoi pe holul întunecat, spre camera de oaspeți. Cearta a încetat și în cameră totul e scufundat în tăcere. Cumva, asta este cel mai înspăimântător lucru.

Mă gândesc să bat, dar apoi decid să încerc clanța. Se apasă ușor. Deschid ușa încet și aud o voce care îmi răsună în minte, în fundul capului:

Lasă arma jos, Millie. Rezolvă lucrurile fără ea. Faci o greșeală îngrozitoare.

Dar este prea târziu.

Deschid larg ușa dormitorului de oaspeți. În fața ochilor mi se înfățișează o scenă care îmi taie respirația. Îi văd pe amândoi, Douglas și Wendy. El a proptit-o în perete și i-a înfipt mâinile în beregată, iar Wendy a început să se învinețească. Are gura deschisă ca pentru a striga, dar de pe buze nu-i iese niciun sunet.

Oh, Doamne, încearcă s-o ucidă.

Nu știu dacă are de gând s-o sugrume sau să-i rupă gâtul cu mâinile goale, dar trebuie să fac ceva chiar acum – nu pot să stau în ușă și să-l las s-o omoare. Însă am învățat ceva din greșelile trecutului. Poate că am un pistol, însă n-am nicio intenție să-l ucid. Amenințarea cu arma ar trebui să fie suficientă. Apoi o să spun la poliție ce am văzut.

Poți s-o faci, Millie. Nu-l răni. Doar fă-l să-i dea drumul.

— Douglas! mă răstesc la el. Las-o în pace!

Mă aștept să se îndepărteze de Wendy și să reverse o grămadă de scuze și explicații prefăcute. Însă degetele lui nu se clintesc. Wendy reușește să mai scoată un sunet bolborosit.

Așa că ridic arma și țintesc spre pieptul lui.

— Nu glumesc.

Îmi tremură vocea.

— Las-o în pace sau trag.

Dar Douglas nu pare să audă ce-i spun. Are ochii sălbatici și pare hotărât să ducă la capăt ce a început – chiar aici și acum. Wendy a încetat să se agațe de el și trupul i-a devenit inert. Timpul negocierilor a trecut. Dacă nu fac ceva în următoarele câteva secunde, o s-o ucidă.

Și înseamnă că eu voi permite asta.

— Jur pe Dumnezeu, mârâi eu. Te împușc dacă nu-i dai drumul!

Însă el nu mă bagă în seamă. Continuă s-o strângă de gât.

N-am de ales. Există un singur lucru pe care-l pot face în această situație.

Apăs pe trăgaci.

TREIZECI ȘI NOUĂ

Douglas cade inert la câteva secunde după ce bubuitura împușcăturii răsună prin apartament. Se aude mai tare decât mă așteptam, suficient de tare pentru a fi auzită, cu siguranță, de câțiva vecini. Mă rog, sau poate că nu. Într-un astfel de loc, tavanele și pereții par izolați fonic și avem ca tampon și etajul de dedesubt.

Partea bună este că degetele lui Douglas alunecă de pe gâtul lui Wendy, care se prăbușește în genunchi, tușind, plângând și ținându-se de gât, în timp ce soțul ei stă întins alături, pe jos, nemișcat. După o secundă, o baltă de roșu aprins se împrăștie de sub el, pe covorul pufos.

Oh, nu.

Nu din nou.

Arma îmi cade dintre degete și aterizează cu un bubuit puternic pe podea, lângă mine. Rămân stană de piatră. Douglas Garrick nu se mișcă deloc, iar balta de sânge de sub el crește tot mai mult. Am vrut să-l împușc în umăr, doar cât să-l rănesc și să-l oblig să ia mâinile de pe Wendy, dar nu am intenționat să-l omor.

Se pare că am ratat.

Wendy se freacă la ochii plânși. În mod miraculos, este conștientă încă. Îngenunchează lângă soțul ei și îi pune o mână pe gât, pe artera carotidă. O clipă rămâne cu degetele lipite de pielea lui, apoi ridică privirea spre mine.

— N-are puls.

Oh, Doamne!

— E mort, șoptește ea cu voce gâjâită. Chiar e mort de-a binelea.

— N-am vrut să-l ucid, bâigui eu. Eu... nu încercam decât să-l fac să-și ia mâinile de pe tine. N-am vrut defel să...

— Îți mulțumesc, spune Wendy. Îți mulțumesc că mi-ai salvat viața. Știu că asta ai făcut.

Ne uităm una la alta o secundă. Chiar i-am salvat viața. Trebuie să-mi amintesc asta. Va trebui să le explic polițiștilor când vor ajunge aici.

— Trebuie să pleci.

Wendy se ridică în picioare, chiar dacă se pare că acestea n-o pot susține prea bine.

— Putem... putem șterge amprentele de pe armă. Ar trebui să meargă, nu-i așa? Da, da, sunt sigură că va merge. N-o să sun la poliție decât peste câteva ore, apoi o să le spun... Oh! Le-aș putea spune că am crezut că Douglas este un hoț și că l-am împușcat din greșeală. N-a fost decât un accident, înțelegi? Vor crede varianta asta. Sunt sigură că o vor crede.

Vorbește repede, este speriată. Oricât de mult mi-aș dori să scap de stres, în povestea ei este o gaură uriașă.

— Dar portarul l-a văzut pe Douglas intrând în clădire.

Scutură din cap.

— Nu, nu l-a văzut. Unii rezidenți au acces la intrarea din spate și el vine mereu pe acolo.

— Există vreo cameră de supraveghere?

— Nu. Niciuna.

— Dar camerele din lifturi?

— Alea? pufnește ea. Alea sunt mai degrabă decorative. Una dintre ele s-a stricat cu ani în urmă, iar cealaltă e scoasă din funcțiune de cel puțin doi ani.

Oare ar putea funcționa varianta asta? Tocmai l-am împușcat pe Douglas Garrick cu sânge-rece. Există vreo șansă să scap fără consecințe? De fapt, n-ar fi prima dată.

— Pleacă acum, nu mai sta.

Pășește peste trupul lui Douglas, ocolind cu grijă balta de sânge.

— O să-mi asum eu responsabilitatea pentru asta. Este a mea. Eu te-am băgat în necaz și n-am de gând să te trag după mine. Pleacă de aici cât încă mai poți.

— Wendy...

— Pleacă!

Privirea ei este aproape la fel de sălbatică precum a lui Douglas, în timp ce își încleștase mâinile pe gâtul ei.

— Te rog, Millie. Asta e singura cale.

— OK, îi spun încet. Dar... dacă ai nevoie de mine...

Întinde mâna și mă strânge de braț.

— Crede-mă, ai făcut destul.

Ezită.

— Ar trebui să ștergi mesajele dintre noi. Și pe cele de la mine, și pe cele de la Douglas. Pentru orice eventualitate.

Asta este o idee extrem de bună. Wendy și cu mine am discutat unele lucruri despre care n-aș vrea ca poliția să afle când va începe să investigheze această crimă. Și ar fi mai bine să nu vadă mesajele dintre mine și Douglas, în care pomenim că aceasta e ultima dată când mai vin la ei. Îmi iau geanta și, cu toate că mâinile îmi tremură îngrozitor, reușesc să șterg din telefon conversațiile cu ambii Garrick.

— Nu încerca să mă contactezi, spune ea. O să am eu grijă de asta, Millie. Nu-ți face griji.

Dau să protestez, dar până la urmă decid să tac. N-ar avea niciun rost. Wendy a decis deja să preia ea toate riscurile și este în interesul meu s-o las. Îmi iau la revedere de la penthouse, știind că n-o să mai pun niciodată piciorul în locul ăsta. Ultimul lucru pe care-l văd când părăsesc dormitorul este imaginea lui Wendy stând în picioare lângă cadavrul lui Douglas.

Zâmbește.

PATRUZECI

Tot drumul spre casă cu metroul nu mă pot opri din tremurat. Probabil că toată lumea din vagon crede că-s nebună, fiindcă, deşi este aglomerat, nimeni nu s-a aşezat lângă mine, nici în stânga, nici în dreapta, până când am ajuns în Bronx. Practic am făcut tot drumul strângându-mă în braţe şi legănându-mă înainte şi înapoi.

Nu-mi vine să cred că l-am ucis. Nu am vrut.

Nu, de fapt nu-i corect. L-am împuşcat în piept. Ar fi o minciună să spun că n-am vrut să moară. Dar asta e ultima variantă în care am vrut să se desfăşoare lucrurile când am văzut pistolul în dicţionar.

Dar o să fie în regulă. Am mai trecut prin asta. Wendy o să se ţină de povestea ei, iar poliţia nu va avea nici cea mai mică idee că am fost implicată în vreun fel sau altul.

Acum trebuie doar să fac faţă faptului că am ucis un om. *Iar*.

În secunda în care ies din staţia de metrou, simt cum îmi vibrează telefonul. Un apel ratat. Îl scot din geantă, aşteptându-mă pe jumătate să văd că m-a sunat Wendy, dar ecranul se umple cu apeluri ratate şi mesaje vocale de la Brock.

Oh, nu. În seara asta trebuia să luăm cina împreună. Aceasta era seara în care ar fi trebuit să avem Marea Discuţie. Ei bine, asta n-o să se mai întâmple.

Mă uit o clipă la numele lui Brock de pe ecranul telefonului, ştiind că trebuie să-l sun, dar nedorindu-mi asta absolut deloc. În cele din urmă, apăs pe numele lui. Răspunde aproape instantaneu.

— Millie?

În vocea lui este o combinaţie de furie şi îngrijorare.

— Unde eşti?

— Eu...

Îmi doresc să-mi fi luat un moment înainte de a-l suna, ca să mă gândesc la o scuză rezonabilă.

— Nu mă simt bine.

— Oh, serios?

Pare sceptic.

— Dar ce-ai păţit, mai exact?

— Am... am o problemă cu stomacul.

Nu răspunde nimic, aşa că decid să-i mai servesc nişte detalii inventate.

— M-a lovit brusc. Mă simt groaznic. Nu pot să mă opresc din vomitat, înţelegi tu. Şi în fine, e pe amândouă părţile. Cred că o să rămân acasă în seara asta.

Mă pregătesc să-mi conteste povestea asta contrafăcută, în schimb, vocea lui Brock se îmblânzeşte.

— Nu pari deloc în regulă.

— Da...

— Aş putea trece pe la tine, se oferă el. Să-ţi aduc nişte supă de pui? Să te frec pe spate?

Am cel mai dulce iubit din câţi există. Este un tip atât de bun. Imediat ce adevărul o să iasă la iveală, o să mă revanşez faţă de el. Chiar îl iubesc. Cred.

— Nu, dar îți mulțumesc, șoptesc eu în receptor. Acum vreau să stau singură și să-mi revin. O lăsăm pe altă dată?

— Sigur că da, spune el. Doar fă-te bine.

Închei convorbirea cu un sentiment de vinovăție pentru cum îl tratez pe Brock, mai presus de orice. Dar nu vreau să-l târăsc și pe el în porcăria asta. Singura persoană cu care aș putea vorbi despre ce se petrece este Enzo, dar și asta este o idee rea, din multe motive. Nu trebuie decât să mă duc acasă și să încerc să nu mă mai gândesc la nimic. În curând, voi lăsa totul în urmă.

PATRUZECI ȘI UNU

Mă trezesc cu senzația că am fost lovită de un tir și simt cum îmi pulsează tâmpla dreaptă.

Noaptea trecută n-am putut dormi. M-am învârtit și m-am răsucit în pat, și de fiecare dată când reușeam să ațipesc, îmi apărea în fața ochilor cadavrul lui Douglas întins pe jos, în penthouse-ul lui. În cele din urmă m-am dus împleticindu-mă la baie și am luat unul dintre somniferele pe care le țin dosite acolo. Apoi am alunecat într-un somn plin de vise, bântuită de privirea fostului meu șef ațintită asupra mea.

Mă răsucesc în pat, pipăindu-mi claia dezordonată de păr. Pulsația din tâmplă se intensifică și îmi ia o clipă să realizez că bubuitura aceea vine și dinspre ușă.

Este cineva afară.

Reușesc să mă târăsc jos din pat și să trag pe mine un halat de casă.

— Vin acum! cârâi cu voce răgușită, sperând ca bubuiturile să înceteze.

Dar cel de pe cealaltă parte a ușii este foarte insistent.

Mă uit pe vizor și văd un bărbat îmbrăcat cu o cămașă albă, apretată, cu cravată neagră și trenci.

— Cine e? strig eu.

— Sunt detectivul Ramirez, de la NYPD, se aude vocea înfundată a bărbatului.

Oh, nu.

Dar, OK, nu-i niciun motiv de panică. Șeful meu este mort, așa încât pare evident că-mi va pune câteva întrebări. Nu am niciun motiv să-mi fac griji.

Crăp puțin ușa. Nu poate intra fără permisiunea mea explicită și n-am nicio intenție să-l invit înăuntru. Nu că aș avea ceva de ascuns, dar nu știi niciodată ce se poate întâmpla.

— Domnișoara Calloway? întreabă el cu o voce surprinzător de groasă.

Aș zice că are puțin peste cincizeci de ani, judecând după pungile de sub ochi și proporția de păr cărunt din tunsoarea lui militărească.

— Bună ziua, spun eu prudentă.

— Mă întrebam dacă vă pot cere câteva informații.

Încerc din răsputeri să-mi mențin o expresie neutră.

— Despre ce?

Ezită, cercetându-mi cu atenție chipul.

— Cunoașteți un bărbat pe nume Douglas Garrick?

— Da...

Nu-i niciun pericol să recunosc asta. Le va fi ușor să demonstreze că lucram pentru familia Garrick.

— A fost ucis noaptea trecută.

— Oh!

Îmi acopăr gura cu mâna, încercând să par surprinsă.

— Este îngrozitor.

— Speram să veniți cu mine la secție și să-mi răspundeți la câteva întrebări.

Chipul detectivului Ramirez este ca o mască. Buzele formează o linie dreaptă, subțire, care nu lasă să se ghicească nimic. Dar să vin cu el la secție? Asta pare de-a dreptul serios. Și totuși, nu a scos o pereche de cătușe și nici nu mi-a citit drepturile. Sunt sigură că doar își ia cazul foarte în serios, pentru că Douglas era atât de bogat și important.

— Când vreți să vin?

— Acum, îmi răspunde fără ezitare. Vă pot duce eu cu mașina.

— Dar trebuie... trebuie neapărat să vin?

N-am nicio obligație să merg cu el dacă nu sunt arestată – îmi știu foarte bine drepturile. Însă mi-ar plăcea să aud ce are de spus.

— Nu sunteți obligată, răspunde el într-un final, dar v-aș recomanda să o faceți. Într-un fel sau altul, tot vom avea această discuție.

Simt cum mi se face rău de la stomac. Asta pare mai mult decât o intenție de a-mi adresa niște întrebări banale despre angajatorul meu.

— Aș vrea să-mi sun avocatul, îi spun.

Ramirez nu-și ia ochii de la mine.

— Nu cred că este necesar, dar este dreptul dumneavoastră să o faceți.

Nu știu ce gen de întrebări îmi vor pune, însă nu-mi place ideea de a fi la secția de poliție fără un avocat care să mă asiste, indiferent ce mi-ar spune detectivul. Din păcate, există un singur avocat pe care să-l știu suficient de bine încât să-l sun chiar acum. Iar asta va fi o conversație dificilă.

Ramirez așteaptă până când îmi iau telefonul și selectez numărul lui Brock. Acum trebuie să fie deja la serviciu, însă îmi răspunde după ce telefonul sună doar de câteva ori. Brock își petrece cea mai mare parte a zilei la birou, rareori merge în instanță.

— Hei, Millie, spune el. Ești bine?

— Ăăă. Nu prea...

— S-a înrăutățit problema cu stomacul?

— Poftim?

La celălalt capăt al firului, Brock rămâne tăcut preț de o clipă.

— Mi-ai spus seara trecută că ai probleme cu stomacul.

Oh, așa e. Aproape că uitasem minciuna pe care i-am turnat-o aseară, după ce n-am mai ajuns la el.

— Da, cu asta sunt mai bine, dar am nevoie de ajutorul tău în altă chestiune. Ceva important.

— Desigur. Ce pot face?

— Deci, ăăă...

Cobor vocea, așa încât Ramirez să nu mă poată auzi.

— Îl știi pe fostul meu șef Douglas Garrick? A fost... a fost ucis noaptea trecută.

— Iisuse, icnește Brock. Millie, este îngrozitor. Se știe cine a făcut-o?

— Nu, dar...

Arunc o privire spre Ramirez, care mă urmărește.

— Vor să mă interogheze la secție.

— Oh, uau. Poliția crede că deții informații importante?

— Probabil, deși chiar nu dețin. În fine... m-aș simți mai bine dacă ar fi prezent și un avocat care să mă asiste.

Îmi dreg vocea.

— Înțelegi, tu ești ăla.

— Desigur, firește.

Îmi vine să intru prin telefon și să-l îmbrățișez.

— Vin într-acolo imediat ce termin câteva treburi pe aici. Sunt sigur că n-o să fie nicio problemă, dar mă bucur să fiu alături de tine.

În timp ce-i dau adresa secției de poliție unde mă va chestiona detectivul Ramirez, nu mă pot abține să nu mă gândesc că, până la urmă, Brock și cu mine o să sfârșim curând prin a avea acea conversație pe care voiam s-o port cu el seara trecută.

PATRUZECI ȘI DOI

Când ajung la secția de poliție din Manhattan, sunt deja înfricoșată peste măsură. Detectivul Ramirez a încercat să facă un pic de conversație pe drumul până aici, dar i-am răspuns doar monosilabic sau mârâind. Chiar dacă vorbea despre vreme, tot mi se părea că sapă după niște informații, iar eu nu vreau să-i ofer nimic.

Odată ajunsă, îl găsesc pe Brock deja aici, așteptându-mă. Poartă un costum gri și o cravată azurie care îi accentuează albastrul ochilor. Zâmbește când mă vede intrând în secție împreună cu detectivul, fără să arate câtuși de puțin îngrijorat. Probabil că lucrul acesta se va schimba foarte repede.

— Iată-l și pe avocatul meu, îi spun lui Ramirez. Aș vrea să vorbesc ceva cu el în privat, înainte de interogatoriu.

Ramirez dă scurt din cap.

— O să vă conduc undeva să stați de vorbă și, când ești gata, aș vrea să-ți pun câteva întrebări.

Mă duce într-o încăpere mică, pătrată, cu o masă de plastic și câteva scaune tot din plastic, aranjate de jur împrejur. N-am mai fost de ani întregi într-o sală de interogatoriu și vederea ei îmi aduce un nod în piept. Mai ales după ce mă invită să iau loc și mă lasă singură acolo, cu ușa închisă. Credeam că Brock va veni să stea aici, cu mine, dar se pare că este ocupat afară.

Mă întreb ce i se spune.

Petrec în jur de patruzeci de minute singură în încăpere, într-o panică crescândă. Când chipul familiar al lui Brock apare în cadrul ușii, aproape că izbucnesc în lacrimi.

— Ce-a durat așa mult? strig eu.

Brock are pe chip o expresie tulburată. Pare un pic cam înțepat când se așază pe scaunul din fața mea. Între sprâncene i s-a căscat un crater.

— Millie, spune el, am vorbit cu detectivul acela. Nu au vrut să-mi spună prea multe, dar ăsta nu este un interogatoriu de rutină. Te consideră foarte serios suspectă.

Mă uit țintă la el. Cum se poate așa ceva? Wendy le-a spus polițiștilor că ea l-a împușcat pe Douglas. Îi pun la îndoială povestea? Ar trebui ca acest caz să fie închis imediat după ce a fost deschis.

Doar dacă...

— Au mandat să-ți percheziționeze apartamentul, îmi spune el.

Un *mandat*?

— Au trimis chiar acum o echipă acolo.

Îmi percheziționează apartamentul? Nici nu-mi imaginez ce-ar putea găsi acolo. N-am nimic care să dea de bănuit. Din fericire, nu m-am pătat deloc de sânge noaptea trecută. Am verificat.

— De ce-ar crede că tu l-ai ucis? clatină Brock din cap. N-are niciun sens, din punctul meu de vedere.

Gata, asta e. Trebuie să-i spun despre trecutul meu. Dacă o să-mi fie avocat, trebuie să știe. Altminteri, o să pară un idiot.

— Ascultă, îi spun, ar trebui să știi ceva despre mine.

Ridică sprâncenele, așteptând.

Este atât de greu să fac asta. Mă blestem că nu i-am spus mai demult, dar acum, când chiar o fac, îmi amintesc de ce am amânat atât.

— Ştii, cam am antecedente penale.

— *Ce* ai?

Maxilarul lui arată pe cale de a se desprinde din încheieturi.

— Antecedente *penale*? Adică ai fost la *puşcărie*?

— Da. Asta înseamnă „antecedente penale".

— Pentru *ce*?

Şi acum vine partea cea mai grea.

— Pentru crimă.

Brock arată de parcă e la două secunde de leşin – sper că inima lui nu este în pericol.

— *Crimă?*

— A fost autoapărare, îi spun, cu toate că nu-i pe de-a-ntregul adevărat. Bărbatul ăla mi-a atacat prietena, iar eu l-am oprit. Pe vremea aia eram adolescentă.

Mă săgetează cu privirea.

— Pentru autoapărare nu faci puşcărie.

— Unii fac.

Nu pare să mă creadă, dar nici eu n-am de gând să ofer detalii prea multe despre băiatul care încerca să-mi violeze prietena. Despre cum am făcut ce trebuia să fac pentru a-l opri, chiar dacă procurorii au prezentat lucrurile în aşa fel încât să pară că am mers prea departe.

— Nu-i de mirare că nu ai terminat facultatea, bombăne el, ca pentru sine. Iar eu mi-am spus mereu că pur şi simplu eşti o floare târzie.

— Îmi pare rău.

Cobor privirea.

— Ar fi trebuit să-ţi spun.

— Serios, aşa crezi?

— Îmi pare rău, repet eu. Dar eram speriată că, dacă o fac, o să mă priveşti ca... în fine, cam cum mă priveşti acum.

Brock îşi trece o mână prin păr.

— Iisuse, Millie. Pur şi simplu... ştiam că este ceva despre care nu vrei să vorbeşti, dar nu mi-am imaginat vreodată...

— Da, şoptesc eu.

— OK.

Îşi lărgeşte nodul cravatei albastre.

— OK, ai antecedente penale. Lăsând asta la o parte deocamdată, de ce cred ei că l-ai ucis pe Douglas Garrick?

Nu-i pot răspunde la această întrebare pentru că nu ştiu ce le-a spus Wendy poliţiştilor. Chiar dacă tot ce-i spun lui Brock se presupune a fi confidenţial, tot nu reuşesc să mă conving să-i spun despre ce s-a petrecut noaptea trecută.

— Habar n-am.

Înclină capul într-o parte, gânditor.

— Seara trecută mi-ai spus că eşti bolnavă. Ai plecat devreme de la ei?

— Păi, mi-am terminat treaba, spun eu prudentă, ştiind că portarul va confirma ora la care am plecat din apartament. Dar pentru că nu mă simţeam prea bine, după aceea m-am dus direct acasă. Aproape ajunsesem când am vorbit noi la telefon. Douglas... nici măcar nu era acolo când am plecat eu.

— OK.

Brock îşi freacă bărbia.

— Îţi fac zile grele doar din cauza antecedentelor tale. O s-o descurcăm.

Aş vrea să fiu la fel de încrezătoare ca el.

PATRUZECI ȘI TREI

Se pare că Ramirez nu poate vorbi cu mine chiar acum, ceea ce bănuiesc că este un fel de tactică pentru a mă destabiliza nervos. Brock a trebuit să preia un apel venit de la serviciu, așa că m-a lăsat singură în sala de interogatoriu, unde am petrecut toată ora următoare panicându-mă în tăcere.

Sunt deja de două ore în secția de poliție când Ramirez vine în sfârșit să discute cu mine, urmat îndeaproape de Brock, care se așază alături și mă strânge scurt de mână, pe sub masă. Este reconfortant să constat că nu mă urăște cu totul, în ciuda faptului că a aflat de antecedentele mele penale. Cu toate astea, mai e timp s-o facă.

— Îți mulțumesc pentru răbdare, domnișoară Calloway, spune detectivul.

Expresia lui este absolut impenetrabilă.

– Am câteva întrebări despre domnul Garrick.

— OK, îi spun.

Conversația este înregistrată, de aceea mă străduiesc să păstrez un ton calm și măsurat.

— Unde ai fost seara trecută? mă întreabă Ramirez.

— Am trecut pe la reședința Garrick ca să fac un pic de curățenie și să spăl niște rufe, apoi am plecat acasă.

— La ce oră ai părăsit penthouse-ul?

— Cam pe la șase și jumătate, spun eu.

— Şi ai vorbit cu domnul Garrick cât timp te-ai aflat acolo?

Clatin din cap, amintindu-mi ce mi-a spus Wendy. Trebuie să spunem amândouă aceeaşi poveste şi o să fim bine.

— Nu.

Ramirez pare surprins de răspunsul meu.

— Deci domnul Garrick nu ţi-a cerut să vă vedeţi la apartament seara trecută?

Clipesc spre el, confuză.

— Nu...

— Domnişoară Calloway.

Ochii detectivului par să se întunece şi mai tare când mă priveşte ţintă.

— Care este relaţia dumitale cu Douglas Garrick?

— Relaţia mea?

Mă uit spre Brock, care se încruntă.

— Este angajatorul meu. Mă rog, el şi Wendy, soţia lui.

— Ai avut o relaţie sexuală cu el?

Aproape că mă înec.

— Nu!

— Nici măcar o dată?

Aş vrea să mă ridic şi să-l scutur bine pe acest detectiv, însă, din fericire, intervine Brock:

— Domnişoara Calloway v-a răspuns la întrebare. Nu are niciun fel de relaţie cu domnul Garrick, în afară de cea pur profesională.

Detectivul Ramirez ridică dosarul pe care l-a aşezat alături de el, pe masă. Scoate nişte foi de hârtie capsate unele de altele. Le împinge pe masă spre mine.

— Am găsit un telefon cu cartelă în sertarul de la noptiera domnului Garrick. Acestea sunt mesaje schimbate între telefonul cu cartelă și telefonul dumitale.

Ridic hârtiile și le scanez rapid cu privirea, în timp ce Brock se uită peste umărul meu. Recunosc mesajele. Sunt aceleași pe care Douglas mi le-a tot trimis în ultimele câteva luni, ca să confirme zilele de lucru. Dar scoase din context, capătă o cu totul altă semnificație.

O să treci în seara asta?

Ne vedem mai pe seară.

Vino diseară.

Mai mult de atât, toate mesajele mele despre cumpărături și rufe s-au evaporat. Fiecare dintre aceste mesaje pare să implice planificarea unor întâlniri. Brock face ochii mari când le citește.

— Da, astea sunt mesaje schimbate între noi, explic eu, dar sunt toate despre muncă.

— Domnul Garrick îți trimitea mesaje despre job de pe un telefon cu cartelă?

Strâng din dinți.

— Nu știam că este un telefon cu cartelă. Am crezut că e telefonul lui obișnuit.

— Înțeleg, spune Ramirez.

— În plus, adaug eu, au mai existat și alte mesaje. Cele mai multe despre cumpărături și haine de curățat. Însă nu sunt aici... pare că au fost șterse.

— Le ai în telefonul dumitale?

— Nu...

Pentru că Wendy mi-a spus să le șterg.

— Le-am șters pe toate.

— De ce?

— De ce nu le-aş fi şters?

Am lăsat să-mi scape un hohot de râs un pic cam prea ascuţit.

— Adică dumneavoastră păstraţi toate mesajele pe care le primiţi?

Probabil că aşa face. Probabil că are în telefon mesaje de acum zece ani. Cu toate că, sinceră să fiu, n-aş fi şters niciodată mesajele alea dacă nu mi-ar fi spus Wendy s-o fac.

— De asemenea, spune el, sunt nişte apeluri către dumneata târziu, la miezul nopţii. Susţii că *angajatorul* dumitale te suna la *miezul nopţii*?

— Nu s-a întâmplat decât o dată, spun eu ca o scuză jalnică.

Îmi dau seama cât de prost sună. Nici n-are sens – de ce să-mi trimită Douglas mesaje de pe un telefon *cu cartelă*? Doar nu-mi întindea vreo cursă, pentru a fi acuzată de uciderea lui. Mă uit spre Brock, care a devenit ciudat de tăcut în cel mai prost moment cu putinţă.

— De asemenea...

Ramirez deschide iar dosarul. Oh, Doamne, mai are şi altceva? Ce naiba ar mai putea fi?

— Recunoşti asta?

Este fotografia tipărită, neclară, a unei brăţări. O recunosc – este aceeaşi pe care Douglas i-a dat-o lui Wendy după ce i-a învineţit ochiul.

— Da. Este brăţara lui Wendy.

Ramirez ridică din sprâncene.

— Atunci de ce am găsit-o în cutia cu bijuterii de la dumneata de acasă?

— Ea... ea mi-a dat-o.

Detectivul ridică atât de mult sprâncenele, că îi ajung aproape de linia părului.

— Wendy Garrick ţi-a dat o brăţară cu diamante, de zece mii de dolari?

O brăţară de *zece mii de dolari*? Atât costă brăţara asta? Aveam în porcăria mea de casetă cu bijuterii ceva ce valora zece mii de dolari?

— Mi-a spus că a primit-o cadou de la soţul ei.

— Dar inscripţia?

Scoate din dosar o altă fotografie şi mi-o întinde.

— Asta ţi-e cunoscută?

Gravura pe care o citisem pe brăţara lui Wendy apare acum mare de tot, aşa încât s-o putem citi limpede şi eu, şi Brock.

Pentru W. Eşti a mea pe vecie. Te iubesc, D.

— Da, aşa e, răspund eu. Pentru W. Pentru *Wendy*.

Ramirez bate cu degetul în poză.

— Dar numele dumitale nu începe cu W? Wilhelmina?

— Păi...

Simt că mi se usucă gura brusc. Aştept ca Brock să intervină şi să protesteze faţă de şirul acesta de întrebări, dar el rămâne mut, aşteptând să-mi audă răspunsul.

— Toată lumea îmi spune Millie.

— Dar numele dumitale este Wilhelmina.

— Da...

— De asemenea...

Oh, nu, mai are *ceva*? Cum e posibil să mai aibă ceva? Însă, din nou, îl văd că întinde mâna spre dosarul ăla cretin. Scoate de acolo încă o poză.

— Ăsta a fost un dar de la domnul Garrick?

Iau fotografia din mâna lui. Este rochia pe care mi-a cerut Douglas s-o returnez. Dar pentru care nu mi-a dat nicio chitanţă şi despre care nu mi-a spus de unde a cumpărat-o. Cu toată agitaţia care a urmat, am uitat complet de ea. Aşa că a rămas în punga de cadou, la mine în dulap.

— Nu, spun eu încet, chiar dacă îmi dau seama deja încotro se îndreaptă discuţia. Domnul Garrick mi-a cerut s-o returnez.

— Păi, atunci de ce stă la dumneata în dulap de peste o lună?

— Pentru că... pentru că nu mi-a mai dat chitanţa.

Nici măcar nu mă pot uita la Brock. Dumnezeu ştie ce gânduri i-or trece prin cap. Aş vrea să-l asigur că nu este decât o îngrozitoare neînţelegere, dar nu pot avea această conversaţie cu el, cât timp detectivul este în încăpere.

— Uitaţi care e treaba, spun eu. Urma s-o returnez. L-am întrebat de chitanţă şi a spus că o să mi-o dea, dar pur şi simplu am uitat amândoi de asta.

— Domnişoară Calloway, spune Ramirez, ştii că rochia aceasta a fost cumpărată de la Oscar de la Renta, pentru suma de şase mii de dolari? Chiar crezi că ar fi uitat s-o returneze?

Sfinte Sisoe...

Mă încumet să arunc o privire în direcţia lui Brock. Are pe chip o expresie încremenită şi clatină uşor din cap. L-am adus aici ca să fie avocatul meu, dar se dovedeşte a fi complet inutil.

— De asemenea..., adaugă Ramirez.

Oh, nu. Chiar nu mai poate fi altceva. Categoric n-am mai acceptat nimic altceva de la cei doi Garrick. Nu mai are ce să scoată din dosarul ăla.

— Ai petrecut o noapte la motel săptămâna trecută împreună cu Douglas Garrick?

— Nu! strig eu.

Detectivul își drege vocea.

— Deci n-ai închiriat o cameră la un motel din Albany miercurea trecută, în timp ce domnul Garrick avea o întâlnire de business acolo, și n-ai plătit cash pentru noaptea aia?

Deschid gura, dar nu iese niciun sunet.

— Miercurea trecută? izbucnește Brock. Asta e ziua în care trebuia să ne întâlnim ca să luăm cina și mi-ai tras clapa! *Acolo* erai?

Nu pot minți. I-am dat tipului de la recepție permisul de conducere.

— Da, am închiriat o cameră de hotel în Albany. Dar nu e ce credeți.

Ramirez încrucișează brațele la piept.

— Ascult.

Nu știu ce să spun. Nu vreau să dezvălui secretul lui Wendy. Dacă află despre problemele casnice ale cuplului Garrick, crima poate să-i fie aruncată ei în cârcă. Și chiar dacă nu mi-aș dori să fiu eu învinovățită pentru asta, nu vreau să preia nici ea vina.

— Pur și simplu aveam nevoie de o noapte departe, arunc o scuză jalnică.

— Deci te-ai dus să-ți petreci noaptea într-un motel oarecare din Albany?

— Nu am avut o aventură cu Douglas Garrick.

Mă uit când la Brock, când la Ramirez; amândoi par incredibil de sceptici.

— Jur. Și chiar dacă am fi avut – dar nu e cazul –, asta nu înseamnă că l-am ucis, pentru numele lui Dumnezeu!

— Te-a părăsit noaptea trecută, spune Ramirez, cu ochii pironiți pe mine în timp ce-și dezvăluie teoria. Erai furioasă pe el și l-ai împușcat cu propria armă.

— Nu...

Simt că mi s-a uscat groaznic gura.

— Nu-i nici pe departe adevărat. Habar n-aveți cum stau lucrurile.

Ramirez dă din cap spre pozele de pe birou.

— Poți vedea de ce am bănuielile mele.

— Dar nu este adevărat! strig eu. N-am avut niciodată o aventură cu Douglas Garrick. Este o nebunie absolută.

De data asta, detectivul nu spune nimic. Doar mă privește fix.

— Nici măcar nu l-am atins vreodată, spun eu. Jur! Întrebați-o pe Wendy Garrick. Ea o să vă confirme tot ce spun. Întrebați-o!

— Domnișoară Calloway, spune detectivul Ramirez, Wendy Garrick este cea care ne-a spus despre aventura dumitale cu soțul ei.

Ce?

— Poftim?

— A spus că domnul Garrick i-a mărturisit ieri totul și că te-a invitat să treci pe acolo cu intenția de a pune capăt lucrurilor. Dar când a venit acasă l-a găsit întins pe podea, împușcat mortal.

Nu... Nu se poate să fi făcut asta... După tot ce-am făcut pentru ea...

— Și, adaugă el, amprentele tale sunt pe armă.

PATRUZECI ȘI PATRU

De aici încolo, interogatoriul o ia la vale.

Încerc să adun laolaltă elemente care să creeze o versiune de adevăr. O versiune care nu se termină cu mine împușcându-l mortal pe Douglas Garrick, în casa lui. Îi explic cum Douglas Garrick o abuza pe Wendy, îi spun despre tentativele mele de-a o ajuta. Îi spun că Wendy mi-a arătat arma și a spus că o folosea ca să se protejeze, și de aceea amprentele mele trebuie să fi ajuns pe ea, cu toate că mi-e greu să explic de ce amprentele lui Wendy *nu sunt* pe armă. Îmi dau seama, din expresia de pe chipul detectivului Ramirez, că nu crede o iotă din ce spun.

Sunt sigură că, la finalul poveștii mele incoerente Ramirez o să-mi citească drepturile și o să mă ducă într-o celulă, în arest. Dar el nu face decât să clatine din cap.

— Mă întorc imediat, îmi spune. Să nu pleci.

Se ridică și iese din cameră, trântind ușa în spate cu zgomot răsunător și lăsându-mă singură cu Brock în camera de interogatoriu.

Brock stă cu privirea înfiptă în masa de plastic, cu ochii sticloși. Ar fi trebuit să fie avocatul meu, dar n-a mai scos o vorbă de douăzeci de minute. Dacă aș fi știut ce întorsătură vor lua lucrurile, în niciun caz nu l-aș mai fi chemat.

— Brock?

Ridică încet privirea.

— Ești bine? îl întreb cu blândețe.

— *Nu.*

Îmi aruncă o privire clocotind de furie.

— Ce mama dracului a fost asta, Millie? Serios?

— Brock, chițăi eu, doar nu poți să crezi...

— *Ce* să cred? mă repede el. Până acum câteva ore nici măcar nu știam că ai făcut pușcărie pentru crimă. Iar acum aflu că mă *înșelai* cu nemernicul ăla bogat pentru care lucrai...

— Nu te-am înșelat! răbufnesc eu. Nu te-aș înșela niciodată!

— Atunci ce naiba ai făcut miercuri seara? mă întreabă el. Și ce ai făcut seara *trecută*? Și în toate celelalte seri când ar fi trebuit să luăm cina, dar mi-ai tras clapa? Trebuie să recunoști și tu că pare al dracului de ciudat. Mai ales de când am aflat, știi tu, că se pare că ai mai omorât o dată un tip.

Mă rog, nu doar o dată. Dar simt că furnizarea acestei informații nu m-ar ajuta deloc.

— Ți-am spus, încercam s-o ajut pe Wendy.

— Încercai s-o ajuți pe femeia care te acuză acum că ai avut o aventură cu soțul ei și că apoi l-*ai ucis*?

OK, când o pune în felul ăsta...

— Nu știu de ce i-a spus așa ceva detectivului. Poate că s-a panicat. Dar, crede-mă, o abuza. Am văzut cu ochii mei.

— Millie.

Brock mă privește cu o expresie de durere pe trăsăturile lui frumoase.

— Te-am sunat aseară și păreai foarte supărată dintr-o cauză anume. Este evident că nu aveai nimic la stomac. A fost o minciună.

— Da, recunosc eu. A fost o minciună.

— Millie.

Vocea i se frânge când îmi rostește numele.

— L-ai ucis pe Douglas Garrick?

Aproape toate lucrurile de care m-a acuzat detectivul Ramirez erau neadevărate. Dar unul singur era absolut adevărat. L-am împușcat pe Douglas Garrick. L-am *ucis*. Și, chiar dacă aș nega orice altceva, fapta rămâne.

— Oh, Hristoase, murmură Brock. Millie, nu pot să cred că ai face așa ceva...

— Totuși, nu este ce crezi tu, îi spun.

Se ridică în picioare și scaunul de plastic scrijelește podeaua tare a sălii de interogatoriu.

— Nu te pot reprezenta, Millie. Nu este potrivit și... nu pot.

Oricât de inutil a fost iubitul meu în timpul interogatoriului, gândul că mă va abandona mă sperie și mai tare.

— Știi că n-am bani de avocat...

— Atunci poți accepta avocatul din oficiu, spune el. Sau poți împrumuta bani, sau... habar n-am. Dar eu n-o pot face. Îmi pare rău.

— Deci asta a fost.

Ridic privirea spre el, cu bărbia tremurând.

— Te desparți de mine.

— Cred că da...

Clatină din cap.

— Sincer să fiu, nici măcar nu mai știu cine ești *tu*.

Își trece mâna prin păr, trăgându-se obsesiv de șuvițe.

— Nu pot să cred că se întâmplă așa ceva. Chiar nu-mi vine să cred. Voiam să te prezint părinților mei. Chiar am crezut că noi doi...

Nu-şi termină gândul. Şi-a imaginat un viitor în care noi doi ne căsătoream. Aveam copii împreună. Îmbătrâneam împreună. Nu şi-a imaginat că vom sfârşi la secţia de poliţie, eu fiind anchetată pentru crimă.

Aşa că nu-l pot învinovăţi că pleacă. Dar tot izbucnesc în lacrimi când uşa se închide în spatele lui.

PATRUZECI ȘI CINCI

Adevăratul miracol este că, după toate astea, detectivul Ramirez nu mă arestează. Când îmi dă vestea că sunt liberă să plec, chiar îl întreb:

— Sunteți sigur?

Eram convinsă că mă vor aresta, dar mă lasă să plec cu avertismentul că nu am voie să părăsesc orașul. Având în vedere că n-am nici mașină și nici bani, nu voi pleca nicăieri prea curând.

După ce ies din secția de poliție, scot, din reflex, telefonul. Apoi constat că n-am pe cine să sun. În mod normal, l-aș fi sunat pe Brock ca să-i spun că am fost eliberată, dar acum am sentimentul că nu-i mai pasă.

Desigur, există o persoană căreia i-ar păsa.

Enzo.

Enzo o să mă ajute. Dacă îl sun, el o să creadă fiecare cuvânt pe care i-l spun, fără nicio îndoială. Dar nu știu dacă vreau s-o apuc iar pe calea aia. Și i-am mai ținut și tot discursul ăla despre cum n-am nevoie de ajutorul lui, așa că nu sunt pregătită să mă târăsc înapoi la el după o săptămână și să-l implor să mă salveze.

Mă pot salva singură. Nici măcar n-am fost arestată. Poate că toată chestia asta o să funcționeze până la urmă.

După ce-mi analizez opţiunile preţ de o clipă, selectez din lista de contacte numărul de telefon al lui Wendy. Nu ştiu dacă e chiar OK s-o sun în momentul ăsta, dar am nevoie de nişte răspunsuri. Seara trecută am avut o înţelegere şi ceea ce pretinde detectivul că i-a spus este complet împotriva acelei înţelegeri. Totuşi, este posibil şi ca detectivul să fi inventat totul ca să mă sperie, să mărturisesc sau s-o implic pe Wendy. N-aş exclude nimic în privinţa lui.

Evident, la telefon intră direct căsuţa vocală.

Aş putea la fel de bine să merg acasă. La urma urmelor, mâine m-ar putea aresta şi n-o să mai pot merge niciodată acasă. Că doar nu-mi permit plata cauţiunii.

Iau trenul înapoi spre apartamentul meu din Bronx. După toate cele petrecute azi, abia dacă pot pune un picior în faţa celuilalt. Trebuie să caut în geantă timp de cinci minute, în căutarea cheilor, până când ajung la concluzia că le-am pierdut. Chiar când sunt pe cale să renunţ, le găsesc pitite pe fundul genţii.

— Millie!

Aproape în secunda în care păşesc în clădire, proprietăreasa, doamna Randall, iese în fugă din apartamentul ei de la etajul întâi, îmbrăcată într-una din rochiile ei supradimensionate, fără talie. Faţa ridată este schimonosită toată şi buza de jos ieşită în afară.

— A fost poliţia aici! se plânge ea. M-au pus să deschid apartamentul tău şi au făcut percheziţie! Aveau o hârtie care zicea că trebuie să-i las înăuntru!

— Ştiu, mormăi eu. Îmi pare rău pentru deranj.

Doamna Randall mijeşte ochii spre mine.

— Ascunzi droguri aici?

— Nu! În niciun caz!

Doar am ucis pe cineva, asta-i tot.

Fir-ar să fie.

— Nu mai vreau probleme la mine în bloc, spune ea. *Tu* nu aduci decât necazuri. Poliția a fost aici de două ori din cauza ta! Vreau *să pleci*. Ai o săptămână la dispoziție.

— O săptămână! strig eu. Dar, doamnă Randall...

— O săptămână și după aia schimb yala, șuieră ea la mine. Nu te mai vreau prin preajmă, pe tine și ce naiba faci în apartamentul ăla.

Simt că mă lasă inima. Cum naiba o să mă descurc să-mi găsesc alt apartament, cu toate câte le am pe cap? Poate că ar fi fost mai bine dacă eram arestată. Atunci, cel puțin, aș fi avut unde să stau. Și aș fi mâncat gratis.

Mă târăsc pe cele două rânduri de trepte spre apartamentul meu. Mă aștept să fie întors cu susul în jos și așteptările nu-mi sunt înșelate. Polițiștii care au executat percheziția n-au făcut nici cea mai mică încercare de a pune totul la loc, așa cum trebuia să fie. O să-mi ia toată noaptea ca să fac curat.

Mă prăbușesc epuizată pe canapea. Nu pot să mă ocup acum de dezastrul ăsta. Poate mâine. Poate niciodată. Care ar fi rostul s-o fac, dacă oricum o să mă duc la închisoare?

În schimb iau telecomanda și pornesc rabla de televizor. Cred că asta o să fac în ultima mea noapte de libertate.

Din nefericire, televizorul este pornit pe un canal de știri. Povestea uciderii lui Douglas Garrick este acum știrea zilei. Prezentatoarea de pe ecran, o tânără cu părul blond și lucios, relatează că poliția discută cu „o persoană suspectă".

Hei, am apărut la știri. Eu sunt „persoana suspectă".

Apoi programul este întrerupt de o filmare cu Wendy. Vorbește cu un reporter și are ochii injectați şi umflaţi. Vânătăile de pe faţă i-au dispărut complet, presupun că datorită machiajului. Se întoarce să vorbească spre o cameră de filmare.

— Douglas, soţul meu, a fost un om incredibil, spune ea cu o voce surprinzător pe puternică, ce nu pare deloc a ei. Era bun, inteligent şi plănuiam să avem în curând şi copii. Nu a meritat ca viaţa să-i fie retezată atât de brutal. Nu este drept ca el...

Se opreşte din vorbit, înecată de emoţii.

— Eu... Îmi pare rău...

Ce-a fost *asta*?

Cum poate Wendy să vorbească în felul ăsta despre Douglas după tot ce i-a făcut? Înţeleg că nu vrei să-i vorbeşti de rău pe morţi, dar acum îl face să pară un fel de sfânt. Bărbatul care, atunci când i-am curmat eu viaţa, o strângea pe gât şi era pe cale s-o omoare. De ce nu-i spune *asta* reporterului?

Filmarea se întrerupe şi emisia revine la prezentatoarea blondă. Ochii ei limpezi şi albaştri sunt pironiţi spre ecran.

— Dacă aţi deschis televizoarele mai târziu, vă informăm că ştirea zilei este uciderea brutală a CEO-ului multimilionar al Coinstock, Douglas Garrick. Acesta a fost găsit mort seara trecută, în apartamentul său din Upper West Side, împuşcat în piept.

Pe ecran apare fotografia unui bărbat cam la patruzeci de ani, cu menţiunea „Douglas Garrick, CEO-ul Coinstock". Mă uit la ecran, la bărbatul cu păr negru şi ochi blânzi, cafenii, la bărbia lui dublă şi la ridurile din jurul ochilor, care zâmbeşte spre cameră. În timp ce mă uit la fotografie, îmi dau seama de ceva.

Nu l-am văzut în viaţa mea pe omul ăsta.

Bărbatul a cărui fotografie se vede acum pe ecran îmi este complet necunoscut. Seamănă *un pic* cu bărbatul cu care am interacţionat în penthouse şi poate de la distanță nu ți-ai da seama de diferență. Dar nu este el. *Categoric* nu este el.

Bărbatul ăsta este complet altcineva.

Deci, dacă bărbatul de pe ecran este Douglas Garrick...

Eu pe cine mama naibii am ucis noaptea trecută?

PARTEA A II-A

PATRUZECI ȘI ȘASE

WENDY

Credeți, probabil, că sunt o persoană îngrozitoare.

Ar ajuta dacă v-aș spune că, deși Douglas nu a ridicat niciodată palma la mine, a fost un soț îngrozitor? M-a umilit și mi-a făcut viața un coșmar. Și aș fi fost fericită să divorțez.

Treaba asta nu trebuia să se termine cu uciderea lui. Este numai și numai vina sa.

Iar Millie? Ei bine, Millie este o victimă ghinionistă. Dar nu-i nici ea chiar atât de dulce cum s-ar crede. Ar fi spre binele tuturor dacă și-ar petrece viața în spatele gratiilor.

Însă chiar și după ce veți auzi partea mea de poveste, tot s-ar putea să credeți că sunt o persoană îngrozitoare. S-ar putea să credeți că Douglas nu merita să moară. S-ar putea să credeți că eu sunt cea care merită să meargă la închisoare pentru tot restul vieții.

Însă adevărul este că nu-mi pasă absolut deloc.

***

Cum să scapi basma curată după uciderea soțului tău — Un ghid de Wendy Garrick

Pasul 1: Găsești un bărbat necăsătorit, naiv și putred de bogat

Cu patru ani în urmă

Nu înțeleg arta contemporană.

Prietena mea Alisa mi-a trimis o invitație la o expoziție într-o galerie de artă, dar pentru mine este prea bizară. Obișnuiesc să admir picturi, ca minunatele lucrări ieșite din mâna unor oameni talentați. Dar asta? Nu-mi dau seama nici măcar ce e chestia *asta*.

Titlul expoziției este simplu: *Veșminte*. Și exact asta sunt. Haine. Atârnate de pereți, făcute franjuri, reconstruite într-un mozaic de petice din velur, satin, mătase și poliester. Este absolut *fără nicio noimă*. Când a devenit arta un lucru care arată ca făcut de un copil la ora de desen și lucru manual de la școală?

Lucrarea la care mă uit acum este intitulată *Șosete*. Numele e foarte potrivit. Constă într-o ramă înaltă cel puțin cât mine, în interiorul căreia fiecare centimetru este acoperit de șosete de diferite forme și mărimi.

Eu pur și simplu... pur și simplu nu înțeleg.

— Am o șosetă găurită, aud o voce masculină în spatele meu. Crezi că ar fi în regulă să împrumut una de-aici?

Răsucesc iute capul ca să-l identific pe proprietarul vocii. Îl recunosc imediat pe Douglas Garrick. Înainte de acest eveniment, am studiat cu mare grijă o fotografie cu greu găsită de Alisa – am memorat părul castaniu, ciufulit, ridurile din jurul ochilor, formate de la un început de zâmbet, incisivul strâmb din stânga. Poartă o cămaşă albă, ieftină, care pare cumpărată de la Walmart şi pe care a uitat să o încheie la un nasture. Nu, stai aşa, a uitat s-o încheie la *toţi* nasturii. Fiecare nasture este sărit, cu excepţia unuia singur. Şi are nevoie urgentă de un bărbier – mare nevoie.

N-ai fi ghicit în veci că acest bărbat este unul dintre cei mai bogaţi oameni din ţara asta.

— Nu văd de ce i-ar simţi lipsa, răspund eu încercând să par indiferentă, deşi inima îmi saltă ca nebuna în piept.

Râde larg spre mine şi întinde mâna. În poza pe care am văzut-o eu nu prea se observa, însă în viaţa reală se vede că are bărbie dublă – cu toate că un pic de dietă şi nişte exerciţii ar rezolva problema.

— Doug Garrick.

Îi strâng mâna caldă, care o înghite cu totul pe a mea, de parcă ar fi fost sortite să se potrivească împreună.

— Wendy Palmer.

— Îmi pare foarte bine să te cunosc, Wendy Palmer, spune el şi ochii ni se întâlnesc.

— Asemenea, domnule Garrick.

— Aşadar...

Se lasă pe călcâiele mocasinilor uzaţi.

— Ce crezi despre *Veşminte*?

Mă uit în jur, prin încăpere, la diferitele opere de artă bazate pe straie. Ştiu câte ceva despre Douglas Garrick şi cred că este o persoană care apreciază adevărul.

— De fapt, nu prea înţeleg expoziţia. Aş putea să creez eu însămi oricare dintre aceste opere, cu un pic de lipici şi o cutie cu haine de la magazine de caritate.

Douglas se încruntă.

— Dar nu asta-i ideea? Artistul încearcă să provoace starea actuală şi să ofere o opinie critică asupra artei tradiţionale, precum şi să demonstreze că până şi cele mai banale obiecte pot fi transformate în ceva care provoacă emoție.

— Oh.

Fir-ar să fie, acum trebuie să mă gândesc la ceva inteligent de spus.

— Ei bine, cred că întrepătrunderea texturilor și culorilor...

Mă opresc brusc când văd rânjetul de pe buzele lui Douglas. Se abține o fracțiune de secundă, apoi izbucnește în râs.

— Nonsensul ăla a sunat ca și cum aș fi avut habar despre ce vorbesc?

— Un pic, recunosc eu cu un aer prostesc.

— Știi ce-mi place nespus la galeria asta? mă întreabă el. Mâncarea. Este...

Își pupă vârfurile degetelor.

— ... spectaculoasă. Sunt în stare să mă uit la câțiva pereți de șosete pentru antreurile alea.

— Da, murmur eu. N-am înghițit nimic de când am ajuns aici. Această rochie Donna Karan îmi vine mănușă, îmbrățișându-mi sânii, stomacul și fundul în egală măsură; pe de altă parte, s-ar vedea imediat prin ea și o gâlmă dizgrațioasă, dacă m-aș apuca să înfulec creveți cu sos cocktail.

Coboară privirea spre mâinile mele neocupate.

— Lasă-mă să-ți aduc câteva din favoritele mele. Ai încredere.

Îi zâmbesc.

— Sunt chiar curioasă.

— Să nu te miști din loc, Wendy Palmer.

Douglas îmi face cu ochiul și apoi o șterge spre masa cu aperitive. Ia o farfurie și începe s-o încarce cu un număr îngrijorător de gustări. Oh, Doamne! De ce pune *atât de multă mâncare* pe farfuria aia? Nu mă răsfăț cu mic-dejun sau prânz şi am mâncat deja o salată înainte de a veni aici. Ce-mi face omul ăsta?

Văzând toată mâncarea aceea pe farfurie, aproape că fac un atac de panică, dar este o farfurie mică, aşa că o să fiu în regulă. O să mănânc mai puţin la cină mâine-seară.

— Uite aici.

Se grăbeşte spre mine, nerăbdător să-mi arate gustările pe care le-a ales pentru mine.

— Astea sunt preferatele mele. Încearcă mai întâi tarta cu ciuperci.

Iau tarta şi gust. E raiul pe pământ. Această îmbucătură are probabil în jur de o sută de calorii, dacă ar fi să ghicesc. Nu-i de mirare că Douglas are bărbie dublă. Şi nici măcar nu-i pasă, pentru că nu e femeie şi, totodată, este incredibil de bogat.

— Acum, zice el, pe farfuria asta se află un aperitiv denumit *Nădragi*. Te aventurezi să ghiceşti care o fi ăla?

Rânjeşte la mine, susţinându-mi privirea, chiar dacă rochia pe care o port expune un decolteu extrem de generos. Când am venit aici, în seara asta, cu intenţia de a-l seduce pe Douglas Garrick, n-am anticipat nimic din acest bărbat.

O să fie cu mult mai simplu decât m-am aşteptat.

PATRUZECI ȘI ȘAPTE

Pasul 2: Te legi zdravăn de bărbatul putred de bogat

Cu trei ani în urmă

Uneori, Douglas este înnebunitor de enervant.

Mă tortureează. Se preface că e un tip drăguț – chiar cu picioarele pe pământ, având în vedere jobul și averea personală –, dar este *sadic*. Nu există o altă explicație pentru felul în care se poartă.

— Ce naiba faci acolo? mă răstesc la el.

Cel puțin are bunul-simț de a părea fraier. Așa și trebuie! E destul de nasol că stă în living în boxeri – în boxeri! –, deși ar trebui să ajungem *în mai puțin de o oră* la petrecerea care se ține acasă la Leland Jasper, fără să fie nici pe departe *gata de plecare*. Am planificat totul perfect, să ajungem cu întârzierea cuvenită, iar acum el stă în bucătărie, în izmene și tricou, *mâncând Nutella direct din borcan, cu un cuțit de unt*.

Inima mea nu poate să reziste la o asemenea nebunie.

— Mi s-a făcut foame, spune el.

Pune cuțitul pe blatul de bucătărie, împrăștiind crema maronie pe suprafața de marmură.

— Douglas, spun iute, pierzându-mi tot mai mult răbdarea, ar trebui să plecăm în zece minute. Nici măcar nu te-ai *îmbrăcat*.

— Unde să plecăm?

Mă torturează. O face intenționat. Nu-mi pot imagina că acest gen de comportament este neintenționat – nimeni nu poate fi atât de rupt de realitate.

— Acasă la Leland! În seara asta este petrecerea!

— Oh, corect.

Mormăie și își freacă tâmplele.

— Hristoase, chiar trebuie să mergem? Îi urâm pe Leland și pe soțul ei. Nu așa ziceam? Și, oricum, ce nume e ăsta, *Leland*? Categoric și l-a inventat.

Tot ce spune este corect, dar asta nu înseamnă că putem lipsi de la această petrecere. Vor fi cu toții acolo. Și vreau să mă vadă purtând noua mea rochie Prada, să-mi vadă părul roșcat perfect aranjat și pus în valoare, făcându-mi intrarea la brațul logodnicului meu chipeș și incredibil de bogat, care va purta un costum Armani ce îi ascunde gogoloiul de pe abdomen. I l-am ales special cu acest scop. Înainte de a fi cu mine, umbla în costume ieftine care îi arătau burta.

— Trebuie să mergem, îi spun printre dinți. Nu mai vreau să aud nicio vorbă despre asta. Trebuie să te îmbraci. Acum.

— Dar, Wendy...

Douglas mă apucă de braț și mă trage spre el. Respirația îi miroase a alune de pădure.

— Haide, petrecerea aia o să fie așa o plictiseală. Hai să facem altceva... nu știu, să vedem un film, doar noi doi? Așa cum făceam la început? Poate noul film *Avengers*?

Un lucru pe care nu l-am înțeles despre Douglas înainte de a-l cunoaște este că omul e un tocilar fără speranță. Nici măcar nu încearcă să ascundă asta. Nu vrea decât să se uite la filme cu supereroi și să vegeteze pe canapea, cu laptopul așezat pe genunchi, mâncând Nutella direct din borcan. Faptul că a ajuns CEO la Coinstock se datorează minții lui nebunesc de geniale, care a inventat o tehnologie ce a ajuns să fie folosită până la urmă de toate băncile din țară.

— O să mergem la petrecere, spun parcă pentru a o suta oară. Jur că omul ăsta nu ascultă *niciodată* ce-i spun.

— Acum treci la îmbrăcat. Hai, fuga-fuguța.

— OK, *OK*.

Se apleacă, încercând să-mi ofere un sărut Nutella, dar port o ținută Prada, așa că fac un pas în spate și ridic mâinile, ca să-l țin la distanță.

— Poți să mă săruți după ce te schimbi, îi spun.

Douglas bagă borcanul la loc în dulap și se târâie alene din bucătărie spre livingul incredibil de mic. Apartamentul ăsta este o adevărată rușine. Nu avem decât trei dormitoare, iar unul dintre ele îi slujește ca birou lui Douglas, așa că e ca și cum am avea doar *două* dormitoare. Imediat după căsătorie o să facem o extindere importantă, cum ar fi casa visurilor mele, din suburbii. Mă rog, asta este casa visurilor lui Douglas, pentru că visul meu este, categoric, să *nu* trăiesc în suburbie.

Zâmbesc ori de câte ori mă gândesc la casa în care-o să trăim într-o bună zi. În copilăria mea, tata lucra ca muncitor la întreținere și mama abia câștiga venitul minim lucrând la o grădiniță. Aveam o căsuță minusculă și împărțeam camera cu sora mea mai mică – a făcut pipi în pat până la vârsta de opt ani. Am învățat din răsputeri ca să câștig o bursă într-o școală privată de fițe, unde toți copiii mă luau peste picior fiindcă nu eram la fel de bine îmbrăcată ca ei.

Nu-mi doream decât o pereche de blugi de designer, ca ai frumoasei și crudei mele colege de clasă Madeleine Edmundson. Și poate un palton pentru iarnă care să nu fie de căpătat și ciuruit.

În facultate am crezut că o să dau lucrurilor o altă întorsătură, însă nu a mers totul cum am sperat. A existat un incident teribil în care m-au acuzat că am trișat și nu mi-au mai permis să-mi continui anul al treilea. Toate perspectivele mele de carieră au zburat pe fereastră când am fost escortată afară din campus.

Aș vrea să mă vadă cu toții acum.

Chiar în acel moment se aude țârâitul soneriei, lucru care mă înnebunește. Înainte să apuc să-i spun lui Douglas că mă ocup eu de cel de la ușă, îl aud:

— Probabil e Joe. Trece să-mi lase niște hârtii de care am nevoie. Nu durează decât un minut.

Joe Bendeck este avocatul lui Douglas. Cu toate că el reprezintă, probabil, o parte din motivul pentru care Douglas este atât de bogat, Joe nu e persoana mea favorită din lume și îmi arată, la rându-i, un dispreț abia mascat. Mă bucur că se ocupă Douglas să scape de el.

Cu toate astea, e ciudat că trece atât de târziu. Nu e un lucru nemaivăzut, totuși este neobișnuit. Mă întreb ce vrea...

Cât se duce Douglas să discute cu Joe, zăbovesc și eu prin preajmă, ascultându-le conversația. De obicei, Douglas nu mă implică în afacerea lui, dar e bine să știu cât mai mult din ce se petrece.

— Asta e tot? se aude vocea lui Douglas.

— Da, răspunde Joe, dar mai am ceva pentru tine...

Aud fâșâitul unor hârtii. Douglas deschide un plic.

— Ah, Joe. Ți-am spus, nu-i pot cere să facă asta...

— Doug, trebuie. Nunta este în doar câteva săptămâni şi nu te poţi căsători cu femeia aia fără să ai un contract prenupţial.

— De ce nu? Am încredere în ea.

— Mare greşeală.

— Uite ce, nu pot... Este ca şi când ai începe o căsnicie cu stângul.

— Lasă-mă să-ţi dau un sfat juridic gratuit, Doug. Dacă treaba asta nu merge, ea o să primească o jumătate din toată averea pentru care ai muncit. Acest document e *singurul* lucru care te protejează. Ai fi complet idiot să te căsătoreşti cu ea fără s-o pui să semneze.

— Dar...

— Niciun „dar". Nu te căsătoreşti cu femeia aia dacă nu semnează asta. Dacă te iubeşte într-adevăr şi vrea să vă căsătoriţi, atunci n-ar trebui să conteze pentru ea, nu-i aşa?

Îmi ţin respiraţia, aşteptând să văd ce are de zis Douglas. Mă aştept să-i spună lui Joe să se ducă dracului. Dar, în afară de faptul că-i este avocat, Joe este şi cel mai vechi şi mai apropiat prieten al lui.

— OK, spune Douglas. O s-o rezolv.

PATRUZECI ȘI OPT

— Oferta este extrem de generoasă, mă informează Joe Bendeck.

Stă lângă mine și Douglas, în living, explicându-mi termenii contractului prenupțial. Douglas nu mi l-a dat în seara aceea. A mai așteptat câteva zile, îmblânzind bomba cu niște flori și un colier cu diamante de la Tiffany's. Care nu au ajutat însă prea mult.

— Nu mă simt confortabil cu ideea unui contract prenupțial.

Mă uit spre Douglas care stă lângă mine, îmbrăcat ca un nătâng, în blugi și tricou.

— Iubitule, chiar trebuie să trecem prin asta?

— Este *foarte* generos, repetă Joe. Zece milioane de dolari, dacă divorțați. Dar nu primești nimic din toate celelalte bunuri.

— Nu vreau bunurile lui.

Îi pun mâna pe genunchi lui Douglas. Simt sub palmă materialul uzat al blugilor.

— Nu vreau decât să mă căsătoresc în liniște.

— Atunci semnează-l, spune Joe. Și n-o să te mai deranjez niciodată cu chestia asta.

— Doar că...

Scot din buzunar o batistă brodată și-mi tamponez ochii.

— Credeam că ai încredere în mine, Douglas.

— Oh, pentru numele lui Dumnezeu, bombăne Joe. Doug, chiar pui botul la prostiile astea?

Douglas își săgetează prietenul cu privirea și mă ia pe după umeri. Se poartă ca un fraier când vede o femeie plângând.

— Wendy, nu-i deloc vorba despre asta. Și te iubesc foarte mult.

Ridic spre el ochii plini de lacrimi.

— Și eu te iubesc.

— Dar, adaugă el, nu mă pot căsători cu tine fără un contract prenupțial. Îmi pare rău.

Văd în ochii lui căprui că vorbește foarte serios. Joe l-a convins, iar acum stă acolo fără nicio grijă, relaxat.

Arunc o privire la hârtiile de pe măsuța de cafea din fața mea. Sunt adunate într-un teanc de cinci centimetri. Dar Joe a subliniat punctele cele mai importante pentru mine. Se spune, negru pe alb, că, dacă divorțăm, o să primesc zece milioane de dolari. Nu e nici pe departe jumătate din averea lui Douglas, dar nu e nici de lepădat. O să trăiesc confortabil pentru tot restul vieții, dacă lucrurile nu merg bine aici.

Nu că m-aș aștepta să divorțăm. Mă aștept ca eu și Douglas să fim împreună până când moartea ne va despărți, bla-bla-bla. Dar nu se știe niciodată. Douglas are mare nevoie de schimbări și, recunosc, există posibilitatea să nu-l pot schimba vreodată pe cât de mult îmi doresc eu.

— Bine. O să semnez.

PATRUZECI ȘI NOUĂ

Pasul 3: Te bucuri de căsnicie... pentru o vreme

Cu doi ani în urmă

— Iisuse Hristoase. Locul ăsta e dement.

Douglas e reticent cu privire la cumpărarea acestui penthouse. Crede că ar trebui să trăim în apartamentul ăla minuscul cu trei dormitoare pentru tot restul vieții noastre. Mă rog, mai avem și casa pe care am cumpărat-o pe insulă, dar nu știu cât timp o să petrecem acolo. Totuși, lui Douglas îi place casa aceea. Are cinci dormitoare și o tot ține langa, enervant, cu copiii care le vor umple.

— Penthouse-ul ăsta nu-i mai mare decât al lui Orson Dennings, subliniez eu.

Tammy, agenta imobiliară, dă entuziastă din cap.

— Într-adevăr, ăsta este un penthouse de nivel *mediu*.

Douglas clipește, uitându-se spre lucarne.

— Eu nu înțeleg de ce ne trebuie un penthouse, în primul rând! Avem o casă întreagă la dispoziție!

Nu mi-am dat seama cât de zgârcit e soțul meu până când nu am început să căutăm un apartament. Tot ce are mai mult de patru dormitoare este „mult prea mare". Și aduce neîncetat vorba despre casa de pe insulă, de parcă își petrece careva tot timpul pe Long Island. Hai, lasă-mă.

— Am păstrat apartamentul pentru situația în care trebuie să rămân în oraș pentru diferite întâlniri, îmi amintește el. Dar nu acela e locul unde o să *trăim*. Casa este locul unde o să trăim.

— Dar de ce trebuie să trăim într-un singur loc?

— Pentru că nu suntem *demenți*?

— Multă lume păstrează o reședință în suburbii și una în oraș, prinde Tammy ocazia să se strecoare.

— Avem deja o reședință în oraș! contraatacă Douglas.

Devine tot mai frustrat. Douglas a fost crescut de o mamă singură, într-un apartament din Staten Island. A mers la un liceu de stat din centru, foarte special, destinat puștilor extrem de deștepți, și a ajuns să termine MIT printr-o combinație de burse, joburi studențești și împrumuturi. Nu e obișnuit să aibă mulți bani. Nu știe ce să facă cu ei.

Ar trebui să învețe de la mine. Tata n-a condus niciodată decât mașini la mâna a doua, iar mama aduna cupoane. Fiecare hăinuță cumpărată pentru sora mea mai mare era bine păstrată până când noi, celelalte surori, ajungeam să o purtăm. Fiecare haină era folosită până când ajungea zdrențe care se țineau într-un fir de ață.

Uram traiul acela. Obișnuiam să stau trează în pat și să fantazez despre cum ar fi să ajung bogată într-o bună zi. Iar acum, că suntem bogați, de ce nu ar trebui să ne cumpărăm lucrurile la care am visat?

După ce ne-am petrecut copilăria în sărăcie lucie, acum avem amândoi bani. Și ar trebui să ne purtăm, naibii, în consecință.

— Douglas.

Îmi trec un deget pe braţul lui.

— Ştiu că pare un pic extravagant, dar este apartamentul visurilor mele. Deja m-am îndrăgostit de el.

— Şi, se bagă în vorbă Tammy, preţul a fost redus.

— Pentru că nimeni nu-şi permite locul ăsta ridicol, mormăie Douglas, dar îmi dau seama că i-a cam trecut cheful de ceartă.

— Te rog, iubitule, bat eu din gene către el. O să fie minunat să avem un loc în care să rămânem peste noapte când aducem copiii în oraş.

Chestia asta merge tot timpul. Ori de câte ori vreau să obţin ceva, nu trebuie decât să aduc vorba despre potenţialii noştri copii. Douglas vrea patru, dar nu el o să fie ăla care să-i aducă pe lume în chinuri.

— În regulă.

Privirea i se îmblânzeşte.

— Ce mama naibii? Cred că poate exista ceva de genul scutiri de taxe sau ceva asemănător.

— Desigur, ciripeşte Tammy peste măsură de încântată.

— Îţi mulţumesc, scumpule.

Mă aplec să-mi sărut soţul. În timp ce mă strânge în braţe nu pot să nu observ că a devenit mai pufos decât era când ne-am cunoscut, ceea ce este exact opusul direcţiei în care trebuia să meargă. E un lucru la care va trebui să lucreze din greu, printre altele. Cu Douglas mai este încă mult de lucru.

CINCIZECI

Îmi place la nebunie să iau prânzul cu prietena mea Audrey. Știe întotdeauna *cele mai tari* bârfe.

Am visat dintotdeauna să am o astfel de viață. În care să fiu liberă în miezul zilei, ca să iau prânzul cu o prietenă la unul dintre cele mai scumpe restaurante din oraș. Câteodată îmi vine să mă ciupesc, ca să mă asigur că nu e un vis.

Apoi vin alte momente, când sunt cu Douglas, care îmi suge și ultima fărâmă de energie. Câteodată îmi vine să-l ciupesc *pe el*.

Audrey arată de parcă ar da pe-afară de niște bârfe cu adevărat interesante. Este căsătorită cu un bărbat destul de bogat (și un pic mai în vârstă decât ea), dar nu e atât de bogat ca Douglas. Ea nu și-ar permite niciodată un penthouse ca al nostru.

— Deci, ia ghici, îmi spune Audrey, bătându-se cu degetul pe buzele ei zmeurii.

Așa începe întotdeauna când are o bârfă uimitoare. Nu știu unde aude toate chestiile astea – eu nu i-aș spune niciodată niciun secret despre mine.

— Cică s-ar fi terminat divorțul lui Ginger Howell.

— Ooh, spun eu. Asta chiar că e tare.

Soțul lui Ginger, Carter, este opusul lui Douglas. E un tip extrem de posesiv, care nu-și ia ochii de la Ginger ori de câte ori vin la vreo petrecere. Atunci când iese cu noi, trebuie să-i spună exact la ce oră pleacă şi la ce oră se va întoarce. Sunt sigură că a fost epuizant pentru ea, dar, în acelaşi timp, ceva din felul în care o controla soţul ei mie mi se părea sexy. Carter este şi copleşitor de arătos şi are grijă să rămână în formă, spre deosebire de soţul meu.

— Ei bine, se joacă Audrey cu o frunză de salată. A fost ajutată de Millie.

— Millie? Asta cine mai e?

Audrey mă priveşte uluită şi simt cum obrajii îmi iau foc. Oare Millie asta e vreo persoană importantă din cercul nostru social, de care eu să fi uitat? Apoi Audrey adaugă:

— Este menajeră.

— OK...

— Dar are o anumită reputaţie...

Audrey coboară vocea încă o treaptă, ceea ce înseamnă că este pe cale să-mi spună o bârfă *cu adevărat* bună.

— Pentru femeile care au probleme cu soţii lor, le ajută să scape. Are grijă de ele.

— Probleme?

În capul meu, bifez un cearşaf de proaste obiceiuri ale lui Douglas. Când merge la toaletă, foloseşte o jumătate de rolă de hârtie igienică. Mănâncă direct din cutiile cu alimente din frigider, chiar dacă l-am rugat în repetate rânduri să n-o facă. Când mergem într-un restaurant elegant, nu poate fi convins să folosească o anumită furculiţă într-un anumit moment, şi chiar dacă i le arăt pe toate la începutul mesei, tot nu nimereşte jumătate dintre ele, ceea ce mă face să cred că le ia pe ghicite.

La început credeam că-l pot schimba pe Douglas. Că, beneficiind de ajutorul meu, poate deveni o persoană mai bună, cum am devenit şi eu. Dar pare că e tot mai rău.

— Probleme nasoale, mă lămureşte Audrey. De exemplu, soţul lui Ginger era abuziv. O mai şi pocnea – ba chiar i-a rupt braţul.

— Oh! icnesc eu.

Nu pot pretinde că am astfel de probleme. Douglas n-ar ridica vreodată mâna la mine. Ar fi oripilat de ideea asta.

— Ce îngrozitor!

Audrey dă din cap, serioasă.

— Aşa că femeia asta, Millie, te ajută să scapi. Îţi spune ce să zici şi ce să faci. Îţi face rost de resursele necesare. I-a găsit lui Ginger un avocat minunat. Şi am auzit chiar că a ajutat nişte femei să dispară, când asta a rămas singura opţiune.

— Uau.

— Şi nu e tot.

Audrey crănţăne o frunză de salată, apoi îşi tamponează buzele cu şervetul.

— Am auzit că de câteva ori, când n-a fost altă cale de scăpare, Millie... înţelegi tu, l-a scos pe tip din peisaj.

Îmi acopăr gura cu mâna.

— Nu...

— Ba da!

Audrey pare extrem de încântată să-şi împărtăşească descoperirea.

— Este dură de tot tipa, crede-mă – şi periculoasă. Dacă ea crede că un bărbat îi face rău unei femei, o să facă aproape orice ca să-l oprească. A fost la *închisoare* pentru că s-a năpustit la un tip care încerca să-i violeze prietena. L-a ucis.

— Dumnezeule...

Audrey mai ia o înghițitură din salată, apoi o împinge deoparte.

— Sunt plină, anunță ea, chiar dacă abia a mâncat jumătate de porție dintr-o salată care, s-o spunem din capul locului, era ca o grădiniță de verzituri. Wendy, ești sigură că nu vrei să mănânci nimic?

Iau o înghițitură din paharul din fața mea.

— Am mâncat zdravăn la micul-dejun.

Mijește ochii spre mine, probabil din cauză că n-am comandat deloc mâncare la ultimele trei prânzuri împreună. Dar am luat mereu ceva de băut.

— Presupun că n-ai avut noroc pe frontul cu bebelușii, spune ea.

Blestem faptul că, acum câteva luni, am pomenit în treacăt cât de entuziasmat ar fi Douglas să rămân însărcinată cât mai repede. Încercăm deja de vreun an să facem un copil. Nu prea a mers bine, adică nu sunt gravidă.

— Încă nu, îi răspund.

— Știu eu un specialist excepțional în probleme de fertilitate, mă informează Audrey. Laura a mers la el și uită-te la ea acum.

Prietena noastră Laura are acum băieței, gemeni, care nu s-au oprit din urlat ultima dată când m-am întâlnit cu ea pe stradă, din întâmplare. Mă înfior.

— Este în regulă. Prefer încercările de modă veche.

— Da, dar nu întinerești, îmi amintește ea. Tic-tac, Wendy.

— Bine, bine. Dă-mi numărul specialistului ăluia în fertilitate.

Trec numărul în agenda telefonului, deși n-am nicio intenție să-l sun. Însă dacă Douglas mă întreabă de asta, măcar pot să pretind că fac ceva.

CINCIZECI ȘI UNU

Pasul 4: Îți dai seama că tu și soțul tău n-aveți nicio legătură unul cu celălalt

Cu un an în urmă

Douglas intră în livingul casei noastre din Long Island și se oprește brusc când vede masa așezată pentru două persoane.

— Unde e restul cinei? întreabă el. În bucătărie?

— Nu.

Eu sunt deja așezată la masă, cu un șervet în poală.

— Asta e toată cina. Blanca ne-a făcut o salată.

Douglas se uită la castronul cu verzituri de parcă i-aș fi servit un castron cu otravă.

— Asta-i tot? Asta-i toată cina?

Oftez. Îmi amintesc cum, atunci când l-am cunoscut, i-am observat bărbia dublă; în seara aceea mi-am jurat să-l aduc în formă și gușa aia să dispară. Dar singurul lucru care s-a întâmplat de atunci încoace e că și-a ieșit și *mai mult* din formă decât era în seara aceea. Serios, se poartă de parcă nici măcar nu i-ar *păsa*.

— Este făcută din salată verde, roșii, castraveți și morcovi rași, subliniez eu. Mănânc salată în fiecare zi și asta mă ferește de balonare. Ar trebui să încerci.

— Wendy, tu ești un schelet ambulant, contracarează el. Te îngrozește ideea de a mânca orice altceva nu este frunză de salată sau băț de țelină.

Mă încordez.

— Nu fac decât să mă îngrijesc de sănătate.

— Sunt în*grijorat* pentru tine.

Se așază în fața jignitoarei salate și se încruntă.

— Nu mănânci niciodată nimic. Și ieri ai leșinat după alergare.

— Ba n-am leșinat!

— Ba da! Păreai atât de palidă când te-ai așezat pe canapea, apoi n-am mai reușit să te trezesc. A fost cât pe ce să sun la Ambulanță.

— Eram *obosită*. Am făcut o alergare lungă.

Dintr-odată, mă luminez.

— De ce nu vii și tu cu mine mâine, să alergăm împreună?

— Iisuse, nu cred că pot ține pasul cu tine.

Înclin capul.

— Hmm. Atunci care dintre noi are probleme mai mari cu sănătatea?

Douglas se scarpină în părul lui negru.

— De asemenea, poate faptul că ești atât de slabă te împiedică să rămâi însărcinată. Am citit că nu e bine pentru fertilitate.

— Oh, Doamne, mârâi eu. Întotdeauna ne întoarcem la aceeași chestie, nu-i așa? Nu mai putem avea o conversație în care să nu mă învinuiești că nu am rămas încă însărcinată?

Douglas deschide gura să spună ceva, dar pare să se răzgândească.

— Iartă-mă, ai dreptate.

Coboară privirea spre salata din fața lui și-și încrețește nasul.

— Are cumva și un dressing?

— Da, sos vinegretă fără grăsimi.

— Nu-l văd.

— Este incolor.

Sapă cu furculița în salata crocantă și ia câteva frunze. Și le îndeasă în gură și mestecă.

— Ești sigură că a pus dressing pe chestia asta? Pentru că am impresia că pasc iarba din fața casei.

— I-am spus Blancăi s-o stropească doar un pic. Este fără grăsimi, dar nu și fără calorii.

Douglas continuă să mestece. Mărul lui Adam i se ridică și i se coboară în timp ce pe gât îi alunecă înghițiturile mari de salată. După ce termină, împinge scaunul în spate, hârșâindu-l pe podea, și se ridică în picioare.

— Unde te duci? îl întreb.

— La KFC.

— Ce?

Mă ridic și eu.

— Haide, Douglas. Poți să faci asta. O s-o facem împreună.

— De ce nu vii și tu cu mine?

— Glumești.

— Uneori mâncam la fast-food, pe vremea când eram necăsătoriți, îmi amintește el.

Este adevărat, cu toate că încerc să uit amintirile acelea teribile.

— Haide. Mergem la drive-through. O să fie amuzant. Am auzit că au un sendviș în care chifla e făcută din pui prăjit. Nu vrei să încerci chestia asta? Sau cel puțin să vezi cum arată?

Zilele mele de fast-food ar fi trebuit să se sfârșească în momentul în care m-am măritat cu un milionar din domeniul IT. Clatin din cap.

Douglas îmi aruncă o privire tristă, dar nu se oprește din drum. Iese din casă, se urcă în mașină și apoi pleacă, probabil ca să încerce un sendviș a cărui chiflă e făcută din pui prăjit.

În acel moment știu că nu mai pot fi credincioasă soțului meu, pentru că nu-l mai respect.

CINCIZECI ȘI DOI

Confruntată cu destrămarea căsniciei mele, decid că se impune nişte terapie la shopping. Şi anume, decid că avem nevoie de mobilă nouă.

Aştept să ajung iar în oraş, pentru că nu poţi găsi absolut nimic decent pe insulă. Fără să-mi spună, Douglas şi-a mutat în penthouse cea mai mare parte din mobila pe care o avea în apartament, şi toate obiectele acelea sunt îngrozitoare. Arată ca mobilierul pe care-l cumperi de la un magazin al cărui nume conţine cuvântul „discount" sau „depozit". Abia dacă mă pot uita la ea.

Am încercat să-i explic lui Douglas că piesele de mobilier dintr-o casă trebuie să se potrivească una cu alta şi că acele piese clasice şi vechi nu doar că se potrivesc între ele, dar sunt în armonie şi cu decorul din clădirea aceea gotică. Însă el m-a privit lipsit de expresie, pentru că nu vorbeam în JavaScript sau Klingon sau ce limbaj o înţelege el mai bine. Până la urmă a dat din cap şi mi-a zis să cumpăr ce vreau eu.

Aşa că tocmai eram pe drum să vânez nişte piese vechi şi frumoase cu care să decorez penthouse-ul, când dau nas în nas, în holul clădirii, cu Marybeth Simonds.

Marybeth este secretară la firma lui Douglas. Am întâlnit-o de câteva ori, e o persoană destul de plăcută. Abia trecută de patruzeci de ani, cu părul blond, un pic încărunţit, şi o faţă cam bleagă. Poartă mereu nişte fuste demodate şi de prost gust, cu lungimea numai bună ca să-i facă gambele să pară cât mai groase. Prima dată când am dat cu ochii de ea, am clasificat-o drept neameninţătoare pentru fidelitatea soţului meu şi nu i-am mai acordat nicio atenţie de atunci.

— Wendy! exclamă ea. Oh, ce bine-mi pare că te-am prins.

Are în mână un plic cafeniu, conţinând probabil nişte documente incredibil de neinteresante, adresate lui Douglas. Trebuie să i le aducă, pentru că el se duce rareori pe la birou. Preferă să lucreze în nenumăratele cafenele presărate prin oraş sau în casa noastră din Long Island.

— Doug este sus? mă întreabă ea.

— Mă tem că nu.

Arunc o privire la ceas.

— Iar eu nu am timp să preiau nicio hârţoagă pentru el. Va trebui să le laşi la portar.

Zâmbetul lui Marybeth păleşte un pic, dar încuviinţează din cap. Douglas o place pentru natura ei bună – ceea ce, suspectez eu, înseamnă că se face preş.

— Desigur, aşa voi face, Wendy. Încotro mergi?

Sunt uşor luată prin surprindere de familiaritatea ei, dar îmi aminteşte de vremurile când eram şi eu săracă, când mă fascina viaţa de zi cu zi a celor bogaţi. Obişnuiam să citesc tot felul de articole despre oameni ca mine.

— Mă duc să cumpăr nişte mobilă, îi răspund.

— Mobilă?

I se luminează ochii.

— Ştii, soţul meu, Russell, este şef la un magazin de mobilă. Este un magazin mic, dar mobila de acolo e grozavă. Şi o să-ţi facă şi un preţ foarte bun.

Scotoceşte prin geantă şi aproape că scapă din mână plicul cafeniu. În cele din urmă scoate de acolo o carte de vizită dreptunghiulară, albă, cu o mică pată de ruj.

— Asta e cartea lui de vizită. Spune-i doar că te-am trimis eu.

Iau cartea cu vârfurile degetelor mare şi arătător, aproape refuzând s-o ating după ce ştiu că a fost în misterioasa geantă a lui Marybeth.

— Da. Poate.

— Păi, atunci...

Îmi zâmbeşte radioasă.

— Mă bucur că te-am văzut, Wendy.

Dă să plece spre portar, însă n-apucă să facă un pas, că o strig tare pe nume:

— Marybeth?

Se întoarce spre mine, cu acelaşi zâmbet plăcut întipărit pe chip.

— Da?

— Aş prefera ca de acum înainte să-mi spui „doamnă Garrick". La urma urmelor, nu suntem prietene. Sunt soţia şefului tău.

Marybeth se străduieşte să-şi păstreze zâmbetul pe buze.

— Desigur. Îmi cer scuze, doamnă Garrick.

Mă întreb dacă sunt rea. Dar nu m-am măritat cu unul dintre cei mai bogaţi bărbaţi din oraş doar ca să-mi spună secretara *pe nume*.

CINCIZECI ȘI TREI

Doar ca să dovedesc că nu-s cea mai îngrozitoare femeie de pe planetă, am decis să cumpăr una sau două piese de mobilier de la Russell Simonds. Aş putea să le arunc şi lor un pic din bunăstarea noastră. Şi dacă sunt într-adevăr prea grosolane ca să le ţin la mine în casă – ceea ce şi suspectez că se va întâmpla –, le pot dona oricând.

Nu mă surprinde că magazinul de mobilă este destul de micuţ. Mă aşteptam la canapele pătrăţoase şi ţepene, dar când păşesc înăuntru, sunt întâmpinată de o minunată comodă cu sertare. Mă opresc o clipă să admir uluitorul dulăpior de stejar, şlefuit şi pictat cu grijă, precum şi felul în care a fost garnisit cu o oglindă splendid ornată. Îmi trec degetul peste unul dintre cele trei sertare cu îmbinări în coadă de rândunică, având fiecare încastrată un mic locaş pentru cheie.

Este exact ce căutam. Am nevoie de el pentru casa mea.

— Este o piesă minunată, nu-i așa?

Întorc capul, ca să-l identific, în spatele meu, pe proprietarul acelei voci profunde şi grave. Pentru o fracţiune de secundă, mi se pare că mă uit la soţul meu. Dar nu, bărbatul acesta categoric *nu* este Douglas Garrick. Are cam aceeași înălțime ca el și cam aceeași conformație – sau conformaţia pe care ar fi avut-o Douglas dacă s-ar fi dus la sală măcar din când în când –, iar părul are aceeași culoare, doar că este tuns cu grijă. În ciuda faptului că lucrează într-un magazin de mobilă, poartă o cămașă albă, apretată, și o cravată cu nodul legat cu pricepere. Bărbatul ăsta arată exact cum am sperat, când ne-am întâlnit la expoziția de artă modernă, să-l fac și pe Douglas să arate. Este Douglas 2.0, în timp ce soțul meu abia dacă poate fi numit versiunea beta.

— E o piesă vintage, îmi spune el, dar am restaurat-o eu, personal.

— Ai făcut o treabă grozavă, șoptesc eu. Îmi place la nebunie.

Îmi zâmbește și simt cum îmi tremură ușor genunchii.

— Acum nu mai încape loc de niciun fel de negociere.

— Nu mă interesează câtuși de puțin să negociez, îi spun. Când vreau ceva, fac orice e nevoie ca să capăt lucrul acela.

Când îmi aude comentariul, în ochi îi apare o sclipire amuzată.

— Eu sunt Russell.

Îmi întinde mâna și, când i-o strâng, brațul mă furnică plăcut.

— Acesta este magazinul meu și *mi-ar face o deosebită plăcere* să-ți vând astăzi această comodă. Pariez că va arăta minunat în apartamentul tău.

Russell Simonds. Trebuie să fie soțul lui Marybeth. Cumva, mă așteptasem la un bărbat cu burtă și chelie mare pe creștet, în mijlocul părului cărunt. Nu la *acest* bărbat.

— Sunt Wendy Garrick, mă prezint eu. Soția ta, Marybeth, lucrează pentru soțul meu. Ea mi-a sugerat să vin aici.

Zâmbetul jucăuș îi rămâne pe buze.

— Mă bucur că a făcut-o.

Sfârşesc prin a cumpăra cam jumătate de magazin. De fiecare dată când Russell îmi mai spune de câte o piesă vintage restaurată de el, pur şi simplu simt că trebuie s-o am. Iar când îi întind cardul meu de credit, cu o limită şocant de extinsă, scoate o carte de vizită, de data asta impecabil de albă şi perfect dreaptă, pe spatele căreia scrie zece cifre.

— Orice probleme s-ar ivi cu mobila, îmi spune el, dă-mi de ştire.

Strecor cartea de vizită în geantă.

— Aşa voi face.

Şi în timp ce Russell încarcă marfa cumpărată, nu mă pot abţine să nu mă gândesc că mai este un lucru în acest magazin pe care aş vrea să-l iau cu mine acasă. Şi când îmi doresc ceva, fac orice e nevoie ca să capăt lucrul acela.

CINCIZECI ȘI PATRU

Pasul 5: Încerci să-ți găsești fericirea în altă parte

Cu șase luni în urmă

Este posibil să mă fi îndrăgostit.

Am încercat să mă îndrăgostesc de Douglas. Chiar am încercat. Am crezut că va crește în ochii mei. Am crezut că se va schimba – în același fel în care m-am schimbat eu când m-am pus singură pe picioare. Douglas n-are nici cea mai vagă idee cât de grozav ar putea fi dacă s-ar deranja să aibă grijă de el, sau dacă ar face o mică operație estetică, sau dacă și-ar rezolva dintele ăla strâmb. (Pentru Dumnezeu, ce multimilionar se fâțâie de colo-colo cu un dinte imperfect? Se crede în *Anglia*?)

Dar pe Douglas nu-l interesează câtuși de puțin aceste lucruri. Pe el nu-l interesează să fie bărbatul care-mi doresc eu să fie. Nu vrea să fie decât *el însuși*.

Russell, pe de altă parte...

Chiar dacă mă culc deja cu el de șase luni, tot nu mă pot abține să nu-l privesc pe bărbatul aflat de cealaltă parte a mesei. Nu mă pot abține să nu mă uit la părul lui ca ciocolata neagră, tuns scurt pe părți, dar suficient de lung pe creștet ca să se onduleze ușor, la sprâncenele lui groase și puternice. N-am descris niciodată o pereche de sprâncene ca fiind „puternice", dar omul ăsta poate porunci unei săli întregi cu sprâncenele alea. Ele reprezintă trăsătura mea preferată de pe chipul lui. Dar, ca să fiu sinceră, iubesc totul la el.

Mai puţin contul din bancă.

Chelneriţa se apropie de masa noastră cu un zâmbet până la urechi întipărit pe faţă. Într-un restaurant atât de scump, personalul este întotdeauna drăguţ, fără excepţie. Douglas urăşte locurile de acest gen. *Nu-mi place când se foiesc atâta pe lângă mine.*

— Aţi vrea să luaţi şi desert? ne întreabă chelneriţa. Avem o prăjitură cu ciocolată incredibilă, făcută fără făină.

— Nu, mulţumim, spune Russell.

Dau din cap în semn de încuviinţare. Nu luăm niciodată desert. La fel ca mine, şi Russell are mare grijă de el. Merge la sală de câteva ori pe săptămână şi are tot corpul numai muşchi, cu doar un pic de burtică inevitabilă la vârsta mijlocie. Păcat că Marybeth nu-l apreciază. Nu se deranjează nici măcar să-şi vopsească părul blond – în câţiva ani va fi gri ca un catâr.

Russell se întinde peste masă, ca să mă ia de mână. Având în vedere că suntem în public şi suntem amândoi căsătoriţi, gestul este complet nepotrivit. Cu toate astea, în ultimele săptămâni ale aventurii noastre toride, am cam aruncat un pic precauţiile pe fereastră. O parte din mine aproape că vrea să fim descoperiţi. Fiindcă, pentru prima dată în viaţă, sunt îndrăgostită.

Dacă Douglas vrea să divorţeze, iau cele zece milioane şi-mi văd de drum.

— Aş vrea să nu trebuiască să mă întorc la muncă, murmură el.

— Ai putea întârzia un pic? sugerez eu.

Un zâmbet îi joacă pe buze. Îmi plac dorinţa, nerăbdarea lui. Douglas n-a mai fost aşa la puţin timp după ce ne-am căsătorit și chiar și înainte de asta nu a fost deloc atât de priceput în dormitor cum este Russell. Pur și simplu nu avea atâta *rezistență*.

Pentru o vreme, am tot închiriat camere de hotel pentru întâlnirile noastre, dar în ultima vreme Douglas vine rareori la penthouse, așa că îl chem pe Russell acolo. Există o intrare prin spate unde știu sigur că nu sunt camere, așa că nu trebuie să avem de-a face cu privirile critice ale portarului.

— N-ar trebui să întârzii, spune el. Magazinul a fost destul de aglomerat în ultima vreme.

— Și nu pentru asta sunt oamenii de la vânzări?

De obicei, Russell are un vânzător care lucrează în magazin, cu toate că ar putea să-și mai permită unul, din moment ce i-am finanțat practic afacerea cu toate achizițiile mele. Ca să fiu sinceră, mi-a plăcut la nebunie fiecare obiect vechi pe care l-am cumpărat de acolo. Russell are un gust impecabil. Dacă ar fi avut bani, ar fi știut cu adevărat pe ce să-i cheltuiască.

— Dar în seara asta? sugerează el.

— Și ce faci cu Marybeth?

Buzele i se arcuiesc în semn de dezgust, ca întotdeauna când vine vorba de nevastă-sa. Acesta este un lucru prin care ne-am legat amândoi – disprețul amândurora față de partenerii noștri.

— O să-i spun iar că lucrez până târziu.

Chelnerița se întoarce cu nota și îi înmânez cardul meu platinum. Întotdeauna plătesc eu când mergem la restaurante elegante, pentru că, deși nu-i place să recunoască, Russell este un pic strâmtorat cu banii. Însă nu mă deranjează asta. Nu-l plac pentru banii lui – acum am eu o grămadă de bani, ai mei.

— O să număr secundele până când o să te văd iar, diseară, murmură Russell.

Pe sub masă, degetele îi urcă pe sub fusta mea până când simt că mi se taie răsuflarea.

— Russell, chicotesc eu ușor. Nu aici. Sunt *oameni* în jur.

— Nu mă pot abține în preajma ta.

— Russell...

Bucuria mea pentru ce-mi face iubitul pe sub masă este întreruptă de chelnerița care își drege vocea. Are în mână cardul meu platinum.

— Îmi pare rău, dar nu a mers. A fost refuzat la plată.

Îmi dau ochii peste cap.

— Este o problemă cu terminalul vostru. Te rog, mai încearcă o dată.

— Am încercat de trei ori.

Las să-mi scape un oftat. Dumnezeule, oamenii din restaurantele astea sunt drăguți, dar uneori dureros de incompetenți. Este un motiv pentru care servesc pe la mese, ca să se întrețină. Scotocesc prin geantă și scot cardul Visa.

— Încearcă-l pe ăsta.

Doar că, un minut mai târziu, chelnerița revine și cu al doilea card.

— Și acesta a fost refuzat, mă informează ea.

Tonul nu mai este la fel de drăguț ca atunci când ne servea. Iar cei de la masa alăturată au început deja să se holbeze.

Nu știu ce se petrece. Sunt măritată cu Douglas Garrick, la naiba. Limita cardului meu de credit este infinită. Evident, trebuie să fie o problemă la terminalul lor, dar nu pare ca altcineva să aibă dificultăți cu plata.

— Încearcă și cardul meu, spune Russell.

Scoate cardul de credit din portofel și i-l întinde.

După ce chelnerița pleacă să încerce și acest card, îi arunc o privire smerită, în semn de scuză.

— Îmi pare rău pentru situație. Nu știu ce se întâmplă.

— Nicio problemă, spune el, deși chiar nu-și poate permite un restaurant ca ăsta.

Nu e genul de loc unde am fi mers dacă am fi știut că va plăti el. Dar acum nu mai putem face mare lucru.

Cardul de credit al lui Russell funcționează fără probleme. Cu cardurile mele se întâmplă ceva. Oare avem probleme financiare de care eu nu știu? Oamenii ca noi nu au datorii pe cardurile de credit. Dar adevărul este că nu sunt la curent cu chestiunile financiare. Am cardurile mele de credit și le folosesc fără să mă gândesc la asta.

Diseară va trebui să vorbesc cu Douglas despre acest lucru.

CINCIZECI ȘI CINCI

L-am sunat pe Douglas de multe ori, dar nu-mi răspunde. De asemenea, i-am trimis nenumărate mesaje, dar n-a răspuns nici la acestea.

Nu știu ce se întâmplă. Am încercat cardurile de credit și în alt magazin și au fost din nou refuzate. Deci nu era vina restaurantului.

Am sunat la compania care le-a emis, ca să încerc să-i dau de capăt. Și acolo mi-au zis o chestie șocantă. Cardurile mele au fost anulate. Absolut *toate*.

Până la urmă, decid să merg cu mașina în Long Island, ca să vorbesc cu Douglas. În ciuda superbului nostru apartament din oraș, plin cu obiecte vechi, el preferă casa. Spune că îi place liniștea. Doarme mai bine fără claxoanele și sirenele neîncetate din oraș și îi place și aerul curat. Dar Long Island este atât de dureros de *plicticoasă*. Nu ai absolut nimic de făcut acolo și niciun loc unde să poți face cumpărături decente.

Când ajung acasă, o găsesc pustie. Îmi dau seama că n-am mai fost aici de peste o săptămână, chiar dacă Douglas doarme aici aproape în fiecare noapte. Cred că, în ultima vreme, relația dintre mine și soțul meu s-a cam răcit. Nu mai facem sex decât o dată pe lună, când încercăm să concepem un copil.

Cel puțin înăuntru e curat – când am intrat pe ușă m-am așteptat oarecum să găsesc cutii murdare de pizza și șosete murdare atârnând pe canapea, pentru că Douglas poate fi un pic cam îngălat. Livingul arată... confortabil, presupun că ăsta ar fi cuvântul potrivit. Douglas s-a descotorosit de canapeaua albă pe care am ales-o eu și a înlocuit-o cu una albastru-închis, cu perne care par greu încercate. Mă așez pe ea ca să-l aștept să ajungă acasă și trebuie să recunosc că este confortabilă, chiar dacă e incredibil de urâtă.

Abia pe la ora nouă se aude deschizându-se ușa de la garaj. Mă așez țeapănă pe canapea, apoi decid să mă ridic în picioare. Va fi genul de conversație în care trebuie să stai în picioare. Îmi dau seama de asta.

Douglas intră în casă un minut mai târziu. Are părul mai ciufulit decât de obicei și cearcăne sub ochi. Cravata îi atârnă larg în jurul gâtului și, când mă vede în living, se oprește brusc în loc.

— Mi-ai anulat cardurile de credit, îi spun printre dinții încleștați.

— Mă întrebam ce-o să te facă să vii până aici.

Oare își imaginează că asta e un fel de glumă?

— Încercam să iau prânzul la restaurant și cardul meu a fost *refuzat*. N-am avut cum să plătesc. Îți dai seama cum a fost?

Douglas intră în living, desfăcându-și de tot cravata.

— Și ce? Russell nu avea și el un card de credit?

Rămân cu gura căscată.

— Eu...

Aruncă cravata pe canapea.

— Nu înțeleg de ce ești așa surprinsă. Crezi că poți bate orașul giugiulindu-te cu unul și eu n-o să aflu? Crezi că poți să-ți plătești camerele de hotel cu cardul meu de credit și n-o să-mi fac nicio idee? Cât de prost mă crezi?

— Îmi... îmi pare rău.

Inima îmi bate cu putere. Nu l-am auzit *niciodată* pe Douglas vorbindu-mi așa, dar o parte din mine se bucură că avem această conversație. Am obosit să fiu măritată cu Douglas Garrick. Mă bucur că dăm toate cărțile pe față.

— N-am făcut-o cu intenție.

— Oh, te rog. Asta-i tot ce poți?

Mă privește cu dezgust.

— Și tocmai cu *soțul* lui Marybeth? Cum ai putut, Wendy? Marybeth aproape că face parte din familie.

Poate face parte din familia *lui*. Mie nu mi-a păsat niciodată de femeia aia, nici înainte să mă culc cu soțul ei. Iar acum, că știu ce parteneră nepotrivită a fost pentru Russell, o displac și mai mult.

— Ea știe?

Clatină din cap.

— Nu i-am putut face una ca asta. Ar distruge-o.

Pufnește.

— Nu că ți-ar păsa ție de asta.

— Nu-i vorba că am avut căsnicia perfectă, Douglas, subliniez eu. Știi și tu asta, la fel de bine ca mine.

Comentariul meu îi mai taie cheful de ceartă. Ochii lui căprui se îmblânzesc. Acolo undeva, în adâncul lui, soțul meu este destul de ușor de manevrat. De asta m-am și măritat cu el, în primul rând. Știam că pot obține de la el orice-mi doresc.

— Cred că ar trebui să mergem la terapie de cuplu, spune el. Am găsit un terapeut cu recomandări excelente. Știu că sunt ocupat, dar o să-mi fac timp pentru asta. Pentru *noi*.

Mă imaginez stând cu Douglas în cabinetul unui terapeut, unde să discutăm miliardele de probleme pe care le avem, adăugate faptului că vrem lucruri complet diferite în viață.

— Nu ştiu ce să zic...

— Wendy.

Vine mai aproape şi îmi ia mâinile într-ale lui. Îl las pentru o clipă, ştiind că o să mi le retrag după câteva secunde.

— Nu vreau să renunţ la noi. Eşti soţia mea. Şi chiar dacă avem nişte dificultăţi în privinţa asta, vreau ca tu să fii mama copiilor mei.

În momentul acela îmi dau seama că trebuie să dau cărţile pe faţă cu el. Trebuie să desprind plasturele dintr-o mişcare, altminteri n-o să mă pot elibera niciodată de bărbatul ăsta. Şi, după tot acest timp, merită să afle adevărul.

— De fapt, îi spun eu, să ştii că nu pot avea copii.

Până la urmă, el a fost cel care și-a retras primul mâna.

— *Poftim?* Despre ce vorbeşti?

— Cu ani în urmă am avut o infecţie care mi-a distrus trompele uterine, îi mărturisesc eu. Pe când aveam douăzeci şi doi de ani. Am avut nişte dureri groaznice în zona pelviană şi doctorul mi-a explicat ceva mai târziu că infecţia a fost asimptomatică până când a cuprins şi trompele. Durerea era atât de cumplită, încât m-au supus unei intervenţii laparoscopice ca să cureţe o parte din țesutul cicatrizat, şi atunci mi-au spus şi că nu voi putea face niciodată un copil pe cale naturală. *Există o mică șansă să rămâi însărcinată cu ajutorul tehnologiei reproductive, dar chiar şi aşa, este extrem de improbabil, din cauză că a fost afectat prea mult țesut.*

La momentul acela a fost devastator să aud asta. Atunci mi-am blestemat norocul. Chiar dacă am fost săracă în copilărie, tot visam ca la un moment dat să-mi umplu casa cu copii, exact aşa cum au făcut părinţii mei. Când am aflat veştile, am plâns douăzeci şi patru de ore încontinuu.

Însă, de-a lungul anilor, am descoperit că era o binecuvântare. Mi-am văzut atât de multe prietene legate de glie din cauza copiilor și am constatat cum progeniturile îți drenează banii din conturi până la ultimul leu. Mi-am dat seama că am avut noroc să nu pot face copii. Serios, infecția aceea a fost cel mai bun lucru care mi s-a întâmplat vreodată.

Douglas clatină din cap.

— Nu pricep. Vrei să spui că în tot acest timp ai știut că nu poți rămâne însărcinată?

— Exact.

Se prăbușește pe canapeaua lui cea confortabilă, cu o expresie încremenită în ochii sticloși.

— Încercăm de *ani* întregi. N-ai spus niciodată niciun cuvânt. Nu pot să cred că m-ai mințit în halul ăsta.

L-am supărat, dar e mai bine așa. Cum am zis, plasturele trebuie smuls dintr-o mișcare.

— Știam că nu asta vrei să auzi.

Ridică privirea spre mine, cu ochii ușor înlăcrimați.

— Atunci ce zici de adopție? Sau...

Oh, Doamne, *ultimul* lucru pe care mi-l doresc este să am grijă de odraslele altcuiva.

— Eu *nu vreau* copii, Douglas. Nu am vrut *niciodată*. Ce vreau eu este să ies din această căsnicie.

— Dar...

Îi tremură maxilarul. Încă are bărbia aia dublă. Cât a durat căsnicia noastră, nu am reușit să fac niciun progres în a-l ajuta să scape de ea. Am crezut că era un efort în derulare, dar n-am reușit să progresez defel.

— Eu te iubesc, Wendy. Tu nu mă iubești pe mine?

— Nu te mai iubesc, îi spun.

Este mai blând să-i spun așa, decât să-i mărturisesc că nu l-am iubit niciodată.

— Nu vreau să mai fiu cu tine. Nu te respect și vrem lucruri diferite. Este mai bine să ne vedem fiecare de drumul lui.

Când o să am cele zece milioane ale mele, nu va mai trebui să-mi fac griji că o să-mi anuleze iar stupidele alea de cărți de credit. O să fiu independentă. Russell poate să-și părăsească nevasta și putem face absolut ce vrem noi.

— Bine.

Douglas se ridică împleticindu-se.

— Vrei să ieși din această căsnicie? Desigur. Dar n-o să primești nicio centimă din banii mei.

Din nefericire, nu-i după el. Vrea să mă pedepsească, dar îmi știu drepturile.

— Prenupțialul îmi dă dreptul la zece milioane de dolari. N-o să cer mai mult de-atât.

— Așa deci.

Privirea sticloasă i-a dispărut din ochii căprui, care au devenit acum aspri și tăioși ca o rază laser ațintită spre fața mea.

— Primești zece milioane în caz de divorț, da. Însă prenupțialul spune că, dacă există vreo dovadă că m-ai înșelat, nu primești *nimic*.

Mă gândesc iar la documentul acela gros pe care mi l-a dat Joe înainte de nuntă. M-am gândit să i-l dau unui avocat, dar am văzut negru pe alb că primesc zece milioane în eventualitatea unui divorț. N-am vrut să irosesc mii de dolari, dacă nu era nevoie să angajez un avocat.

— O să-ți arăt bucuros clauza care zice chestia asta.

Pe buze îi joacă un zâmbet.

— Este chiar la pagina 178. Nu știu cum ai putut s-o ratezi.

Strâng pumnii.

— Joe m-a păcălit. A fost întotdeauna atât de pornit să te facă să n-ai încredere în mine.

— Nu, prenupțialul a fost ideea *mea*. Așa a fost și clauza despre infidelitate.

Douglas își desface nasturele de la guler.

— I-am zis să se poarte ca și când ar fi fost ideea lui, ca să nu te superi pe mine. Voiam să ai încredere în mine. Chiar dacă eu nu aveam *în tine*.

Îmi privesc țintă soțul, cu furia crescând tot mai mult.

— Nu poți să arunci o chestie fără să-mi spui. Asta este... asta-i înșelătorie.

Ridică sprâncenele.

— Oh, vrei să spui așa cum ai uitat și tu să-mi zici că nu poți rămâne însărcinată?

Simt o greutate în capul pieptului. Îmi este un pic cam greu să respir. Douglas mi-a vorbit mereu despre cât de bun este aerul de aici, dar eu nu-mi dau seama de lucrul ăsta.

— Bine. Dar succes cu demonstrația că ți-am fost infidelă.

Chiar dacă asta o să mă ucidă, n-o să-l pot vedea pe Russell o vreme. Nu-i pot da lui Douglas nicio șansă să-mi dovedească infidelitatea.

— Oh, nu-ți face griji. Am deja poze, filmări... ce vrei tu.

Icnesc.

— Ai angajat un detectiv să mă spioneze?

Mă privește cu ochii plini de venin.

— Tot ce-a trebuit să fac a fost să pun niște camere ascunse la noi în apartament. E destul de subtil?

Fir-ar să fie. N-ar fi trebuit să fim atât de neglijenți. Dacă aș fi știut...

— Ai putea să-ţi recapeţi vechiul job, spune Douglas gânditor. Cu ce te ocupai? Nu erai casieră pe la Macy's? Pare foarte distractiv.

Îl urăsc pe omul ăsta. În ultimii trei ani am simţit multe pentru el, dar niciodată în viaţa mea nu am încercat pentru cineva genul ăsta de ură. Da, nu am fost complet sinceră cu el. Dar să mă lase fără un ban? Chiar este sadic de-a dreptul.

— Atunci n-o să divorţez, îi spun. N-o să semnez hârtiile. N-o să mă poţi scoate din viaţa ta.

— Bine, spune el cu un calm înnebunitor. Dar n-o să-ţi capeţi înapoi cardurile de credit. Şi toate conturile din bancă sunt pe numele meu – o să-ţi tai accesul la ele.

Nu ştiam că Douglas are atâta vână în el. Dar presupun că nu ajungi CEO-ul unei companii atât de mari dacă nu ai o pereche zdravănă de ouă.

— Poţi să stai în penthouse, adaugă el. Deocamdată. Dar în câteva luni o să-l scot la vânzare. Aşa că te poţi decide ce vrei să faci.

Cu aceste cuvinte, îmi întoarce spatele şi iese spre living. Cravata lui zace încă pe canapea şi o parte din mine este tentată s-o ia şi să i-o înfăşoare în jurul gâtului, apoi să strângă până nu mai rămâne strop de viaţă în el.

Desigur că n-o fac, dar ideea este incredibil de tentantă.

Pentru că, dacă Douglas divorţează de mine cu dovada unui adulter, nu primesc nimic. Însă dacă moare, potrivit testamentului său, primesc *totul*.

CINCIZECI ȘI ȘASE

Pasul 6: Îți seama cum îți poți transforma soțul într-un bărbat care merită să moară

Cu patru luni în urmă

— Douglas mă amenință că în curând o să scoată penthouse-ul la vânzare, îi spun lui Russell. Nu știu ce să fac.

Stăm amândoi întinși în patul uriaș din dormitorul matrimonial. Mi-era frică să mă întorc iar aici după ce am aflat despre camerele instalate de Douglas, așa că am angajat un expert să le găsească pe toate și să le deconecteze. Nu-i o opțiune să nu locuiesc aici – la urma urmelor, locuința aceasta îmi aparține și mie la fel de mult cum îi aparține lui Douglas. Eu sunt cea care a ales patul ăsta, deși probabil că pot număra pe degetele de la o mână de câte ori am dormit aici cu Douglas. Lui nu i-a plăcut niciodată acest apartament. Russell, pe de altă parte, este complet îndrăgostit de el. Îi place și lui la fel de mult cum îmi place mie.

Dar chiar și dacă primesc cele zece milioane de dolari, tot nu-mi voi permite să locuiesc aici. Iar fără banii aceia, penthouse-ul este un vis ridicol.

— N-o s-o facă, spune Russell, trecându-și degetele peste stomacul meu dezgolit. Dacă vinde apartamentul, va trebui să te duci să locuiești împreună cu el. Și nu vrea asta.

Îmi vine să ridic brațele în aer.

— Cine știe ce naiba vrea? Pur și simplu încearcă să mă pedepsească.

Este limpede că minciuna mea cu încercarea de a rămâne însărcinată l-a dus la capătul răbdărilor. Vrea să sufăr pentru păcatele mele.

— Dar ce pot să fac?

— Ai putea divorța de el, spune Russell. Și ai putea fi cu mine. O s-o părăsesc pe Marybeth.

— Dar am fi săraci lipiți!

— Nu, n-am fi.

Pare ofensat de spusele mele.

— Am magazinul meu. Și poți găsi și tu ceva de lucru. N-am fi săraci lipiți.

Câteodată simt că eu și Russell suntem făcuți unul pentru altul, dar alteori mă trezesc că spune *astfel de lucruri*.

Deocamdată aștept să văd ce se întâmplă. Odată ce eu și Douglas divorțăm, asta e – nu mai am niciun drept la banii lui. Așa că în fiecare zi țin degetele încrucișate ca să fie lovit de autobuz când trece strada. Doar se întâmplă tot timpul în orașul ăsta. De ce nu i s-ar putea întâmpla într-o bună zi și soțului meu?

— Măcar de-ar muri, spun eu. Dacă te gândești la câte grăsimi mănâncă, ar fi trebuit să fie deja răpus de un stop cardiac.

— N-are decât patruzeci și doi de ani.

— Tot timpul mor oameni de patruzeci de ani din cauza stopului cardiac, subliniez eu. Douglas ia chiar și medicamente pentru inimă. Se poate întâmpla.

— Să sperăm în atacul de inimă al lui Douglas nu-i un plan prea solid pentru viitor.

Lui Russell nu pare să-i facă plăcere să fantazeze despre moartea lui Douglas, așa cum îmi place mie. Și asta pentru că nu-l cunoaște așa cum îl cunosc eu.

— Trebuie să fie o cale să scap din acest contract prenupțial, îi spun. Douglas este un nemernic sadic, dar trebuie să plătească pentru felul în care m-a tratat. Trebuie să existe o cale de a pedepsi soții care-și tratează așa soțiile. Să-mi taie accesul la bani și să mă amenințe că-mi ia casa... Ăsta este, de fapt, un abuz.

Când rostesc acest cuvânt, ceva se declanșează undeva în adâncul minții. O poveste spusă de prietena mea Audrey cu ani în urmă. Despre un soi de menajeră care ia apărarea femeilor prost tratate de soții lor.

Este dură de tot tipa, crede-mă... Dacă ea crede că un bărbat îi face rău unei femei, o să facă aproape orice ca să-l oprească.

Închid ochii, încercând să-mi amintesc numele femeii. Și atunci îmi revine în minte:

Millie.

Douglas nu este îngrozitor în același fel ca soțul lui Ginger – nu mă agresează fizic. Însă este diabolic și manipulativ. Abuzul nu este în mod necesar fizic. Oare faptul că soțul meu mă dă afară din casă și mă lasă fără niciun ban nu este la fel de abuziv ca atunci când mi-ar rupe un os?

Oare femeia asta, menajera, ar fi de acord cu mine? Nu știu. Poate că va fi nevoie de un pic de muncă de convingere.

Dar... dacă ar vedea un bărbat care mă tratează prost și ar crede că este soțul meu? Desigur, nu poate fi chiar Douglas, pentru că el mă evită intenționat. Iar Douglas n-ar ridica niciodată mâna la mine, la propriu, chiar dacă l-aș provoca. Însă această Millie nu știe cine e soțul meu. Douglas a periat meticulos internetul, înlăturând orice poză a sa. Dacă Millie vede pe aici un bărbat care mă plesnește, va fi motivată să mă ajute. Dacă ceea ce face bărbatul acela va fi îndeajuns de rău, n-o să fiu în stare s-o opresc.

Încetul cu încetul, în minte mi se conturează un plan.

CINCIZECI ȘI ȘAPTE

Cu câteva săptămâni în urmă

Când mă uit în oglindă, aproape că-mi vine să țip.

Fața mea pare un coșmar de vânătăi abia apărute, violet, combinate cu alte vânătăi care se colorează ușor în gălbui. Este de-a dreptul dureros să te uiți la așa ceva. Russell mă privește cum aplic tușa finală pe pomeți și pare impresionat.

— Ești o magiciană, Wendy, îmi spune el. Pare foarte real.

Am petrecut ore întregi exersând. M-am uitat la câteva tutoriale pe YouTube, iar acum sunt una dintre expertele mondiale în crearea unor vânătăi care să arate realist. Chiar pare că cineva m-a bătut zdravăn de tot.

Sper ca Millie să aprecieze munca depusă în crearea acestei opere de artă.

În cea mai mare parte, se pare că Millie chiar a fost convinsă de mica noastră scenetă. Și, în afară de asta, gătește excelent și este o menajeră foarte bună. A găsit chiar și castraveți mexicani – preferații mei. Păcat de ce-o să i se întâmple. Dar nu e altă cale.

— Este aproape perfect, spun eu, îndepărtând paleta de farduri. Mai lipsește un singur lucru.

Russell ridică o sprânceană. De când a venit Millie, a jucat perfect rolul lui Douglas. Este incredibil: când combini personalitatea și înfățișarea lui Russell cu averea și puterea lui Douglas, chiar ai bărbatul ideal.

— Pe bune? Mie mi se pare că arată perfect.

Îmi mai inspectez o dată fața în oglindă. Perfect nu-i destul. Trebuie să fie *mai bine* decât perfect. Dacă Millie bănuiește și numai pentru o clipă că ăsta e machiaj, s-a terminat. Trebuie să fie *impecabil*.

— Trebuie să-mi dai un pumn, îi spun.

Russell dă capul pe spate și lasă să-i scape un hohot de râs.

— Da. Sună bine.

— Vorbesc serios. Trebuie să-mi spargi buza. E nevoie să pară *real*.

Când își dă seama că vorbesc absolut serios, lui Russell îi dispare zâmbetul de pe față.

— Ce?

— Nu trebuie să aibă vreo suspiciune că ăsta este machiaj, îi spun eu. Și nu pot să simulez o buză spartă cu ceea ce am la dispoziție. Trebuie să-mi tragi un pumn.

Russell îmi aruncă o privire oripilată și se îndepărtează de mine.

— Nu-ți trag niciun pumn în față.

— Nu trebuie să te simți nasol că o faci. Eu ți-am cerut-o.

— N-am lovit în viața mea o femeie.

Pare că i se face rău. Mă face să mă întreb dacă-l țin nervii să parcurgă planul până la capăt. Va trebui să facă lucruri mult mai rele decât să mă pocnească în față.

— N-am de gând să te lovesc, Wendy.

— Trebuie s-o faci.

— Ba n-o s-o fac. *Nu pot*.

Sunt atât de frustrată, că-mi vine să urlu. Își imaginează că asta e o *glumă*? Am niște bani puși deoparte pentru zile negre, în contul meu personal, plus cei de care am mai făcut rost vânzând niște bijuterii și niște haine. Dar îi folosesc pentru traiul de zi cu zi și ca s-o plătesc pe Millie – cu un salariu extrem de generos, aș adăuga. De asemenea, am cheltuit ceva pentru achiziționarea acelei rochii despre care poliția va crede în cele din urmă că Douglas i-a dat-o lui Millie, precum și pe o brățară extrem de scumpă, gravată. Și, desigur, am ticsit debaraua cu produse de curățenie cumpărate cu pretextul că am niște alergii îngrozitoare, dar cu scopul ca portarul să n-o vadă târând după ea sticle întregi de detergent de pardoseală sau de lichid pentru lustruit mobila.

În orice caz, banii nu vor mai ajunge pentru multă vreme. Trebuie să rezolv chestia asta – și cât mai repede.

Trebuie să mă pocnească o dată.

— Ești jalnic, îi scuip cu dispreț. Nu-mi vine să cred că nu ești în stare să faci pentru mine lucrul ăsta de nimic. Avem șansa să devenim putred de bogați și uită-te la tine cum strici totul.

— Wendy...

Îi râd în față.

— Nu-i de mirare că ai ajuns la patruzeci de ani și nu ai fost în stare de altceva decât să vinzi mobilă. *Jalnic.*

— Destul, Wendy, îmi spune Russell printre dinți.

Strânge pumnul drept. Este foarte sensibil cu privire la cariera lui. Știu asta. Dintotdeauna a visat să fie un om de afaceri de succes, iar conducerea unui magazin de mobilă cu piese vintage, care abia dacă se ține la suprafață, e foarte departe de acel vis. L-aș putea ajuta să facă mult mai mult – aș putea să-l transform în omul care își dorește să fie. În bărbatul care *merită* să fie.

Nu e nevoie decât să mă *lovească*.

— Ești un ratat, continui. Ce-o să faci când dă faliment magazinul? O să-ți iei un job la McDonald's, să pui sare pe cartofi prăjiți?

— Destul! Încetează!

— Vrei să încetez? Atunci *lovește-mă*!

Înainte să-mi dau seama ce se întâmplă, o durere violentă îmi explodează în partea stângă a feței. Icnesc și mă dau în spate, împleticindu-mă, apoi mă prind de suportul de prosoape. Pentru o secundă văd stele verzi.

— Wendy!

Strigătul înspăimântat al lui Russell ajunge la mine ca prin ceață.

— Iisuse Hristoase, îmi pare așa de rău!

Arată ca și când ar fi cât pe ce să izbucnească în lacrimi, dar nu se simte nici pe departe atât de rău cum îmi simt eu fața. Dumnezeule, chiar m-a lovit zdravăn de tot. Nu-l credeam în stare de așa ceva. Îmi ating fața și-mi dau seama că îmi curge sânge din nas.

— Sângerezi, geme el.

Îmi aduce niște șervete de hârtie și fac ce pot ca să-mi opresc sângerarea din nas. După câteva minute, pare să se fi oprit. Mă rog, aproape.

Când ridic privirea spre Russell, îi văd sprâncenele puternice îmbinate din cauza încruntării.

— Ești bine? Îmi pare atât de rău.

În baie este dezastru. Mi-a curs sânge peste tot pe podea. Și pe marginea chiuvetei este o urmă de palmă însângerată, în locul de care m-am prins când încercam să opresc hemoragia din nas.

Oh, Dumnezeule, este perfect.

CINCIZECI ȘI OPT

Pasul 7: Îl ucizi pe nemernic

Noaptea în care Douglas a fost ucis

Mecanismul liftului zdrăngănește asurzitor. A venit Douglas.

Acesta e momentul. La asta am lucrat în ultimele câteva luni. Millie a părăsit apartamentul acum o oră, tremurând toată și convinsă că tocmai mi-a ucis soțul. Poliția o s-o interogheze. O să cedeze și va mărturisi ce a făcut. M-am îngrijit să plantez probe care să-i convingă că ea a făcut-o, pentru că avea o aventură cu Douglas. Nu-mi permit să fiu implicată în asta.

Acum n-a mai rămas decât o piesă de așezat din puzzle. De data asta, trebuie să-l ucidem pe Douglas cu adevărat.

Russell așteaptă în bucătărie, strângând în mână arma pe care Millie tocmai a folosit-o ca să tragă în el cu un glonț orb – doar că de data asta am încărcat-o cu gloanțe reale. Russell e gata.

Ușile liftului se deschid larg și mă îndrept spre hol, ca să-mi salut soțul pentru ultima dată. Mă opresc brusc, surprinsă de înfățișarea lui. A slăbit de când nu l-am mai văzut şi are sub ochi cearcăne vineţii. Pare neras cam de două-trei zile.

— Arăţi groaznic, răbufnesc eu.

Douglas îmi aruncă o privire tăioasă.

— Şi eu mă bucur să te văd, Wendy.

— Vreau să zic...

Îmi dau la o parte de pe faţă o şuviţă de păr. După ce a plecat Millie, mi-am șters cu grijă tot machiajul care simula vânătăi.

— Vreau să zic că pari... obosit.

Lasă să-i scape un oftat lung şi chinuit.

— Am muncit zi şi noapte la actualizarea asta de software. Apoi m-ai sunat tu şi m-ai implorat să vin, practic în mijlocul nopţii.

— Le-ai adus?

Douglas ridică servieta uzată din piele pe care o are mereu cu el.

— Am aici toate actele pentru divorţ. Sper că eşti gata să semnezi.

Nu chiar. Dar el nu ştie asta.

Îl conduc pe Douglas în living. Trupul mi se încordează: aştept ca Russell să apară din bucătărie şi să-mi împuşte soţul direct în piept. Ar trebui s-o facă exact când intrăm în living. Ar trebui s-o facă... exact acum.

Fir-ar al dracului să fie.

Douglas reuşeşte să parcurgă tot drumul spre canapeaua modulară fără să fie ucis de iubitul meu. Sunt destul de dezamăgită. Îl văd cum se prăbuşeşte în perne şi aşază servieta jos, pe măsuţa de cafea.

— Hai să terminăm odată cu asta, murmură el.

Nu, încă nu. Doar nu l-am adus aici ca să semnez actele de divorţ. Este exact opusul pentru care îl voiam aici. Doar că Russell nu-şi face apariţia. Nu-l văd şi nu-l aud. Ce se întâmplă?

— Pot să-ţi ofer ceva de băut? îl întreb.

Pare cât pe ce să refuze, aşa că adaug repede:

— O să-ţi aduc nişte apă.

Înainte să apuce să protesteze, ţâşnesc spre bucătărie, lăsându-l pe canapea, cu actele de divorţ alături. În momentul ăsta sunt absolut furioasă. Până acum totul a mers exact cum am plănuit. Nu mai trebuie să se întâmple decât un lucru. Trebuie ca Russell să-l ucidă pe Douglas.

Doar că, atunci când intru în bucătărie, îl găsesc pe Russell ghemuit într-un colţ. Arma este pe blat, iar el pare să aibă un atac de panică. Se ţine de mobilă cu mâinile vârâte în mănuşi de piele, e alb la faţă ca hârtia şi respiră prea repede.

— Russell! şuier la el. Ce mama naibii aştepţi?

În noaptea asta s-a dovedit extrem de dificil. Înainte de sosirea lui Millie aici, m-a ameninţat că se retrage, fluturându-mi o listă de îngrijorări lungă cât o zi de post. *Eşti sigură că nu păţesc nimic dacă mă împuşcă cu un glonţ orb? Nu aşa a murit Brandon Lee? Dar dacă se hotărăşte să mă înjunghie?*

În cele din urmă l-am convins să joace scena în care se preface că mă stranguleazǎ. Şi după ce Millie l-a împuşcat cu glonţul orb şi n-a murit, am crezut că a depăşit momentul – partea cea mai grea se terminase. Doar că acum pare să aibă probleme şi să tragă aer în plămâni.

— Nu pot s-o fac, înghite el cu greu.

Are fruntea transpirată şi sprâncenele lui puternice s-au unit în centru.

— Nu pot să-l împuşc, Wendy. Te rog, nu mă pune s-o fac.

Ăsta glumeşte? Am petrecut luni întregi plănuind împreună acest moment. Am fost atât de grijulii să intrăm mereu prin spate şi să aranjăm scena exact aşa cum trebuie. Abia dacă am ieşit din casă, fiindcă nu mi-am putut asuma riscul să dau nas în nas cu Millie şi mi-am dedicat toată energia ca să fac să pară că Douglas încă locuieşte aici. Chiar am cumpărat o grămadă de haine bărbăteşti ca să le poată pune la spălat. (Deşi în prima zi am uitat, ca o proastă, să le despăturesc. Sunt sigură că ne-a crezut doi psihopaţi care îşi împăturesc lenjeria murdară.) Am petrecut atât de mult timp şi atâta energie încercând să creez aceste aparenţe.

Iar acum vine el, gata să strice totul.

— Eşti absolut ridicol.

Încleştez dinţii.

— Ce naiba e cu tine? Ăsta a fost planul încă de la început! Asta e calea prin care putem obţine tot ce vrem.

— Eu nu vreau asta!

Vocea i se transformă într-o şoaptă grăbită.

— Eu nu vreau decât să fiu cu tine. Și încă putem să renunţăm la plan.

Traversează bucătăria şi mă ia de mijloc.

— Ascultă-mă, nu trebuie să facem asta. Putem pleca chiar acum. Tu îl părăseşti pe Douglas, eu o părăsesc pe Marybeth şi vom putea fi împreună. Nu trebuie să-l ucidem.

— Doar că atunci o să rămânem fără *nimic*.

Mă desprind din îmbrăţişarea lui, furioasă. Credeam că Russell vrea aceleași lucruri ca mine, dar acum nu mai sunt la fel de sigură. Pentru că, dacă ar fi vrut, soţul meu ar fi avut deja un glonţ în piept.

— Asta e singura cale, Russell.

— Nu vreau s-o fac, spune el suspinând. Nu vreau să-l ucid, Wendy. Te rog, nu mă pune s-o fac. *Te rog*.

Oh, Dumnezeule!

Am stat prea mult în bucătărie. Douglas o să înceapă să se întrebe de ce-mi ia atât de mult să-i aduc un pahar cu apă și o să vină să vadă ce se petrece. Sau poate chiar l-a auzit pe Russell intrând în panică. N-am timp să-i țin lui Russell un discurs mobilizator. Trebuie să preiau eu frâiele.

Apuc o pereche de mănuși de cauciuc de sub chiuvetă, folosite de Millie când curăță bucătăria. Mi le trag pe mâini, apoi pregătesc un pahar cu apă pentru soțul meu. Iau arma și, după ce ezit un pic, o strecor în buzunarul cardiganului. Buzunarele sunt mari, iar arma se potrivește perfect – ca și când, atunci când l-am îmbrăcat, aș fi știut că trebuie să fac asta, pentru că Russell o să se poarte ca un copil și o să fie aproape să strice totul.

Când revin în living, îl găsesc pe Douglas stând pe canapea și frunzărind teancul de hârtii ce reprezintă înțelegerea noastră de divorț. Îmi tot cere de ceva timp să semnez, iar eu îl tot refuz. Știam că acordul meu de a semna o să-l facă să vină încoace.

Cu mâna liberă, pipăi arma din buzunarul cardiganului. Este grea și întinde un pic materialul. Nu am motive să mai aștept. Aș putea s-o scot chiar acum și să-l împușc mortal. Dar nu. Trebuie s-o fac față în față cu el. Ca să pară că Millie l-a împușcat privindu-l în ochi.

Și vreau să-i văd și fața când o fac. Ca să priceapă urmările faptului că s-a pus cu mine. A încercat să-mi ia totul și să mă lase falită, iar acum o să primească exact ce merită.

Pun repede paharul pe masă, înainte să observe că port mănuși de cauciuc, apoi bag mâinile înapoi în buzunare. Millie a pus la loc rândul ăsta de vase, așa că amprentele ei vor fi pe tot paharul. Este absolut perfect.

— Aveam un pix pe aici pe undeva, mormăie Douglas în timp ce scotocește prin servieta lui veche.

După o clipă, recuperează un pix cu bilă.

— L-am găsit.

— OK, atunci asta a fost.

Încleștez degetele pe revolverul din buzunar.

— Hai să terminăm cu asta, cum ai zis.

Douglas începe să-mi întindă hârtiile, dar apoi se oprește brusc. Îi cad umerii.

— Nu vreau să fie așa, Wendy.

Mă încrunt la el.

— Cum adică?

— Adică...

Aruncă actele de divorț pe măsuța de cafea.

— Te iubesc, Wendy. Nu vreau să divorțăm; am fost terminat din cauza asta. Nu-mi pasă de ce a fost în trecut... Aș vrea să o luăm de la capăt. Doar noi doi.

Pe chipul lui se citește speranța. Trebuie să recunosc, ideea este tentantă. Oricât aș fi plănuit evenimentele din această seară, nu-i nicio garanție că Russell și cu mine o să scăpăm basma curată după crima asta. Planul meu inițial era să-mi petrec viața alături de Douglas și, cu toate că n-am reușit să-l modelez așa cum mi-am dorit, nu este cu totul inacceptabil. Și, mai presus de toate, avem sume de bani exorbitante. Dacă ai destui bani, poți fi fericit alături de oricine.

— Poate..., îi spun eu.

Pe buze i se ivește un zâmbet și cearcănele vinețiі de sub ochi parcă se estompează un pic.

— Chiar mi-ar plăcea asta. Mi-ar plăcea s-o putem lua de la capăt, de la zero.

— În ce fel?

— Mai întâi, vreau să scăpăm de toate astea.

Privește în jur, la apartamentul nostru spațios.

— N-avem nevoie de locul ăsta imens și nici măcar de casa enormă din Long Island, dacă suntem doar noi doi. Toți banii ăștia au stat în calea căsniciei noastre. Avem prea mulți.

Zâmbește stânjenit.

— Am vorbit cu Joe despre înființarea unei fundații caritabile unde să meargă cea mai mare parte din averea mea. Mai ales că n-o să avem copii, măcar atât putem face cu toate sumele alea. Dumnezeu știe că *nouă* nu ne trebuie. Poate vrei să faci și tu parte din fundație... O putem înființa împreună.

Și-a pierdut de tot *mințile*? Cum ar putea vreodată să creadă că asta e ceea ce-mi doresc eu?

— Douglas, eu nu asta îmi doresc. Eu îmi doresc să ne întoarcem la viața noastră, așa cum era înainte.

— Dar nu erai fericită înainte.

Chipul i se întunecă.

— M-ai înșelat. Eram complet rupți unul de celălalt.

Scrâșnesc din dinți.

— Deci tu crezi că sărăcia ne-ar face fericiți?

— Nu, dar..

Își freacă palmele pe genunchi.

— Uite, n-o să fim săraci. Doar că n-o să mai fim multimiliardari. Și nu văd nimic greșit în asta. Așa cum am zis, nici măcar nu știu la ce ne trebuie toți banii ăștia. Eu nici măcar nu-i vreau!

Și iată motivul pentru care Douglas și cu mine nu vom fi niciodată fericiți împreună. Pentru că el nu pricepe, pur și simplu. Nu știe cum este ca toate celelalte fete să râdă de tine și să te întrebe dacă nu cumva ai găsit paltonul în tomberon. Nu știe cum e ca tatăl tău să-și vatăme spatele și să capete ajutor de handicap, însă banii primiți să nu fie suficienți nici cât să ții lumina aprinsă în casă, aşa încât adeseori faci pe întuneric ce ai de făcut, ajutându-te de o lanternă. Şi chiar dacă surorile tale se comportă de parcă ar fi o aventură, *nu* este. Nu-i o aventură.

Este sărăcie lucie şi sunt lipsuri de toate felurile. Douglas nu înţelege asta. El nu va înţelege *niciodată* asta. În sfârşit avem banii la care visam pe când îmi făceam temele la lumina lanternei, iar el vrea să-i dea altora! Mă înfurie atât de tare, încât îmi vine să mă reped la el cu mâinile goale şi să-l strâng de gât cum s-a prefăcut Russell că mă strangulează ceva mai devreme, doar că eu aş vrea s-o fac de-adevăratelea.

Doar că nu-i nevoie să-l strâng de gât.

Am o armă în buzunar.

Scot pistolul şi, cu o mână surprinzător de sigură, ţintesc spre pieptul soţului meu. Ochii lui uşor injectaţi se fac mari de tot. Ştia că lucrurile merg rău, dar nu ştia cât de rău.

— Wendy, spune el cu voce gâjâită. Ce faci?

— Cred că ştii ce fac.

Douglas priveşte ţintă ţeava pistolului şi trupul pare să i se chircească. Clatină din cap aproape imperceptibil. M-aş fi gândit că o să se roage pentru viaţa lui, însă n-o face. În ochi i se citeşte o oarecare resemnare.

— M-ai iubit *vreodată*, de fapt? spune el într-un final.

Răspunsul la această întrebare i-ar răni sentimentele. În ciuda tuturor evenimentelor, nu vreau să-l distrug în ultimele lui clipe de viaţă. Aşa că nu-i răspund decât atât:

— Nu-i vorba despre asta.

N-am mai tras niciodată cu arma, dar treaba asta pare mereu intuitivă. Am crezut că Russell va fi cel care o va face, dar el se piteşte în continuare în bucătărie, aşa că de mine depinde totul.

Împuşcătura e mult mai puternică decât am crezut că va fi: o bubuitură puternică ce pare să răsune prin încăpere multă vreme după ce am tras. Forţa reculului călătoreşte prin braţele mele spre umeri şi îmi aruncă pe spate capul și gâtul. Dar ţin mâinile sigure pe poziţie.

Glonţul îl loveşte pe Douglas direct în piept. Am ţintit bine, mai ales că e prima dată. Cu o secundă, două înainte de a muri, coboară privirea şi se uită cum sângele se împrăştie rapid pe cămaşa lui albă, apoi îşi dă seama ce urmează să se întâmple. Însă după aceea culoarea îi fuge din obraji și se prăbuşeşte pe canapea. Are ochii încă larg deschişi, daţi peste cap în orbite, iar pieptul nu i se mai mişcă.

— Îmi pare rău, spun încetişor, chiar îmi pare. Aş fi vrut ca noi doi să fi reuşit.

Încă îmi ţiuie urechile când Russell vine alergând din bucătărie. Primul lucru pe care-l face este să-şi astupe gura cu mâna şi nu mă gândesc decât să nu vomite peste tot pe podea. Chestia asta *chiar* ar da lucrurile peste cap la venirea poliţiei.

— Ai făcut-o, icneşte el. Nu pot să cred că ai făcut-o.

— Am făcut-o.

Mă ridic de pe canapea și las arma pe măsuţa de cafea. Îmi scot mănuşile.

— Şi, dacă nu vrei să mergi la puşcărie, ţi-aş sugera să pleci de aici exact în clipa asta.

Russell arată de parcă ar încerca în continuare să-şi ţină respiraţia sub control.

— Chiar crezi că poţi să-i pui toate astea în cârcă lui Millie?

— Aşteaptă numai să vezi.

PARTEA A III-A

CINCIZECI ȘI NOUĂ

MILLIE

Capul mi se învârte neîncetat.

Opresc televizorul și închid ochii pentru un minut. N-a trecut nici o zi de când am împușcat mortal un bărbat într-un penthouse din Upper West Side, dar ceea ce am văzut adineauri a schimbat totul.

Încerc să mi-l readuc în minte pe Douglas Garrick. Văd limpede părul lui lins, dat pe spate, ochii adânci, căprui-închis, pomeții proeminenți. În ultimele câteva luni l-am văzut de nenumărate ori. Iar bărbatul acela prezentat la știri nu este el.

Sau cel puțin eu nu cred că este.

Scotocesc după telefon și accesez browserul de internet. L-am mai căutat și altă dată pe Douglas Garrick și am găsit întotdeauna articole despre poziția lui de CEO la Coinstock, dar n-am văzut niciodată poze. Totuși, de data asta ecranul se umple cu zeci de linkuri și pot să dau click pe oricare dintre ele ca să îmi apară același prim-plan al lui Douglas Garrick.

Cercetez cu atenție fotografia de pe ecranul telefonului. Bărbatul acesta seamănă oarecum cu cel pe care-l știu eu, dar nu este el. Bărbatul din fotografie are cel puțin zece sau cincisprezece kilograme mai mult decât cel văzut de mine, iar incisivul stâng strâmb este încă o diferență dintre cei doi. Și trăsăturile sunt ușor diferite –

nasul, buzele, bărbia dublă. Cu toate astea, presupun că unii oameni arată diferit în fotografii față de cum arată în realitate. Poate că poza a fost retușată zdravăn?

Poate că, de fapt, chiar *este* aceeași persoană. Adică ar trebui să fie, nu? Fiindcă altminteri nimic din toate astea n-are sens.

Oh, Doamne, simt că-mi pierd mințile!

Poate chiar înnebunesc cu adevărat. Poate chiar *am avut* o relație secretă cu Douglas Garrick. Adică detectivul ăla părea clar să aibă o grămadă de dovezi în acest sens. Și se pare că Wendy Garrick a spus că e adevărat.

Însă n-am petrecut noaptea aceea la hotel cu Douglas (sau cu oricine ar fi bărbatul ăsta pe care eu l-am luat drept Douglas). Și o pot dovedi. Fiindcă m-am întors în oraș după ce am lăsat-o pe Wendy acolo. Și am și un martor.

Pe Enzo Accardi.

Am avut rețineri să-l sun pe Enzo, însă acum nu mai am de ales. Iubitul m-a abandonat, ceea ce n-a fost cu totul o surpriză, însă tot mi-a rupt inima. În ultimii patru ani mi-a fost foarte greu să mă apropii de oameni, pentru că eram speriată de ce vor crede când vor afla despre trecutul meu. Și am avut dreptate. În secunda în care a aflat despre antecedentele mele penale, Brock și-a luat tălpășița și dus a fost. Și iată-mă aici, singură, fără vreun susținător de partea mea. Fără cineva care să creadă în mine.

Cu excepția lui Enzo. El crede încă în mine.

Fiindcă, dacă nu crede, abia atunci știu că am cu adevărat probleme mari.

Găsesc numele lui Enzo în lista de contacte, așteptându-mă ca întotdeauna. Ezit pentru o fracțiune de secundă, apoi apăs pe el.

Telefonul abia apucă să sune și îmi și răspunde. Aproape că izbucnesc în lacrimi la auzul vocii sale atât de familiare.

— Millie?

— Enzo, reușesc să îngaim. Am dat rău de necaz.

— Da. Văd la știri. Șeful tău a murit.

— Deci, ăăă...

Tușesc în palmă.

— Oare ai putea trece pe la mine?

— Dă-mi cinci minute.

ȘAIZECI

Patru minute mai târziu, Enzo e la ușă.

— Mulţumesc, îi spun şi îi fac loc să intre în micul meu apartament. N-am... n-am ştiut pe cine altcineva să sun.

— Broccoli nu-i aici să te ajute? rânjeşte el.

Cobor privirea.

— Nu. S-a terminat.

Văd cum îi cade faţa.

— Îmi pare rău. Ştiu că-ţi plăcea de Broccoli.

Îmi plăcea? Da, mi-a plăcut, dar adevărul este că, de fiecare dată când îmi spunea că mă iubeşte, mi se încreţea pielea. Nu aşa ar trebui să te simţi faţă de alesul tău. Brock era aproape perfect, dar nu m-aş fi putut îndrăgosti de el pe de-a-ntregul – mereu mi s-a părut că este ceva temporar. Sunt sigur că va face fericită o altă femeie şi că femeia aceea n-aveam cum să fiu eu.

— Sunt OK, îi spun într-un final. Acum am probleme mai mari de-atât.

Enzo mă urmează în apartament şi ne aşezăm amândoi pe canapeaua mea jerpelită. Când locuiam împreună, canapeaua noastră era doar un pic mai răsărită decât asta de acum. Dar a trebuit să renunţ la acel apartament când Enzo n-a mai fost aici, ca să-și plătească jumătatea lui de chirie, şi n-am găsit niciun mijloc de a transporta canapeaua, așa că am lăsat-o acolo. Totuși, încerc să nu mă gândesc la asta acum. N-are niciun sens să mă înfurii pe Enzo chiar când încearcă să mă ajute.

— Poliția spune despre mine tot felul de chestii nebunești. Wendy le-a zis că aveam o aventură cu Douglas. N-are niciun sens, dar au răstălmăcit tot ce s-a întâmplat și au făcut să pară că mă duceam acolo ca să mă culc cu el.

Enzo dă încet din cap.

— Ți-am spus că sunt periculoși.

— Ai spus că Douglas Garrick este periculos.

— E tot aia.

— Nu-i tot aia, ripostez. De fapt, acum, când mă uitam la știri, mi-am dat seama de ceva. Omul care m-a angajat, cel care își spunea Douglas Garrick, nu-i același de la știri. Este cu totul altcineva.

Enzo mă privește de parcă mi-am pierdut mințile.

— Știu cum sună, recunosc eu. Am auzit cuvintele care mi-au ieșit din gură și... Așa cum am zis, îmi dau seama că e ciudat. Dar în apartamentul ăla era alt tip. Sunt absolut sigură.

Cu cât mă gândesc mai mult, cu atât mă simt mai sigură. Dar dacă nu era Douglas, atunci cine era? Și unde se afla adevăratul Douglas în timp ce tipul ăsta locuia la el în casă?

Cine e bărbatul pe care l-am ucis?

— O să-ți spun ceva interesant, replică Enzo fără grabă. Când mi-ai zis despre cei doi Garrick, am făcut o mică verificare în privința lor. Și știi ceva? Penthouse-ul ăla din Manhattan nu este menționat ca reședință principală.

— *Poftim?*

— Da, exact așa. Apartamentul ăsta e un supliment pentru ei. Reședința principală este o casă din Long

Island. Mă rog, îi zic casă, dar probabil este mai degrabă un soi de conac.

Asta începe să aibă un pic mai mult sens. Dacă adevăratul Douglas Garrick chiar locuia în Long Island, asta înseamnă că ar fi destul de simplu pentru ca alte două persoane să facă să pară că ar locui în apartamentul din Manhattan. Iar adevăratul Douglas Garrick nici n-ar trebui să afle vreodată de asta.

— Așadar, spun eu, mă crezi?

Enzo pare ofensat.

— Sigur că te cred!

— Mai este ceva ce trebuie să știi.

Îmi șterg palmele umede pe blugi.

— În noaptea în care a fost ucis Douglas, am văzut... mă rog, am *crezut* că-l văd încercând s-o sugrume pe Wendy. Am văzut pe cineva încercând s-o strângă de gât la ea în casă. Și nu se oprea. Așa că am luat arma pe care o țineau în casă și... l-am împușcat. Ca să-l fac să se oprească.

Nu prea îmi stă în obicei să plâng, dar simt, pentru a doua oară pe ziua de azi, cum ochii mi se umplu de lacrimi. Enzo se întinde spre mine și suspin sprijinită de umărul lui. Mă ține în brațe mult timp, lăsându-mă să plâng în voie. Când, într-un final, mă desprind de el, văd că i-am lăsat pe tricou o pată mare de umezeală.

— Scuze că ți-am distrus tricoul.

Flutură din mână.

— Sunt doar niște muci. Nu-i mare lucru.

Cobor privirea.

— Pur și simplu nu știu ce-o să mă fac. Poliția crede că l-am ucis pe Douglas Garrick, și chiar dacă eu știu că n-am făcut-o, în seara aia am împușcat *pe cineva*. Cineva care a murit din cauza mea.

— Asta nu e sigur.

— Ba sigur că este!

— *Crezi* că ai ucis pe cineva, subliniază el. Dar, după ce l-ai împușcat, tu ai plecat acasă. Ai verificat tu însăți să vezi dacă e mort? Să vezi dacă respiră? Dacă are puls?

— Eu... Wendy a spus că nu are puls.

— Și o credem pe Wendy?

Clipesc spre el.

— A curs *sânge*, Enzo.

— Dar chiar era sânge? Este destul de simplu să imiți sângerarea.

Mă încrunt, gândindu-mă iar la seara trecută. Totul s-a petrecut atât de repede. Arma a bubuit, Douglas s-a prăbușit și apoi am văzut tot sângele ăla împrăștiindu-se sub trupul lui căzut pe podea. Dar nu m-am dus să verific. Nu sunt paramedic. După ce l-am împușcat, tot ce mi-am dorit a fost să plec de acolo cât de repede.

Este posibil ca nimic să nu fie real? Și dacă nu este...

— M-a păcălit, icnesc eu. Femeia aia m-a păcălit groaznic.

În toate lunile astea am compătimit-o permanent. Am încercat s-o protejez. Și, între timp, ea spunea oricui era dispus s-o asculte că am o aventură cu soțul ei; categoric, ăsta a fost motivul pentru care Amber Degraw rânjea la mine când a venit vorba de Douglas Garrick, în ziua aceea în care ne-am întâlnit pe stradă. Nu-i de mirare că portarul îmi tot făcea cu ochiul! Și nimeni nu știa că nu m-am aflat niciodată singură în casă cu Douglas, pentru că el folosea mereu intrarea din spate, unde nu există nici portar, nici supraveghere video.

Nu, nu Douglas. Eu nu am apucat să-l *cunosc* pe Douglas Garrick. Habar n-am cine era bărbatul acela.

— Unde este casa lui Wendy? îl întreb pe Enzo. Trebuie să vorbesc cu ea.

— Crezi că te poți duce acolo? clatină el din cap. Mişună un milion de reporteri în jurul casei. Iar ea n-o să vorbească oricum cu tine. Dacă te duci, n-o să faci decât să intri în belele şi mai mari.

Ştiu că are dreptate, dar tot e foarte frustrant. După tot ce mi-a făcut, nu vreau decât s-o privesc în ochi şi s-o întreb de ce. Dar Enzo are dreptate. Nu are cum să se termine bine dacă mă urc în maşină şi mă duc în Long Island.

— Omul ăsta care se pretindea a fi Douglas Garrick...

Enzo îşi freacă bărbia.

— Ai vreo idee unde putem să dăm de el? El ar putea fi mai uşor de abordat decât Wendy Garrick.

— Nu.

Strâng pumnii frustrată.

— Tot ce ştiu este că nu-l cheamă Douglas Garrick. N-am nicio idee cine este de fapt.

— Ai o poză cu el?

— Nu, nu am.

— Gândeşte-te bine, Millie. Trebuie să fie ceva. Poate vreun detaliu distinctiv în privința lui?

— Nu. Este banalul bărbat alb de vârstă mijlocie.

— Trebuie să existe ceva...

Închid ochii, încercând să-mi reamintesc imaginea bărbatului care-şi spunea Douglas Garrick. Nu exista absolut nimic deosebit la el şi poate că de aceea îl şi alesese Wendy. Semăna destul de bine cu adevăratul Douglas Garrick.

Însă Enzo are dreptate. Trebuie să fie ceva...

— Stai aşa. *Este* ceva!

Enzo ridică sprâncenele.

— Da?

— L-am văzut odată intrând într-o clădire, îmi amintesc eu. Şi era cu o altă femeie. Una blondă. Am crezut că are vreo aventură cu ea şi poate chiar avea. Dar... era un bloc cu apartamente. Fie el locuieşte acolo, fie femeia, fie...

— Hai că e bine.

Enzo îşi trosneşte degetele.

— O să mergem acolo şi o să-l găsim fie pe el, fie pe femeie. Apoi vom afla şi adevărul.

Pentru prima dată de când am fost interogată de detectivul Ramirez, la secţia de poliţie, simt o scânteie de speranţă. Poate că e o şansă, totuşi, să scap cu libertatea intactă.

ȘAIZECI ȘI UNU

Enzo mă ajută să-mi fac curat în apartamentul care, după percheziția făcută de poliție, arată ca măturat de un uragan. Din fericire, nu sunt decât două camere și, în ciuda dezastrului, nu ne ia chiar așa de mult. Cel mai mult îi sunt recunoscătoare pentru companie. Ar fi fost *atât de* deprimant să aranjez totul de una singură.

— Îți mulțumesc pentru ajutor, îi spun lui Enzo pentru a suta oară, în timp ce punem la loc hainele din sertarele comodei, aruncate acum peste tot prin cameră.

— Nicio problemă.

Arunc un tricou în coșul de rufe și observ că pare mai gol ca ieri. Caut prin rufe – lipsește ceva.

Mi-au luat hainele pe care le purtam seara trecută.

Îmi rod unghia de la degetul mare, încercând să-mi amintesc tricoul și blugii pe care le-am scos de pe mine noaptea trecută, înainte să mă prăbușesc în pat. Nu era deloc sânge pe ele, sunt sigură de asta.

Mă rog, destul de sigură. Dar dacă găsesc particule microscopice atunci când le analizează? Asta pare posibil. Cu toate că, dacă teoria lui Enzo este corectă, în apartamentul acela nu a fost nici urmă de sânge cât m-am aflat și eu acolo. Însă nu sunt absolut *sigură*.

Enzo este ocupat să îndese haine într-un sertar. Îi sunt recunoscătoare că se află aici, dar o parte din mine ar vrea ca el să plece, ca să mă pot panica și mai temeinic.

Îmi dreg vocea.

— Dacă trebuie să pleci, este OK, îi spun.

— Nu, este foarte distractiv aici.

Ridică de pe jos o pereche de chiloți din dantelă roz.

— Drăguț. Sunt noi?

Mă întind și i-i smulg din mâini. Cel puțin este o distragere bună.

— Nu-mi amintesc.

— Acum înțeleg de ce te plăcea Broccoli atât de mult, cu niște chiloței așa de frumoși.

Îl săgetez cu privirea.

— Enzo...

— Îmi pare rău.

Lasă capul în jos.

— Doar că... nu-l înțeleg pe ăla.

De peste o oră facem curat fără să aducem vorba despre Brock. Cred că n-ar trebui să fiu surprinsă că a pomenit de el.

— Ce-i de înțeles?

— Nu prea pare genul tău, adică o persoană pe care s-o placi tu.

— Da, mă rog...

Mă prăbușesc pe pat, cu o bluză de trening în poală.

— E un tip cumsecade. Adică era drăguț cu mine. Și este avocat de succes. N-are ce să nu-ți placă la el.

Enzo se așază lângă mine, pe pat.

— Dacă e un tip cumsecade, unde se află acum?

Nu este o observație chiar lipsită de sens, însă Enzo nu știe întreaga situație.

— Nu i-am spus anumite lucruri din trecut. A fost rănit. A spus că i se pare că nu mai știe cine sunt de fapt. Este de înțeles să se simtă în felul ăla.

— Cine ești tu acum nu este definit de ceea ce ai făcut pe când erai adolescentă.

Mă privește intens cu ochii lui negri.

— Este limpede cine ești. Dacă el nu-și poate da seama, după timpul petrecut alături de tine, atunci are dreptate: nu merită să fie cu tine.

Nu e vorba că eu și Enzo am avut relația perfectă, însă niciodată nu m-am îndoit că mă înțelege. Uneori părea să mă înțeleagă mai bine decât mă înțelegeam eu însămi. Și știam că, dacă voi avea vreodată probleme, va face orice ca să mă ajute.

— Câteodată cred...

Îmi mușc buza de jos.

— Că între mine și el n-a existat niciodată o relație adevărată. Și probabil este vina mea, pentru că i-am ascuns unele lucruri. În fine, s-a terminat, oricum.

— Ești sigură?

Îmi amintesc privirea pe care mi-a aruncat-o Brock când a ieșit din sala de interogatoriu.

— Da. Sunt sigură.

— Deci, dacă te sărut, n-o să-mi tragi un pumn în nas?

— Nu, dar *aș putea* s-o fac.

Un zâmbet îi arcuiește buzele.

— O să-mi încerc norocul.

Se apleacă să mă sărute și mă simt ca și cum asta am așteptat de aproape doi ani. În sfârșit înțeleg de ce am ezitat să mă mut cu Brock și să-i spun secretele mele. Pentru că niciodată nu am simțit așa ceva pentru el. Nici măcar pe departe.

Iar Enzo are dreptate. Nu-i trag niciun pumn în nas.

ȘAIZECI ȘI DOI

Stăm în fața clădirii din cărămidă maronie încă de la șase dimineața.

A fost greu să mă ridic din pat atât de devreme, mai ales că eu și Enzo am stat până târziu azi-noapte, dacă înțelegeți ce vreau să spun. Și nici cu o noapte înainte n-am dormit tocmai ca-n puf. Dar Enzo a fost neînduplecat să facem asta la prima oră, ca să ne asigurăm că îi prindem pe toți cei care ies sau intră.

Purtăm ceea ce Enzo numește „deghizări". Când l-am auzit rostind acest cuvânt, mi-am imaginat ochelari mari, negri, și mustăți false, dar nu avem decât niște șepci de baseball și ochelari de soare. Enzo poartă o șapcă Yankees, iar mie mi-a dat una pe care scrie *I love New York*. Doar că în locul cuvântului „love" este o inimă mare și roșie. Arăt ca ciudații ăia de turiști. Este umilitor pentru cineva născut și crescut în Brooklyn.

— Deghizarea ca turist e cea mai bună, îmi spune Enzo.

Poate că are dreptate, dar eu o detest. Totuși, sunt gata să fac orice e nevoie ca să dăm de capătul a ceea ce naiba se petrece aici. Înainte să sfârșesc iar în închisoare.

Dar nu putem sta toată dimineața într-un singur loc, așa că ne mutăm de colo-colo, ținând tot timpul sub observație intrarea în clădire. Dacă există și aici o intrare prin spate, ca în penthouse-ul celor doi Garrick, atunci suntem terminați. Din clădire intră și ies însă o grămadă de rezidenți, așa că sper ca aceasta să fie singura cale de acces.

S-a făcut deja ora opt dimineața. Suntem aici de două ore și nici urmă de bărbatul misterios – dacă chiar nu l-am ucis, așa cum crede Enzo – sau de femeia cea blondă. Acum vreo zece minute, Enzo m-a anunțat că-i e foame, așa că s-a dus până la un Dunkin' Donuts de peste drum. Vine spre mine ducând în mână două pahare cu cafea și o pungă din hârtie maro.

— Ia de-aici, mă îndeamnă el.

Iau recunoscătoare paharul cu cafea.

— Ce ai în pungă?

— Covrigi.

— Îh.

Mi se întoarce stomacul pe dos numai la gândul să mănânc ceva. Nici măcar nu știu de ce am întrebat.

— Nu vreau.

— La un moment dat, va trebui să mănânci ceva.

— Dar nu acum.

Mă uit prin ochelarii de soare la clădirea maronie din fața noastră.

— Nu mănânc până nu-l găsim.

Mi-e și frică să-mi iau ochii de la clădire. Aș putea să-l ratez și atunci n-o să-l mai găsesc niciodată pe acest bărbat misterios. Mi-e teamă că azi voi fi arestată, și chiar dacă Enzo va continua să-l caute, ca să mă ajute, el nu știe cum arată omul ăla. Eu sunt singura persoană care îl poate găsi.

— Așadar, spune Enzo. Noaptea trecută... a fost bine, nu?

Sorb lung din cafea.

— În momentul ăsta nu mă pot concentra la nimic, Enzo.

— Oh.

Se uită la propriul pahar cu cafea.

— Da. Ştiu.

— Dar da, *a fost* bine.

Zâmbeşte cu un colţ al gurii.

— Mi-a fost atât de dor de tine cât am fost plecat, Millie. Îmi pare rău pentru asta. Nu regret că m-am întors în Italia pentru mama, dar nu voiam să fiu nevoit să aleg între cele mai importante două persoane din viaţa mea. Îmi doream să mă aştepţi, dar nu ţi-am putut cere asta.

Las capul în jos.

— *Ar fi trebuit* să te aştept.

Enzo deschide gura să mai spună ceva, dar înainte să apuce să rostească vreun cuvânt, îl apuc de braţ.

— Ea e! Ea e femeia!

Prin ochelarii de soare, Enzo mijeşte ochii spre trotuarul de vizavi, la femeia blondă care iese din clădire; este îmbrăcată cu o fustă până la genunchi şi cu un blazer.

— Eşti sigură?

— Destul de sigură.

Îi recunosc chipul şi culoarea părului, dar azi e aranjat diferit. Este posibil să nu fie totuşi ea. Dar n-am mai văzut ieşind pe nimeni care să se apropie atât de mult de cum mi-o amintesc.

— Şi acum ce facem?

Femeia îşi potriveşte bareta genţii, apoi traversează. Mă pregătesc s-o urmăresc, dar o văd că intră în acelaşi Dunkin' Donuts din care tocmai a ieşit Enzo. Judecând după rândul dinăuntru, va sta acolo cel puţin zece minute.

Enzo îşi trosneşte degetele.

— Mă duc să vorbesc cu ea.

— Tu? Şi ce-o să-i zici?

— Găsesc eu ceva.

— Deci crezi că o s-o abordezi la coadă în Dunkin' Donuts și ea o să-ți spună totul, pur și simplu?

Enzo își pune mâna pe piept.

— Da! Sunt absolut fermecător!

Îmi dau ochii peste cap.

— Stai să vezi, Millie.

Mă strânge de mână și îmi întinde punga de hârtie cu covrigi în ea.

— O să aflu totul.

ȘAIZECI ȘI TREI

Mi se pare că Enzo stă o veșnicie în Dunkin' Donuts.

Mi-a spus să rămân pe trotuarul de vizavi, dar după ce trec zece minute încep să mă impacientez. Ce naiba se petrece acolo?

Îmi doresc să fi mers și eu cu el. Nu cred că i-aș fi diminuat din farmec. Sau, mă rog, poate că da. Însă, având în vedere că aici este în joc viața mea, mi-ar plăcea să știu ce se întâmplă.

În cele din urmă traversez spre Dunkin' Donuts. Partea din față a magazinului este toată din geamuri, așa că e ușor să vezi înăuntru. Mă uit prin vitrina enormă și la început nu-i zăresc nicăieri. Dar pe urmă îi ochesc în celălalt capăt al magazinului, de unde se iau comenzile. Stau de vorbă foarte concentrați. Ochii negri ai lui Enzo par ațintiți în ai ei.

Preț de o clipă simt un ghimpe de îndoială. Întotdeauna am avut încredere în Enzo, dar există momente când nu sunt cu totul sigură că merită această încredere. La urma urmelor, motivul principal pentru care a plecat din Italia este că aproape a omorât un om în bătaie. A avut o explicație bună pentru asta, într-adevăr, cel puțin din ce spune el, dar faptele rămân. Apoi a șters-o iar peste mări și țări, pretinzând că acela care îi purta sâmbetele și-a găsit până la urmă sfârșitul, deși nu mi-a dat niciodată mai multe detalii despre asta.

Mi-a spus că maică-sa era bolnavă. Că a avut un accident cerebral. Dar adevărul este că n-am decât cuvântul lui pentru asta. Doar nu am *văzut*-o vreodată pe presupusa lui mamă bolnavă.

Iar când s-a întors în Statele Unite, în loc să-mi dea un telefon, așa cum ar fi făcut orice persoană *normală*, el m-a urmărit trei nenorocite de luni sub pretextul că mă protejează. I-am spus toate detaliile despre familia Garrick. Este destul de abil ca să-și fi dat seama că Wendy îmi înscenează ceva, chiar dacă eu n-am reușit să-mi dau seama de asta. De ce n-a zis nimic?

Și, oh, Doamne, ce mama naibii vorbesc atâta?

Acum, că sunt mai aproape de ei, observ că femeia blondă are ochii umflați, ca și cum ar plânge. Dar apoi zâmbește când Enzo îi spune ceva și chipul i se luminează ușor. Totul pare destul de nevinovat, trebuie să recunosc. Enzo chiar *este* absolut fermecător când vrea el. Luând în considerare accentul și felul în care arată, se pricepe foarte bine să vorbească cu femeile.

După alte zece minute, din estimarea mea, Enzo și femeia părăsesc Dunkin' Donuts. El îi face semn cu mâna și spune *„Ciao, bella!"*, salut care o face să roșească.

Când mă vede proțăpită în fața magazinului, îmi aruncă o privire dezaprobatoare.

— Am zis să stai vizavi, nu-i așa?

Îmi încrucișez brațele la piept.

— Da' știu că ai stat acolo ceva timp.

— Da, iar acum știu totul.

Înclină capul.

— Vrei să-ți spun?

Mă uit în ochii lui negri. Bărbatul ăsta nu face mereu lucrurile ca la carte. La fel ca mine, a făcut și el niște chestii nasoale în viață, cu toate că mereu a avut motivele corecte pentru asta. L-am văzut riscându-și viața ca să ajute femei aflate în pericol. Dacă există cineva pe lume în care pot avea încredere, el este acela. N-ar fi trebuit să mă îndoiesc nici măcar o secundă în privința lui.

— Da. Spune-mi.

Enzo se uită în lungul străzii, spre femeia care coboară în stația de metrou.

— Femeia aia este asistenta lui Douglas Garrick. Și soția bărbatului pe care îl cauți.

Mă holbez la el.

— Serios? Ești sigur?

— O să știm într-o secundă.

Scotocește în buzunar după telefon, tastează ceva pe ecran, glisează un pic în sus și-n jos, apoi îmi întinde telefonul.

— El e?

Fotografia de pe ecran este un portret de pe LinkedIn pe care îl recunosc imediat. El este bărbatul care o sugruma pe Wendy alaltăieri seară. Același bărbat pe care l-am împușcat în piept.

— El este, icnesc eu.

Citesc numele de pe profilul LinkedIn: Russell Simonds.

— Iar în dimineața asta..., spune Enzo luându-mi telefonul din mână, omul era în viață.

Este în viață. Până la urmă, n-am ucis pe nimeni. Ușurarea pe care o simt este cumva temperată de faptul că, deși n-am ucis pe nimeni, poliția crede evident contrariul.

— Doar că tot în dimineața asta a plecat... în fine, nevastă-sa zice că într-o călătorie de afaceri. Cică e foarte ocupat. Mereu lucrează până târziu.

Poate că de asta se certau în ziua aceea, pe stradă. Sau poate se certau pentru că ea bănuia că o înșală.

Cu Wendy.

— Şi acum ce facem? întreb eu. Aşteptăm până când se întoarce din presupusa lui călătorie de afaceri?

— Nu, acum aflăm mai multe despre acest Russell Simonds.

— Cum?

— Ştiu eu un tip.

Fireşte că ştie.

ȘAIZECI ȘI PATRU

Până la urmă ne ducem acasă la Enzo.

Este la doar zece cvartale de blocul meu, ceea ce cred că are sens, din moment ce-şi luase rolul de bodyguard secret. Apartamentul este şi mai mic decât al meu, doar un studio cu o cameră care slujeşte ca bucătărie, dormitor, living şi zonă de dining. Din fericire, baia e separată de cameră. Este la ani-lumină de penthouse-ul familiei Garrick şi chiar de spaţiosul apartament cu două dormitoare al lui Brock.

Intrăm şi Enzo aruncă cheile pe o măsuţă aflată lângă uşă, apoi se îndreaptă spre chicinetă, unde porneşte apa şi se spală pe faţă din belşug. Mă întreb dacă este şi el la fel de obosit ca mine. Simt o combinaţie ciudată de oboseală şi agitaţie. Nu am dormit suficient noaptea trecută, dar teama că poliţia va veni după mine îmi face inima să-mi alerge mereu într-un ritm nebunesc.

— Tu stai jos, îmi spune el. Vrei o bere?

— Nu-i nici unsprezece dimineaţa.

— A fost o dimineaţă lungă.

Asta e sigur.

Totuşi, hotărăsc să nu beau bere. Mă prăbuşesc pe o canapea care arată ca şi cum ar fi luat-o de pe trotuar – e chiar un pic mai rea decât a mea. Cea mai mare parte a mobilierului pare să fi fost gunoi în trecutul recent.

— Tu din ce îți câștigi existența? îl întreb.

Înainte de a pleca avea un job decent, dar sunt sigur că nu i l-a păstrat nimeni până acum.

— Lucrez la o companie de peisagistică.

Ridică un umăr.

— Este în regulă. Îmi permite să-mi plătesc facturile.

Mă uit la telefonul lui, pus cu fața în jos pe măsuța de cafea.

— Ce crezi că o să afle tipul ăla al tău?

— Habar n-am. Poate niște antecedente penale ale lui Russell. Ceva ce să ducem la poliție, așa încât să poată căuta amprente în apartament. Sunt sigur că vor găsi în penthouse niște amprente necunoscute și ar ajuta să le poată atribui cuiva. Le ducem orice micșorează presiunea de pe tine.

— Și dacă nu e suficient?

— Sunt sigur că o să găsim noi ceva.

— Și dacă nu găsim?

— Ai încredere în mine, spune Enzo, trebuie să existe o cale. N-o să te duci la pușcărie pentru ceva ce n-ai făcut.

Ca la un semn parcă, începe să-i sune telefonul. Răspunde și se ridică iute de pe canapea, ca să vorbească din chicinetă. Întind gâtul să-i văd expresia, dar nu-mi oferă prea multe indicii. La fel și răspunsurile lui, care constau în mare parte în „îhî" și „OK". La un moment dat, apucă un pix și mâzgălește ceva pe un șervețel de hârtie.

— *Grazie*, îi spune el persoanei de la celălalt capăt, apoi pune telefonul pe blatul de la bucătărie.

Preț de o clipă rămâne acolo, uitându-se țintă la șervețelul de hârtie.

— Ei bine? spun eu într-un final.

— N-are antecedente penale. Cazierul e curat.

Simt că mă lasă inima.

— OK...

— Am primit adresa unei reşedinţe secundare, continuă Enzo. Este lângă un lac, la vreo două sau trei ore în nordul oraşului. Poate... poate acolo s-a dus acum.

Sar de pe canapea şi înşfac geanta.

— Atunci hai să mergem!

— Şi ce să facem?

Mă îndrept spre locul unde se află Enzo şi mă uit la adresa notată pe şerveţel. Ştiu cam pe unde vine. Google Maps o să mă conducă într-acolo.

— Să scoatem adevărul de la el.

— *Ştim* adevărul.

Trage şerveţelul, ca să nu pot ajunge la el.

— Ceea ce ne trebuie este să-l ştie şi poliţia.

— Şi atunci ce sugerezi?

— Nu ştiu ce să sugerez.

Se freacă la ochi cu podul palmelor.

— Nu-ţi face griji. O să obţinem până la urmă un răspuns. Trebuie doar să mă gândesc un pic.

Minunat. Şi, în timp ce el se gândeşte, poliţia e ocupată să construiască un caz împotriva mea.

— Cred că ar trebui să mergem până acolo.

— Iar eu cred că asta ar înrăutăţi lucrurile.

Nu ştiu ce să cred, dar nu am linişte dacă nu *fac* ceva chiar acum. Pentru că poliţia nu stă degeaba în chicinetă, rumegând lucrurile.

Nu apuc să încerc să-l conving, pentru că aud telefonul sunându-mi în geantă. Îl scot şi mi se pune un nod în gât când văd numărul de pe ecran.

— Este Brock, îi spun lui Enzo.

ȘAIZECI ȘI CINCI

Ochii deja negri ai lui Enzo se întunecă și mai tare. Nu este deloc încântat să afle că mă sună fostul meu iubit. Dar nu e tipul gelos și nu mi-ar spune niciodată să nu răspund. Și chiar dacă mi-ar spune, eu nu l-aș asculta.

— Doar un minut.

Enzo dă din cap.

— Fă ce trebuie să faci.

Știam că o să fie OK cu asta. Mă rog, nu este entuziasmat. Dar măcar nu protestează.

— Alo?

— Millie?

Vocea lui Brock sună distant, ca și când am fi doi oameni care s-au cunoscut în treacăt, întâmplător. Ne-am despărțit ieri și deja pare ciudat că ne întâlneam cândva.

— Bună...

— Bună, spune el înțepat.

Nu-mi dau seama ce vrea. În mod sigur, nu să ne împăcăm și să fim iar împreună. Probabil mulțumește stelei lui norocoase că n-am apucat să mă mut la el. *Cu plăcere, Brock.*

— Uite ce, spune el, voiam... voiam să-mi cer scuze că te-am abandonat ieri, la secția de poliție.

— Oh?

Oftează greu.

— Eram supărat, dar tot a fost extrem de neprofesionist din partea mea. Cu orice-ai fi greşit, mi-ai cerut să fiu acolo în calitate de avocat al tău şi îţi datoram asta.

— Mulţumesc. Apreciez că ţi-ai cerut scuze.

— Şi uite de ce te-am sunat.

Face o pauză.

— Am vorbit iar cu detectivul în dimineaţa asta şi cred că e de datoria mea să-ţi spun că au analizat nişte haine pe care le-au luat din coşul tău de rufe.

Strâng mai tare telefonul în mână.

— Analize de sânge?

— Nu, de reziduuri de foc de armă. Şi rezultatul e pozitiv.

Rămân cu gura căscată. Eu presupusesem că vor căuta sânge pe haine. Nici prin cap nu-mi trecuse că vor căuta altceva.

— Oh...

— Cred că au aşteptat să vină acest rezultat, aşa încât cazul tău a devenit floare la ureche, adaugă Brock. Cred că obţin mandatul de arestare chiar acum.

Încremenesc şi simt cum îmi tremură genunchii.

— Oh...

— Îmi pare rău, Millie. Voiam să-ţi dau un pic de avans. Măcar atâta lucru îţi datorez.

— Da...

— Şi...

Tuşeşte în receptor.

— Succes, ştii tu, cu toate *astea*.

Mă întorc cu spatele la Enzo, ca să nu vadă cum mi se umplu ochii de lacrimi.

— Mulţumesc.

Mulţumesc pentru nimic. Mulţumesc că m-ai abandonat când viaţa mea este ţăndări.

Brock închide şi rămân cu telefonul la ureche, străduindu-mă să nu izbucnesc în lacrimi. Sunt terminată. Wendy mi-a înscenat totul extrem de inteligent, aşa încât să cadă pe mine vina de a fi ucis un om pe care nu l-am întâlnit nici măcar o dată.

— Millie.

Simt pe umăr palma cea mare a lui Enzo.

— Ce s-a întâmplat? Ce ți-a zis?

Îmi șterg ochii înainte să mă întorc spre el.

— A zis că poliția a găsit reziduuri de foc de armă pe hainele pe care mi le-au luat din coșul de rufe.

Enzo dă din cap.

— Și dacă tragi cu glonț orb, tot rămân pe haine reziduuri.

Îmi îngrop fața în mâini.

— Brock zice că probabil obțin chiar acum un mandat de arestare pentru mine sau vor obține curând. Ce-o să mă fac?

— N-o să te abandonez.

Mă apucă de umeri.

— Înțelegi ce-ți zic? Indiferent ce se întâmplă, n-o să te abandonez. O să te scot de acolo.

Îl cred că vorbește serios. Dar nu cred că are cum să mă scoată din dezastrul ăsta. Dacă mă vor aresta, asta a fost. O să înceteze să caute adevăratul criminal. Totul va fi în cârca mea și se pare că au un caz solid. Reziduuri de foc de armă pe haine, amprentele mele pe arma crimei și un portar care poate depune mărturie că mă aflam în clădire la ora aproximativă a morții.

Sunt absolut terminată.

— Vreau să merg la cabana aia de pe lac.

Mă uit la adresa mâzgălită pe șervețel.

— Vreau să-l găsesc pe nenorocitul ăla. Trebuie să-i dau cumva de cap.

— N-o să iasă nimic bun din asta.

— Nu-mi pasă, mârâi eu. Vreau să-l văd. Vreau să-l privesc în ochi și să-l întreb de ce mi-a făcut asta. Și dacă este și Wendy acolo, vreau să...

Privirile ni se întâlnesc. Face ochii mari preț de o clipă, apoi fuge la bucătărie și apucă șervețelul cu adresa înainte să pot ajunge la el. Îl strivește în mână și îl ține sub robinet până când începe să se scurgă cerneala de pe el.

— Nu, spune el hotărât. N-o să te las să faci vreo prostie.

— Prea târziu. Am memorat deja adresa.

— Millie! strigă el cu voce ascuțită și ochii măriți. *Nu* te duce la cabană. În momentul ăsta nu gândești limpede. N-ai greșit cu nimic și n-o să mergi la închisoare dacă nu le dai un motiv să te trimită acolo!

— Greșești.

Ridic bărbia.

— O să mă duc oricum la închisoare. Măcar să știu de ce.

— Millie.

Mă apucă de încheietură cu palma lui mare.

— N-o să te las să faci vreo prostie. Promite-mi că nu te duci la cabana aia.

Ridic privirea spre el.

— Promite-mi. Nu pleci de-aici până nu-mi promiți.

Nu mă strânge cât să mă doară, dar mă ține destul încât să nu mă pot elibera. Încearcă din răsputeri să mă salveze de mine însămi. Ce drăguț. Brock nu se mai sătura să mi-o spună, dar Enzo chiar mă iubește cu adevărat. Și cred că, și dacă voi fi arestată, va face tot ce va putea ca să mă scoată din arest. Va face tot ce va putea ca să scoată adevărul la iveală.

— Bine, îi spun. Nu mă duc.

— Promiți?

— Promit.

Îmi eliberează încheietura. Cu o expresie nefericită, face un pas în spate.

— Iar eu îți promit că o să îndrept lucrurile.

Dau din cap. Mi-am lăsat geanta pe canapea, așa că întind mâna să o iau.

— Aș putea la fel de bine să mă duc la mine acasă și să aștept să pornească balul.

— Vrei să merg cu tine?

— Nu.

Atârn geanta pe umăr.

— Nu vreau să vezi când îmi pun cătușele.

Enzo se întinde spre mine și mă cuprinde într-un ultim sărut care, la drept vorbind, îmi este suficient ca să supraviețuiesc vreo câțiva ani la închisoare. Nimeni nu sărută ca bărbatul acesta. Brock în mod sigur nu.

— Îți promit, îmi șoptește el la ureche. N-o să te las să te întorci la închisoare.

Mă desprind de el tremurând ușor.

— Hai că mă duc acasă.

Mă strânge de mână.

— O să-ți găsesc un avocat bun. O să găsesc o cale să-l plătesc.

Studioul lui micuț e plin cu mobilă aruncată de alții la gunoi și îmi mușc limba ca să nu-mi scape vreo replică sarcastică.

— O să-mi fie dor de tine.

— Și mie de tine, îmi spune el.

— Și... te iubesc.

Când i-am spus-o lui Brock, nu am simțit-o, dar o simt acum. Nu puteam pleca fără să i-o spun.

— Și eu te iubesc, Millie. Mult de tot.

Chiar îl iubesc pe Enzo. L-am iubit dintotdeauna. Și de asta detest faptul că l-am mințit. Dar nu pot să-i spun că i-am luat cheile de la mașină, pe care le-am ascuns în geantă.

O să constate și singur, destul de curând.

PARTEA A IV-A

ȘAIZECI ȘI ȘASE

WENDY

Eu şi Russell sărbătorim cu o sticlă de şampanie.

Chiar dacă a fost un pic riscant, m-a adus cu maşina la cabana lui de pe lac, ca să scap de numărul uriaş de reporteri adunaţi atât în faţa penthouse-ului, cât şi a casei din Long Island. Practic vorbind, este cabana lui Marybeth şi, când o va părăsi, va rămâne a ei. Dar nu-i nicio problemă, pentru că acum sunt mai bogată decât în cele mai nebuneşti visuri ale mele. Sunt mai bogată decât poate cuprinde înţelegerea omenească. N-am nevoie de căbănuţa asta prăpădită cu două dormitoare.

Cu toate că are un sistem incredibil de masaj cu jeturi de apă, instalat într-o cadă enormă. E ca şi când ai sta în jacuzzi.

Pe parcursul călătoriei până aici m-am uitat încontinuu în oglinda retrovizoare, ca să mă asigur că nu ne urmăresc reporterii. În ultima parte a călătoriei am mers pe drumuri aproape pustii, aşa că, dacă ne-ar fi urmărit cineva, ar fi fost uşor de observat. Russell i-a spus lui Marybeth că pleacă într-un fel de călătorie de afaceri. Să vâneze piese de mobilier sau aşa ceva. Nici nu-mi pasă ce i-a zis. Ea nu mai contează acum.

— Sunt atât de fericită, murmur eu. Cred că n-am mai fost atât de fericită de foarte mult timp.

Russell zâmbește, deși ghicesc o anumită încordare în expresia lui. Nu a făcut un secret din faptul că nu a vrut să-l ucidă pe Douglas. Tot nu-mi vine să cred că m-a lăsat pe mine să fac toată treaba murdară, în timp ce el stătea pitit în bucătărie. Are noroc că-i așa de arătos, pentru că în seara aia mi-am pierdut mult din respectul față de el. Ar trebui să-mi fie recunoscător, nu să mă privească de parcă aș fi vreun soi de *monstru*, pentru numele lui Dumnezeu.

În fine, dacă nu-i fericit, se poate întoarce la cotoroanța aia de nevastă-sa, iar eu o să găsesc pe altcineva lângă care să mă bucur de milioanele mele de dolari.

Torn ultimele picături de șampanie în paharul lui Russell.

— Este delicioasă, îi spun. De unde o ai?

— Îi place lui Marybeth.

Mi se pare că în ultima vreme vorbește mai des de nevastă-sa, și cu mai puține resentimente decât înainte. Nu e semn bun.

— Mai ai? îl întreb.

— Nu cred că mai avem șampanie. Dar s-ar putea să fie niște vin în bucătărie.

Sunt iritată că Russell nu se oferă să-l aducă chiar el. Bărbații sunt cu toții la fel: la început se fac luntre și punte ca să-ți ofere tot ce vrei, dar ajung să te considere ca pe ceva ce li se cuvine. Ce domn ești tu dacă nu te oferi să aduci o sticlă cu vin pentru o femeie?

Dar îmi doresc mult să beau un pahar și sticla de șampanie pe care am băut-o a fost plină doar pe jumătate, așa că iau un prosop pe care mi-l înfășor pe trupul gol și ies din baie. Mă îndrept spre living lăsând urme umede de tălpi pe podeaua din lemn. Ploaia cade necontenit pe verandă, scurgându-se de pe acoperiș. Este un lucru bun, pentru cazul în care ar încerca cineva să ne urmărească. Nu vor fi urme de cauciucuri pe drum.

Intru în bucătărie și, într-adevăr, pe blat este o sticlă de vin. Un Pinot Noir rămas cam trei sferturi, aparent cam ieftin, dar e mai bine decât nimic. Apuc sticla și dau să mă îndrept spre baie, dar apoi mă opresc brusc.

Una dintre ferestrele cabanei este larg deschisă.

ȘAIZECI ȘI ȘAPTE

Oare fereastra aia era deschisă când am ajuns aici?

Nu-mi amintesc să fi fost. Pe de altă parte, eram mai concentrați să sărbătorim faptul că detectivul Ramirez mi-a spus că plănuiește s-o aresteze pe Millie Calloway. Se pare că am scăpat – chiar am scăpat basma curată.

Deci era deschisă când am venit? Imposibil să-mi amintesc. Categoric, se prea poate să fi fost.

Și e limpede că observi mai bine o fereastră deschisă atunci când plouă. Picăturile cad înăuntru, udând pervazul de lemn și rama ferestrei. Geamul ăla ar fi trebuit să fie închis.

Las sticla de vin pe capătul mesei de lângă canapea și mă îndrept spre fereastră. Picăturile de apă sunt reci ca gheața și mă lovesc drept în față, îmi înțeapă brațele goale. După ce mă chinui un pic, reușesc să închid geamul.

Așa.

Iau vinul și mă grăbesc înapoi spre baie, unde îl găsesc pe Russell stând tot în cadă, cu părul lui negru lipit de țeastă. La început mi se pare că are obrajii umezi de la apa din cadă, însă după aceea îmi dau seama ce se întâmplă.

— Ce faci, *plângi*? răbufnesc eu.

Russell își șterge stânjenit lacrimile.

— Pur și simplu... nu pot să cred că noi l-am ucis. N-am făcut niciodată așa ceva.

Nu înțeleg de ce ăla care plânge este *Russell.* Doar *eu* sunt aia care l-a omorât pe Douglas. Și nu simt nici cea mai mică părere de rău. Din punctul meu de vedere, Douglas a primit ce a meritat.

— Adună-te odată, mă răstesc la el. Ce am făcut e bun făcut. Era oricum o persoană îngrozitoare. Mă tortura de-a binelea.

— Pentru că l-ai înșelat.

Și ăsta era un motiv suficient ca să mă lase fără un ban? Deși Russell nu știe nici cum l-am mințit pe Douglas în privința faptului că nu pot face copii. Probabil ar fi mai bine să nu-i spun. Asta l-ar face să aibă și mai multe remușcări.

— Uite...

Îmi scot prosopul și-l las să cadă pe podea. Apoi îi umplu ochi paharul cu lichidul maroniu din sticlă și îl umplu și pe al meu.

— De ce nu mă lași tu să te fac să uiți de toate astea?

În timp ce intru înapoi în cada plină cu apă fierbinte, Russell dă peste cap conținutul paharului, care-i lasă pe buze o pată roșie. Hotărăsc că este o idee bună și golesc și eu paharul. E un vin ieftin, așa că nu simt nevoia să-l savurez. După încă un pahar sau două, o să ne simțim amândoi mult mai bine.

ȘAIZECI ȘI OPT

Am avut perfectă dreptate.

După două pahare cu vin, Russell a încetat cu plânsul. Iar eu simt un zumzet minunat alergându-mi prin vene. A trecut ceva timp de când lucrurile n-au mai mers exact cum mi-am dorit eu. După aceste ultime şase luni, aveam într-adevăr nevoie de un pahar cu vin, iar ziua de azi a fost un succes răsunător. Douglas e mort. Eu o să primesc o moştenire uriaşă, iar lui Millie i se va pune în cârcă totul. Şi-a îndeplinit cu prisosinţă rolul pe care i l-am dat în această poveste.

— Aş putea să stau în casa asta o veşnicie, suspin eu şi mă las pe spate, lipindu-mă cu pielea goală de trupul lui Russell. E bine, nu-i aşa?

— Îhî, mormăie el. Doar că mie mi s-a cam făcut somn. S-ar putea să mă fi îmbătat un pic.

Eu nu m-am îmbătat, dar sigur mă simt un pic ameţită. Este o senzaţie plăcută. E atât de linişte aici, în cadă, se aude doar nişte muzică undeva departe.

— Wendy, spune Russell. Ăla nu-i telefonul tău?

Are dreptate.

Trebuie să fie Joe Bendeck. L-am rugat să mă sune ca să vorbim despre averea considerabilă a lui Douglas. Mă amuz un pic cu faptul că Joe nu m-a plăcut niciodată, iar acum deţin toată averea lui Douglas, precum şi firma lui, deci sunt, practic, şefa lui Joe. N-are nicio şansă decât să mă suporte. O să mă distrez copios să fiu o scârbă bogată.

De data asta mă întind spre un halat de baie pe care mi-l strâng bine pe trupul gol înainte de a mă îndrepta spre măsuța de cafea din living, unde mi-am lăsat telefonul. Așa cum mă așteptam, pe ecran apare numele lui Joseph Bendeck. Răspund înainte ca apelul să fie preluat de căsuța vocală.

— Bună, Joe.

— Bună, Wendy.

Îmi face mare plăcere să aud cât de profund nefericit este. Este un sentiment minunat să câștigi.

— Trebuia să mă suni în după-amiaza asta, îi amintesc eu. Este aproape zece noaptea.

— Scuze.

În vocea lui se simte amărăciunea.

— Prietenul meu cel mai bun a fost ucis recent. Zilele astea nu sunt sută la sută funcțional.

— Păi, atunci avem o problemă, îi spun eu înțepată, în timp ce mă îndrept spre bucătărie.

Mă uit pe fereastră – ploaia curge șiroaie din cer.

— Tu ești executorul averii lui Douglas și, dacă nu-ți poți face treaba, poate ar trebui să-ți ia cineva locul.

— Nu. Doug mă voia *pe mine*... măcar atât pot face, să-i respect dorințele.

— Bine.

Dacă încearcă vreo șmecherie, o să mă asigur că va fi dat afară din companie. De fapt, probabil că ar trebui oricum să-l dau afară. Nu am încredere în el mai mult decât aveam în Douglas, spre sfârșit.

— Așadar, când vor fi transferate spre mine bunurile lui? Trebuie să fiu capabilă să-mi plătesc facturile.

Moartea lui Douglas nu înseamnă că ipoteca nu mai trebuie plătită. Nu mai am nici măcar un card de credit funcțional, pentru că mi le-a anulat pe toate. Numai penthouse-ul are o ipotecă de șase cifre, așa că îmi va trebui niște cash – și încă rapid.

— Vrei să-ți fie transferați banii lui Doug? mă întreabă Joe.

— Da.

Bat darabana cu degetele în blatul de la bucătărie.

— Așa funcționează lucrurile, nu?

— Nu chiar...

Joe rămâne tăcut preț de o clipă.

— Wendy, știi oare că Doug și-a modificat testamentul luna trecută?

Ce?

— Nu. Despre ce vorbești?

— Și-a modificat testamentul. A donat totul pentru acțiuni caritabile.

Mă inundă un val de greață. La câteva luni după ce ne-am căsătorit, Douglas a întocmit un testament prin care-mi lăsa totul mie. Am mers cu el la avocat, ca să mă asigur că a făcut-o, mai ales pentru că Douglas era maestrul amânărilor. Nici prin cap nu mi-a trecut că ar putea să-și schimbe testamentul la atât de scurtă vreme după ce ne-am separat. N-ar fi făcut el una ca asta.

Doar dacă...

— Minți, spun eu cu obidă la telefon. Inventezi chestiile astea doar-doar să nu primesc eu nimic din banii lui.

— Ar fi tentant, recunosc. Dar nu, nu inventez nimic. Am chiar acum în fața ochilor o copie a testamentului, legalizată de notar.

— Dar..., răbufnesc eu. Dar cum a putut face așa ceva?

— Păi, când mi-a explicat situația, Doug a pomenit ceva despre tine, că ai fi o nemernică mincinoasă și manipulatoare și că nu vrea să primești nimic din averea lui.

Inima pare să-mi iasă din piept și pentru o clipă mi se încețoșează vederea și nu mai pot focaliza lucrurile. Cum se poate întâmpla una ca asta? Douglas a pomenit de o donație pentru acțiuni caritabile, dar nu mi-am imaginat defel că a pus deja lucrurile în mișcare.

— Este absolut scandalos, urlu eu. Nu mă poate scoate din testament! Sunt soția lui, pentru numele lui Dumnezeu! O să mă lupt pentru asta și, crede-mă, o să câștig.

— OK. Cum zici tu, Wendy. Însă, între timp, am nevoie să eliberezi și penthouse-ul, și casa de pe insulă, pentru că le scoatem la vânzare.

— Du-te dracului, șuier eu în telefon.

Apăs pe butonul roșu de pe ecran, ca să închei convorbirea, deși mâinile îmi tremură îngrozitor. Trebuie să cred că Douglas nu a semnat pur și simplu o hârtie care spune că nu-mi lasă nimic, și cu asta, basta. Pot să lupt împotriva acestui lucru. Și, fiindcă e mort, Douglas nu poate riposta. Într-un fel sau altul, o să-mi primesc partea care mi se cuvine de drept.

Deși nu voi deține averea pe care mi-am imaginat-o.

Dar este în regulă.

În timp ce stau cu ochii pironiți în telefon, încercând să-mi imaginez următoarea mutare, acesta începe să-mi sune din nou în mână. Trag aer în piept atunci când văd pe ecran numele apelantului:

Poliția orașului New York.

ȘAIZECI ȘI NOUĂ

Trebuie să fie detectivul Ramirez. M-a sunat acum câteva ore, pe când eram în oraș, ca să-mi spună că urmau s-o aresteze pe Millie. Mă aștept ca acesta să fie telefonul de confirmare, prin care să mă anunțe că se află deja în spatele gratiilor, la loc sigur.

Să sperăm că acest apel nu va fi la fel de supărător precum cel de dinainte.

— Alo? rostesc în telefon, încercând să par văduva cu inima frântă de durere.

Cursurile de teatru pe care le-am urmat în liceu dau roade acum. Aș merita un Oscar pentru rolul pe care l-am jucat față de Millie.

— Doamna Garrick?

Este vocea lui Ramirez.

— Aici detectivul Ramirez.

— Bună seara, domnule detectiv. Sper că ați dus-o la loc sigur, în spatele gratiilor, pe femeia aceea care mi-a ucis soțul!

— De fapt...

Oh, Doamne, acum ce mai e?

— N-am reușit să dăm de Wilhelmina Calloway. Ne-am dus la ea acasă cu un mandat de arestare și n-am găsit-o acolo.

— Păi, și unde e?

— Dacă am fi ştiut, am fi arestat-o, nu-i aşa?

Simt din nou cum inima stă să-mi sară din piept.

— Ce faceţi ca s-o găsiţi pe femeia aia? Este foarte periculoasă, să ştiţi.

— Nu vă faceţi griji. O să-i dăm noi de urmă la un moment dat. Promit.

— Bine. Mă bucur că aveţi lucrurile sub control.

— Dar mai este ceva despre care voiam să vă vorbesc, doamnă Garrick.

Acum ce mai e? Arunc o privire în direcţia băii. Nu ştiu de ce mai stă Russell acolo, din moment ce ştie că eu am ieşit. O să se zbârcească tot.

— Desigur, domnule detectiv.

— Uitaţi care e treaba, îşi drege Ramirez glasul. Managerul clădirii în care se află penthouse-ul nu s-a aflat în oraş în ultimele două zile. Era plecat undeva în Europa, deci n-am putut da de el. În fine, am reuşit să discutăm în această după-amiază şi mi-a spus ceva de-a dreptul interesant.

— Oh?

— A spus că există o cameră de supraveghere la intrarea din spate a clădirii.

Am impresia că inima mi se opreşte pentru cinci secunde.

— Poftim?

— Am ratat-o, nici eu nu ştiu cum, spune el. Managerul mi-a spus că a instalat-o în aşa fel încât să nu se vadă, pentru că locatarilor nu le place să se simtă de parcă ar fi spionaţi. Şi iată şi partea ciudată: *soţul dumneavoastră* a fost cel care a oferit echipamentul de securitate, chiar de la compania lui, cam cu un an în urmă, pentru că era îngrijorat cu privire la acea intrare din spate.

— El... el l-a furnizat? mă înec eu cu vorbele.

Aud o bufnitură care pare să vină din baie, urmată de un plesnet de apă, dar le ignor. Dacă Russell a încercat să iasă din baie și a căzut, n-are decât să se pună singur pe picioare.

— Da, tocmai am revăzut toate casetele. Și e nebunesc de-a dreptul! Potrivit acestor înregistrări, soțul dumneavoastră n-a mai fost în apartamentul acela de *luni* întregi. Adică tot timpul cât a lucrat acolo domnișoara Calloway. Deci nu știu cum putea să aibă o aventură cu el în apartament, din moment ce omul nu se afla acolo. Înțelegeți?

Gura mi se usucă prea tare ca să mai pot scoate vreun cuvânt, dar reușesc să spun doar:

— Poate se întâlneau în altă parte?

— Poate. Doar că nu văd niciun fel de chitanțe plătite cu cardul de credit pentru camere de hotel sau ceva de genul ăsta.

— Firește că n-ar fi plătit cu cardul. Pentru că aș fi văzut eu. Probabil că a plătit cash.

— Se poate să aveți dreptate, cedează Ramirez. Dar aici urmează partea *cu adevărat* nebunească. În noaptea în care a fost ucis, soțul dumneavoastră nu și-a făcut apariția la intrarea din spate decât *după* ora la care portarul a văzut-o pe Millie părăsind clădirea.

— Asta... asta e chiar ciudat...

Dacă a văzut filmările, trebuie să fi văzut și că eu eram în clădire în aceeași perioadă în care a fost ucis Douglas. Și dacă știe asta, am probleme mari, mari de tot.

— Uitați, spune el. Mă întrebam dacă ați putea veni la secție, ca să lămurim niște neclarități ale noastre. Trimitem o mașină de patrulă la dumneavoastră acasă.

— Nu... nu sunt acasă acum...

— Oh, nu? Atunci unde sunteți?

Îndepărtez telefonul de la ureche. Vocea detectivului Ramirez se aude brusc de la mare depărtare:

— Alo? Doamnă Garrick?

Apăs butonul roșu ca să închei convorbirea și las telefonul pe blat, de parcă m-ar opări. Mă aplec peste chiuveta din bucătărie, încercând să alung valul de greață și amețeală.

Nu-mi vine să cred că era o cameră de supraveghere și la intrarea din spate. Am întrebat în mod *special* despre asta și mi s-a spus că nu există. Însă era înainte ca Douglas să fie atât de drăguț încât să furnizeze una, fiindcă bineînțeles că el era genul care ar face așa ceva – adică genul de persoană grijulie, generoasă și tocilară-mare-iubitoare-de-tehnologie care a fost soțul meu. Sau poate că a fost o încercare suplimentară de a obține dovezi ale faptului că-mi făceam de cap pe la spatele lui.

Dacă a existat o cameră, atunci e destul ca Mille să fie exonerată de orice vină. Și să-mi bată un cui uriaș în sicriu.

Îmi frec tâmplele care au început să-mi bubuie. Trebuie să găsesc o cale de a descurca ițele astea, pentru că *nu* am de gând să-mi petrec restul vieții în pușcărie. Dar am câteva idei. Am început deja să joc atât de bine rolul femeii abuzate în fața lui Millie. Nu trebuie decât să le spun povestea cu soțul meu îngrozitor și abuziv. Poate că în noaptea aceea fatală a venit la mine, gata să mă bată până mă lasă lată, iar eu am făcut ce trebuia să fac. Legitima apărare este legală – eram eu sau el.

Ar putea să meargă.

— Russell! strig eu. Trebuie să vorbim.

Russell este o complicație uriașă. Dacă poliția a periat înregistrările video de la intrarea din spate, este posibil să-l fi văzut și pe el intrând în clădire. Dar poate că nu există nimic care să-l lege direct de mine. Trebuie să ne punem la punct poveștile. Sper că n-o să se poarte iar ca un copil. Îmi pot imagina cum cedează nervos și spune poliției toată această poveste sordidă.

Pornesc iute spre baie. Russell n-o să fie fericit să audă noutățile; se pare că am sperat prea mult când m-am gândit că va merge totul strună. Dar o să trecem peste asta, într-un fel sau altul. Am fost eu în încurcături și mai mari de-atât și m-am descurcat foarte bine.

— Russell, strig iar, ce...

Când trec pragul băii, primul lucru pe care-l văd este o mare de roșu. Atât de mult roșu, înotând în fața ochilor mei. Apa din cadă, atât de limpede până adineauri, cu un strat subțire de abur la suprafață, este acum colorată într-un roșu aprins. Ridic ochii și localizez sursa sângelui – o rană căscându-se din gâtlejul lui Russell.

Apoi îi privesc fața. Maxilarul căzut. Ochii privind drept în față, neclintiți.

ȘAPTEZECI

Russell este mort.

Ucis.

Și asta s-a întâmplat între momentul în care am ieșit din baie și clipa asta.

Mă gândesc iar la fereastra deschisă pe care am văzut-o când am venit să iau sticla de vin. Cineva a intrat în cabană. Cineva a intrat în cabană și i-a făcut felul lui Russell.

Mă tem că știu cine este acest cineva. Există o singură persoană care să aibă pofta asta de răzbunare pe mine în acest moment, precum și un istoric de comportament violent. Iar poliția n-a reușit să dea de ea.

— Millie? strig eu tare.

Niciun răspuns.

Apoi cabana se scufundă în întuneric.

Mi-ar plăcea să pot spune că este efectul furtunii, dar nu cred că vântul este atât de puternic încât să provoace o pană de curent. Altcineva a făcut-o.

Îmi duc brațele la piept, căci mă străbate un val de frig. Cabana este complet în beznă acum, când nu mai are curent. Aveam telefonul și prinsesem și o rețea, dar l-am lăsat în bucătărie. Dacă este fată deșteaptă, probabil că l-a luat deja de acolo. Ceea ce înseamnă că n-am nicio posibilitate de a chema ajutoare.

— Millie? strig iar.

Niciun răspuns. Se joacă cu mine – probabil că mă urăşte foarte tare în clipa asta. Şi are tot dreptul s-o facă. Ea încerca să mă ajute şi eu i-am pus totul în cârcă. Dar mi-a uşurat mult prea mult sarcina.

Dintr-odată, îmi răsună în minte cuvintele prietenei mele Audrey:

E dură de tot tipa, crede-mă – este periculoasă.

Millie este extrem de periculoasă. Măcar asta e limpede.

Iar eu mi-am făcut-o duşmană.

— Millie, chiţăi eu. Te rog, ascultă-mă. Îmi... îmi pare rău. N-ar fi trebuit să fac ce-am făcut. Dar trebuie să ştii că Douglas chiar *era* abuziv. Ţi-am spus adevărul.

În cealaltă parte a camerei se aude un zgomot de sticlă spartă. Răsucesc iute capul în direcţia sunetului. Dacă nu are ochelari cu vedere de noapte, şi Millie este la fel de oarbă ca mine în bezna asta. Aş putea folosi asta cumva în beneficiul meu.

— Douglas mi-a făcut toate lucrurile alea îngrozitoare. Era un soţ oribil. Trebuia să ies din căsnicia aia. Trebuie să mă înţelegi...

Millie tot nu răspunde. Dar îi simt furia clocotitoare. M-am pus cu femeia nepotrivită.

— Millie, continui eu, să ştii că nu m-am prefăcut. Și bunătatea ta faţă de mine... a însemnat enorm. A trebuit să fac ce am făcut.

Din cer izbeşte un fulger îndeajuns de puternic încât să văd clar, la lumina lui, că am drum liber spre bucătărie, unde sunt o grămadă de cuțite și alte lucruri pe care le-aş putea folosi teoretic ca pe arme, chiar dacă mi-a luat telefonul.

S-o ia dracu' de încercare de negociere raţională cu psihopaţii. Dacă vrea o confruntare, atunci o s-o capete.

Alerg spre bucătărie. Millie este pe urmele mele, dar nu mă opresc. Țin mâinile în față, sperând să nu nimeresc direct în zid. Însă, Doamne-ajută, reușesc să ajung în bucătărie. Trec pe lângă măsuță, sperând să nu mă împiedic de ea. Depășesc acest obstacol, dar apoi alunec și simt cum îmi fug picioarele.

Podeaua este plină de sânge.

Trebuie să fie al lui Russell, adus aici de ea, pe tălpile pantofilor. Când închid ochii, îl văd întins acolo, în cadă, cu gâtul tăiat și cu ochii ațintiți spre neant. Millie i-a făcut asta și el nici măcar nu era persoana pe care o urăște cu adevărat. Nici nu-mi pot imagina ce trebuie să-mi fi rezervat mie.

Dar n-o să-i dau șansa s-o facă. O să-mi vând scump pielea. O fi ea dură, dar și eu sunt la fel.

Reușesc să mă pun pe picioare, deși un șold îmi pulsează de durere de la căzătură. Îmi croiesc drum spre dulapurile de bucătărie și bâjbâi orbește după rastelul de cuțite. Categoric am văzut așa ceva aici, pe blat. Nu a fost doar în imaginația mea.

Te rog să fii aici. Te rog.

Dar mâinile mele nu găsesc nimic. Nu simt sub degete nimic care să semene a armă. Desigur, Millie este prea deșteaptă pentru asta. Am fost în stare s-o prostesc doar pentru că avea încredere în mine, dar acum, când știe regulile jocului, mi-a anticipat toate mișcările. A ucis deja o persoană în noaptea asta și are intenția clară de a mă face următoarea ei victimă.

Pipăi pe lângă aragaz. Sunt sigură că am văzut o tigaie pe aici pe undeva. Dacă aș pune mâna pe ea și aș pocni-o destul de tare pe Millie, poate aș reuși s-o pun la pământ. E singura mea șansă.

Dar apoi aud sunetul unor pași în spatele meu, tot mai aproape. Prea aproape.

Oh, Doamne. Este aici, cu mine, în bucătărie.

ȘAPTEZECI ȘI UNU

Bâjbâi orbește în jur. Millie este chiar în spatele meu. Probabil la mai puțin de doi metri distanță. Dacă ar mai fulgera o dată... Atunci aș putea găsi un obiect cu care s-o atac. Dar este prea întuneric. Nu văd nici la un pas în fața mea.

— Wendy, spune ea.

Mă răsucesc pe călcâie și mă lipesc cu spatele de aragaz. Simt că inima e gata să-mi explodeze în piept și, preț de o clipă, camera se învârte cu mine. Trag adânc aer în piept, încercând să mă liniștesc. Nu mi-ar fi de niciun folos dacă aș leșina. Probabil că m-aș trezi cu mâinile și cu picioarele legate.

În sfârșit, privirea mi s-a adaptat cât de cât la întuneric. Acum văd limpede silueta lui Millie în cealaltă parte a bucătăriei. Și văd cum îi sclipește ceva în mâna dreaptă.

Este un cuțit. Trebuie să fie același pe care l-a folosit ca să-l ucidă pe Russell, probabil murdar încă de sângele lui.

Oh, Doamne!

— Te rog, o implor eu. Îți dau tot ce vrei. O să fiu putred de bogată.

Millie face un pas spre mine.

— Ştiu că te chinui cu banii, îndrug eu. Pot să-ţi plătesc în întregime şcoala. Chiria. Şi ai şi un bonus la toate astea. N-o să mai trebuiască să-ţi faci vreodată griji pentru bani.

Abia dacă văd ceva în bucătăria întunecată, dar desluşesc cum silueta lui Millie clatină din cap.

— O să le spun poliţiştilor că am greşit.

Vocea îmi sună de-a dreptul isteric.

— O să le spun că n-ai fost deloc acolo. Că m-am înşelat cu privire la tot.

Pot să fac foarte bine această promisiune, având în vedere că poliţia are înregistrările video care arată că Millie nu s-a aflat niciodată în apartament în acelaşi timp cu adevăratul Douglas. Dar ea nu ştie asta. Când o să scap de-aici, există o mare probabilitate să fiu reţinută de poliţie, dar accept acest lucru. O să mă duc şi la puşcărie dacă trebuie, însă nu vreau să mor.

Millie nu pare prea mişcată de oferta mea. Mai face un pas în faţă, în timp ce eu încerc să mă dau în spate, deşi nu mai am unde să merg.

— Te rog, o implor eu. *Te rog*, nu face asta.

Un fulger luminează încăperea chiar în clipa aceasta – prea târziu pentru mine să găsesc o armă pe blat. Ochii mei se străduiesc să absoarbă acea fărâmă de lumină şi, pentru o clipă, văd limpede chipul femeii care vine spre mine ţinând un cuţit în mâna dreaptă.

Oh, Iisuse Hristoase!

Nu este Millie.

ȘAPTEZECI ȘI DOI

— Marybeth? șoptesc eu.

Secretara soțului meu – care se întâmplă să fie și soția lui Russell – stă acum la doar câțiva pași distanță de mine, pironindu-mă cu privirea. Până acum nu mi-a mai fost niciodată frică de Marybeth. Chiar și când mă culcam cu soțul ei, nu m-am gândit nici măcar o dată la ea. Părea destul de drăguță, iar Russell nu mi-a spus niciodată că ar fi altfel.

Am subestimat-o. Gâtul tăiat al lui Russell este dovada clară în acest sens.

Sunt mai atrăgătoare decât Marybeth – obiectiv vorbind. Ea are cam cu zece ani mai mult decât mine și îi arată. Păr blond și sârmos, riduri în jurul ochilor și în jurul gurii, pielea de sub bărbie care începe să atârne un pic. Apoi bucătăria se scufundă iar în întuneric și Marybeth devine din nou doar o siluetă.

— Stai jos, îmi spune ea.

— Nu... nu văd nimic, mă bâlbâi eu.

Sunt orbită pentru o secundă de o altă izbucnire de lumină – a aprins lanterna telefonului. O îndreaptă în direcția mesei de bucătărie: un pătrat mic de lemn, cu două scaune pliante de o parte și de alta. Mă împleticesc spre ea și mă prăbușesc pe unul dintre scaune, înainte ca picioarele să cedeze sub mine.

Marybeth se aşază pe celălalt scaun. Acum, că avem lumina telefonului, îi văd iar chipul. Are buzele strânse într-o linie subţire, iar ochii ei, de obicei de un albastru spălăcit, sunt ca două pumnale. Poartă un trenci pătat de sângele lui Russell. Arată absolut înfricoşător.

Însă găsesc o slabă consolare în faptul că nu m-a ucis încă. Mă vrea în viaţă, dintr-un motiv sau altul, şi în felul ăsta câştig şi eu nişte timp ca să-mi dau seama cum să scap de aici.

— Ce vrei? o întreb.

Clipeşte spre mine. Albul ochilor îi străluceşte înfundat în cearcănele adânci şi negre.

— De cât timp te culci cu soţul meu?

Deschid gura întrebându-mă dacă ar trebui sau nu s-o mint. Apoi o privesc în ochi şi îmi dau seama că este mai bine să nu mă pun cu femeia asta.

— De zece luni.

— Zece *luni*, rosteşte ea cu obidă. Chiar sub nasul meu. Ştii, înainte să intri tu în peisaj, chiar eram *fericiţi*. Timp de douăzeci de *ani*. Nu era perfect, dar mă iubea.

I se frânge vocea.

— Apoi, îndată ce te-a cunoscut...

— Îmi pare foarte rău. Nu am plănuit să se întâmple asta.

— Ba cum să nu, aveaţi planuri. Planuri mari. El plănuia să mă părăsească pentru tine...

Nu o spune ca pe o întrebare, aşa că-mi ţin gura. Russell susţinea că are de gând s-o părăsească pe Marybeth pentru mine, însă spre final nu mai eram aşa sigură de asta. S-a dovedit că nu era bărbatul care credeam eu că este.

— Te iubea foarte tare, spun eu într-un final, sperând s-o împac.

— Şi atunci de ce se culca cu *tine*? răbufneşte ea.

— Uite, rostesc eu cât pot de calm, cu toate că inima îmi bate cu putere în continuare, voia să se întoarcă la tine. Avea îndoieli. Dacă nu l-ai fi...

Mă privește țintă. Nu pot să uit că femeia asta tocmai și-a ucis soțul. Nu pare că voia să se împace cu el. Singurul lucru pe care-l are în minte este să se răzbune.

— Iar Doug...

Își pironește în mine ochii reci ca gheața.

— L-ați ucis, nu-i așa? Tu și Russell.

Deschid gura, gata să neg. Dar apoi îi văd privirea și-mi dau seama că nu a fost o întrebare.

— Da, eu l-am ucis.

Pentru o fracțiune de secundă, ochii i se îmblânzesc, plini cu lacrimi.

— Doug Garrick a fost un om cu adevărat bun. Cel mai bun. Mi-a fost ca un frate.

— Știu. Și... îmi pare rău.

— Îți pare rău! izbucnește ea. Doar nu i-ai tăiat rândul la coadă la film. L-ai ucis! Este mort din cauza ta!

Strâng tare buzele, de teamă să nu mai spun ceva, fiindcă nimic din ce spun nu pare potrivit. Marybeth este furioasă pe mine – m-am culcat cu soțul ei și i-am ucis preaiubitul șef. Dar asta nu înseamnă că merit să mor aici, de mâna ei.

Trebuie să găsesc o cale să mă salvez din situația asta.

Ochii îmi cad pe cuțitul pe care-l ține în mâna dreaptă. L-a sprijinit în poală, încă ud de sângele lui Russell – sângele omului ăluia este absolut peste tot. Oare există vreo șansă să-i iau cuțitul? La urma urmelor, Marybeth nu este în mare formă fizică.

— Ce vrei de la mine? o întreb.

Bagă mâna în buzunarul trenciului și scoate de acolo o foaie albă de hârtie. Apoi scotocește până când găsește un pix. Împinge amândouă obiectele pe masă, spre mine.

— Vreau să scrii o mărturisire, spune ea.

Simt cum îmi urcă fierea în gât; sunt nevoită s-o înghit la loc.

— Poftim?

— M-ai auzit.

Mă fulgeră cu privirea.

— Vreau să scrii tot ce ai făcut. Cum l-ai sedus pe Russell. Cum ați conspirat voi doi ca să-l ucideți pe soțul tău. Vreau o mărturisire completă.

— OK...

Nu vreau s-o fac, dar am văzut ce i-a făcut lui Russell. Gândul că mi-ar putea reteza beregata cum i-a retezat-o lui...

— Scrie!

Cât timp scriu confesiunea pe foaia albă de hârtie, acum pătată de amprente însângerate, mâinile îmi tremură încontinuu. Nu știu ce vrea mai exact să scriu, așa că mă rezum la câteva afirmații simple. Nu sunt îngrijorată în privința acestei mărturisiri, pentru că nimic din ce scriu sub amenințarea unui cuțit nu va avea vreo valoare în instanță.

Pentru oricine este interesat,

Mărturisesc că timp de zece luni am avut o relație cu Russell Simonds. Noi doi l-am ucis pe soțul meu, Douglas Garrick.

Îi cercetez chipul pe care nu se citește nimic.

— Asta voiai? o întreb.

— Da, dar n-ai terminat.

— Ce altceva mai vrei să scriu?

— Uite ce trebuie să mai scrii.

Bate cu unghia ei lungă în foaia de hârtie: *Nu mai pot trăi cu vina asta.*

Scriu ce-mi cere, dar propoziția este aproape ilizibilă pentru că mâinile îmi tremură îngrozitor. Preţ de o secundă, pagina se încețoşează atât de tare, încât trebuie să mă întrerup, însă după aceea se limpezeşte iar.

— *Aşa încât, în această seară*, continuă ea, *am decis să curm vieţile amândurora.*

Mă opresc din scris, iar pixul îmi cade dintre degetele amorţite.

— Marybeth...

— Scrie!

Ridică cuțitul, apropiindu-mi-l de faţă. Închid ochii pentru o clipă, amintindu-mi de rana deschisă din beregata lui Russell. Oh, Doamne! Femeia asta nu se joacă. Scriu și ultima propoziţie a confesiunii mele.

— Acum semnează, spune Marybeth.

Mă conformez. Nu sunt în poziția să refuz.

Îmi ia mărturisirea semnată și o citeşte, fără să mă scape totuși din ochi.

— Bun, spune ea.

Îmi dau seama ce urmează să se întâmple mai departe. La finalul mărturisirii spun că mă sinucid. Ceea ce înseamnă că înainte de a se lumina de ziuă o să mă ucidă. Gândul acesta îmi provoacă o greaţă teribilă şi, chiar dacă femeia asta mă ameninţă cu un cuţit, mă reped spre chiuvetă ca să vomit. Mă lasă să mă duc.

Mă aplec peste chiuvetă, opintindu-mă din cauza reflexului de vomă chiar și după ce mi-am golit stomacul. Am pătat chiuveta cu roşu, de la Pinot Noir. Scaunul de bucătărie scârţâie în spatele meu şi, o clipă mai târziu, Marybeth e lângă mine.

— Te rog, nu face asta, o implor eu.

Înclină capul.

— Nu asta i-ai făcut și tu lui Doug? Nu crezi că asta meriți?

Cu Douglas a fost altceva. M-a tratat atât de mizerabil, încât n-am avut de ales. Și chiar și după moarte continuă să mă chinuie cu testamentul ăla. Doamne, cum o să mă lupt împotriva testamentului ăluia idiot? Dar o să-mi fac griji pentru asta când scap de aici. Mai întâi trebuie s-o conving pe femeia asta să nu mă împingă de pe buza prăpastiei.

— Toți greșim, îi spun eu. Mă simt îngrozitor pentru lucrurile pe care le-am făcut. Iar acum trebuie să trăiesc cu povara lor.

— Nu-i suficient.

Simt o presiune pe piept, de parcă aș purta un corset care mă strânge tot mai tare.

— Nu-i destul că mă trimiți la pușcărie pentru tot restul vieții mele?

— Nu. Meriți o soartă mai rea de-atât. Ești o persoană cu adevărat josnică și demnă de dispreț. Și meriți să mori în chinuri groaznice.

Corsetul se strânge și mai tare.

— Deci ce presupui tu că o să se întâmple? Îți imaginezi că poliția o să creadă că m-am înjunghiat singură până mi-am dat duhul? Oamenii nu fac așa ceva. Vor ști că m-a ucis cineva.

Marybeth rămâne tăcută pentru o clipă.

— Ai dreptate, spune ea gânditoare. Își vor da seama că nu a fost o sinucidere dacă ești înjunghiată.

Oh, slavă cerului! În fine, am făcut-o pe femeia asta să asculte glasul rațiunii.

— Exact.

— De aia nu așa o să mori.

Mă inundă încă un val de greață, care aproape că mă doboară la pământ.

— Ce? Despre ce vorbești?

Mai are vreo armă pe aici? Un pistol? Un nunceak? Ce-are de gând să-mi facă femeia asta?

— Ai auzit vreodată de un medicament denumit digoxină? mă întreabă ea.

Digoxină? De ce-mi pare cunoscut?

Apoi înțeleg. Douglas lua medicamentul ăsta, pentru inimă. Iar Marybeth are o copie a cheii de la casa din Long Island, unde își ținea el medicamentele.

— Toxicitatea digoxinei este extrem de serioasă, continuă ea. Mai întâi ai grețuri, amețeli, crampe abdominale îngrozitoare, vedere încețoșată. E agonizant. Dar te ucide prin faptul că induce o aritmie cardiacă mortală.

— Așadar, spun eu încet, te aștepți să înghit un pumn de pastile de digoxină?

Dacă îmi cere să înghit niște pastile, o să găsesc o cale să n-o fac. Pot să le pun sub limbă și să le scuip când s-o putea. Nu poate să mă oblige.

Dar văd cum buzele i se arcuiesc într-un zâmbet.

— Le-ai înghițit deja, Wendy.

Oh, Dumnezeule, *vinul*!

Mă aplec iar peste chiuvetă, dar din mine nu mai iese nimic. În același timp, stomacul îmi este cuprins de o crampă care mă face să lăcrimez de durere. În ciuda stărilor tot mai puternice de amețeală, până acum am reușit cu succes să rămân pe picioare, însă de data asta mă prăbușesc pe podea, ținându-mă de burtă.

Marybeth se ghemuiește jos, lângă mine.

— Nu știu exact cât va dura. Încă o oră? Poate două? Dar nu e nicio grabă. Nu ne caută nimeni aici.

Ridic privirea spre ea. Chipul i se încețoșează, apoi se limpezește.

— Te rog, du-mă la spital.

— Nu prea cred.

— Te rog, gem eu. Fie-ţi milă...

— Aşa cum ţi-a fost şi ţie de Doug?

Mă întind, dar abia dacă-i ating blugii. Încerc să mă prind de ea, însă mâna nu-mi mai ascultă comenzile.

— Fac tot ce vrei tu. Îţi dau orice vrei. Îţi promit.

— Iar eu îţi promit, spune Marybeth, că moartea ta va fi înceată şi dureroasă. Şi, spre deosebire de tine, eu nu-mi încalc niciodată promisiunile.

ȘAPTEZECI ȘI TREI

MILLIE

Este momentul să înceapă balul.

Noaptea trecută am dormit în mașina lui Enzo. Știam că poliția are un mandat de arestare pe numele meu şi pur şi simplu nu eram pregătită să fiu iar arestată. Aşa că m-am ascuns, am parcat pe o alee întunecată și am dormit pe bancheta din spate.

A fost o vreme când am trăit în maşină, aşa că somnul pe locurile din spate au fost un serios déjà-vu, care m-a făcut şi să înţeleg că nu pot dormi la nesfârșit în maşina lui Enzo. Trebuie să mă predau, sperând că adevărul va ieşi la iveală.

Când trag în faţa blocului meu, mă aştept să văd o jumătate din poliţia newyorkeză venită la faţa locului, aşteptându-mă. Însă nu este decât o singură maşină de patrulă. Cu toate astea, știu că pentru mine a venit.

Exact aşa cum mă aşteptam, imediat ce ies din Mazda lui Enzo, un polițist tânăr sare și el din mașina de patrulă.

— Wilhelmina Calloway? mă întreabă el.

Îi confirm.

Wilhelmina Calloway, eşti arestată. Mă pregătesc să-l aud rostind aceste cuvinte, însă n-o face.

— Aţi vrea să veniţi cu mine la secţia de poliţie?

— Sunt arestată?

Clatină din cap.

— Din câte știu eu, nu. Detectivul Ramirez ar dori foarte mult să vă vorbească, dar nu sunteți obligată să mergeți, dacă nu vreți.

E bine. Un început bun.

Urc în mașina de poliție, pe locurile din spate. Am avut telefonul oprit toată noaptea, așa că îl pornesc acum. Am câteva apeluri ratate de la NYPD și douăzeci de apeluri ratate de la Enzo. Trebuie să se fi prins că i-am luat mașina. Nu ascult mesajele vocale, dar navighez prin lista lungă de mesaje pe care mi le-a trimis.

Unde ești?

Mi-ai luat mașina?

Mi-ai luat mașina!

Te rog, întoarce-te și adu-mi mașina. O să stăm de vorbă.

Nu te duce la cabana aia!

Unde ești? Sunt foarte îngrijorat.

Te rog, întoarce-te. Nu te duce la cabană. Te iubesc.

O să rezolvăm lucrurile. Întoarce-te.

Și tot așa.

Mesajele au continuat să vină până târziu. A stat treaz jumătate de noapte, îngrijorat pentru mine. Îi datorez o explicație sau măcar să-i spun că sunt bine. Așa că îi scriu:

Sunt OK. Acum mă aflu într-o mașină de poliție. Nu sunt arestată. Mașina ta este în fața blocului meu.

Răspunsul lui vine aproape instantaneu, ca și când ar fi stat cu ochii pironiți în ecranul telefonului, așteptând un semn:

Unde ai fost???????

Îi răspund:

Am dormit în mașină. Totul este în regulă.

Pe ecran apar trei bule, semn că scrie ceva. Mă aștept să-mi spună ceva de genul că mă iubește sau că a fost îngrijorat sau poate să mă mustre că i-am furat mașina. În schimb, îmi trimite un mesaj cu totul neașteptat:

Wendy Garrick e moartă. Am văzut la știri.

Ce? Cum???

S-a sinucis.

ȘAPTEZECI ȘI PATRU

De data asta, sala de interogatoriu nu mai pare la fel de înfricoșătoare.

Cât am mers cu mașina de poliție, am citit pe nerăsuflate toate articolele pe care le-am putut găsi despre sinuciderea lui Wendy Garrick. Se pare că i-a tăiat gâtul iubitului ei, apoi a înghițit o grămadă de pastile. A lăsat chiar și un bilet de adio.

Asta adaugă o dimensiune cu totul nouă referitor la ce i s-a întâmplat lui Douglas Garrick.

Sunt deja de o jumătate de oră în sală când își face apariția, în fine, și detectivul Ramirez. Are pe chip aceeași expresie serioasă, dar nu pare să mai fie la fel de înfricoșător. Arată pur și simplu... uluit.

— Bună ziua, domnișoară Calloway, spune el, așezându-se pe scaunul din fața mea.

— Bună ziua, domnule detectiv.

Se încruntă, împreunându-și sprâncenele.

— Ai auzit ce i s-a întâmplat lui Wendy Garrick?

— Am auzit. Este peste tot la știri.

— Ar trebui să știi, spune el, că în biletul de adio a mărturisit și crima asupra domnului Garrick.

Îmi permit un zâmbet mic, mic de tot.

— Așadar, nu mai sunt suspectă?

— De fapt...

Se lasă pe spate în scaunul de plastic, care trosnește sub greutatea lui.

— Nu mai erai oricum suspectă. S-a dovedit că exista o cameră de supraveghere la intrarea din spate, despre care nu știa nimeni. Am revăzut înregistrările video și se pare că nu te-ai aflat niciodată în clădire în același timp cu domnul Garrick.

— Exact. Wendy mi-a întins o capcană.

În tot acest timp, acolo era o cameră. Toată panica și tot stresul din ultimele două zile... și în tot acest timp, dovada nevinovăției mele era exact acolo.

Dă din cap, în semn de încuviințare.

— Într-adevăr, așa pare. Așa că vreau să-mi cer scuze. Dar îți dai seama cum am fost făcuți să credem că ești responsabilă pentru crimă.

— Desigur. Am antecedente penale, așa că, ori de câte ori este comisă o crimă, trebuie ca eu să fiu aia care a comis-o.

Ramirez are bunul-simț de a părea stânjenit.

— Am sărit la unele concluzii, este adevărat, dar trebuie să recunoști că lucrurile nu arătau bine pentru dumneata. Iar Wendy Garrick a insistat că dumneata ești responsabilă.

Are dreptate. A făcut o treabă foarte bună cu capcana aia pe care mi-a întins-o. Dar, dacă ar fi fost un pic mai isteață, n-ar fi trebuit să-mi întindă nicio cursă. Până la urmă, Wendy Garrick și-a îngreunat situația mai mult decât era nevoie. Ar fi putut învăța multe de la mine.

Totuși, întreaga experiență m-a mâhnit. De-a lungul anilor, am ajutat multe femei și, chiar dacă nu a mers întotdeauna conform planului, am simțit mereu că lupt pentru o cauză bună. Când femeile vin la mine pentru un ajutor, nu am niciodată nici cea mai mică ezitare în a face ceea ce trebuie.

Acum însă, încep să-mi pun niște întrebări. Wendy chiar părea cu adevărat o victimă. După această experiență, va fi dificil s-o cred pe următoarea care îmi cere s-o ajut. Și ăsta este unul dintre lucrurile pe care le detest cel mai tare la ea.

— Deci nu mai sunt suspectă? îl întreb pe Ramirez.

— Exact, nu mai ești. În ceea ce mă privește, cazul este închis.

Douglas este mort. Acum știu și ei că Wendy e responsabilă de asta. Și ea e moartă. Nu mai e nevoie de anchete și nici de alte arestări sau de un proces. Sunt liberă.

— Atunci nu înțeleg. De ce mă aflu aici?

— Păi..., zâmbește prostește detectivul Ramirez. Se pare că ai o anume reputație.

— O reputație?

Stomacul mi se strânge un pic – nu sună deloc bine.

— Ce fel de reputație?

— De eroină.

— De... poftim?

— Îmi dau seama că ai crezut că o ajuți pe doamna Garrick, spune el, pentru că ai mai ajutat și alte femei. Și aș vrea să știi că apreciem acest lucru. Pe aici, pe la poliție, vedem lucruri îngrozitoare, și uneori ajungem prea târziu la victime.

Comentariul lui atinge o coardă sensibilă. Am făcut tot ce a fost posibil ca să nu fie niciodată „prea târziu". Și, indiferent unde mă va duce drumul – că voi fi menajeră sau asistentă socială –, o să continui să fac acest lucru.

— Eu... eu fac ce pot cu resursele pe care le am.

— Înțeleg acest lucru.

Îmi zâmbește.

— Și voiam doar să știi că mă poți considera și pe mine una dintre resurse. Vreau să-ți dau o carte de vizită și, dacă vezi vreodată orice situație în care o femeie este în pericol, aș vrea să mă suni numaidecât. Am scris pe spate și numărul de mobil. De data asta, promit că o să te cred.

Împinge spre mine cartea de vizită. O iau și citesc numele. Benito Ramirez. În sfârșit, un prieten în poliție. Nici nu-mi vine să cred.

— Doar ca să lămurim lucrurile, nu vă dați la mine, nu?

Dă capul pe spate și râde.

— Nu, sunt prea bătrân pentru dumneata. Și presupun că ești cu tânărul acela italian, care a venit ieri la secție și a făcut mare deranj întrebând de dumneata, susținând că vrem să arestăm persoana nepotrivită și amenințându-ne că nu pleacă până când nu ascultăm ce are de spus. Am crezut că o să fie nevoie să-l arestăm.

Zâmbesc în sinea mea.

— Serios?

— Oh, da. De fapt, este aici chiar acum. A zis că nu pleacă din sala de așteptare până când nu te vede.

— Păi, atunci, spun eu incapabilă să-mi șterg zâmbetul de pe față (cu toate că încerc din răsputeri), cred că o să pornesc și eu spre ieșire.

Mă ridic și se ridică și Ramirez. Îmi întinde mâna; i-o strâng. Apoi mă duc să mă întâlnesc cu Enzo și să mergem acasă, în sfârșit.

EPILOG

MILLIE

După trei luni

Nu înţeleg cum poate Enzo să aibă atâtea lucruri în apartamentul ăla micuţ.

Intră la mine în casă cărând parcă zece milioane de cutii pline cu toate chestiile pe care le are, aşezând cutie peste cutie peste cutie. OK, nu-i vreo tortură să-l priveşti pe Enzo cărând cutii, cu muşchii de pe braţe încordându-se pe sub tricou, dar, pentru numele lui Dumnezeu, ce naiba are în toate pachetele alea? Omul pare să rotească între ele şapte sau opt tricouri şi două perechi de blugi. Ce altceva poate să mai aibă?

— Gata, asta-i tot? îl întreb în timp ce-şi şterge transpiraţia de pe frunte.

— Nu. Mai sunt două.

— Încă două!

Încep oarecum să regret treaba asta. Mă rog, nu chiar. După ce m-am despărţit de Brock, Enzo şi cu mine ne-am reluat relaţia de unde am lăsat-o la plecarea lui în Italia. Numai că de data asta ştim amândoi că nu putem trăi unul fără altul. Aşa că atunci când, într-un final, a ţinut să-mi spună că aruncă pe geam în fiecare lună nişte bani de chirie, din moment ce-şi petrece oricum toate nopţile la mine în apartament, m-am grăbit să-i sugerez să se mute cu mine.

E ciudat. Când e ceea ce trebuie, pur şi simplu ştii că este ce trebuie.

— Două cutii mici, spune Enzo. O nimica toată.

— Hmm.

Nu prea îl cred. Definiţia lui pentru „cutie mică" este o chestie care cântăreşte un pic mai puţin decât mine. Râde cu toată gura.

— Scuze dacă sunt enervant.

Nu este deloc enervant. De fapt, este singurul motiv pentru care mi s-a permis să stau în apartamentul ăsta. Doamna Randall era în continuare chitită să-mi dea papucii, chiar dacă fusesem complet exonerată de vină, dar Enzo s-a dus să discute cu ea şi, dintr-odată, a fost foarte bucuroasă să mă lase să stau aici. Chiar *este* fermecător.

Enzo traversează camera şi mă ia în braţe. Deşi e un pic transpirat de la cărat cutiile înainte şi înapoi între apartamentele noastre, nu-mi pasă. Îl las să mă sărute. Întotdeauna.

— OK, spune el când se desprinde de mine, într-un final. Mă duc să le aduc şi pe restul.

Gem disperată. Va trebui ca noi doi să triem ce se află prin cutiile alea şi să scăpăm de o *grămadă* de lucruri. De asemenea, azi trebuie să-mi fac timp să eliberez nişte sertare.

La câteva minute după plecarea lui Enzo, sună interfonul de la intrarea în bloc. Enzo a pomenit ceva despre o comandă de pizza pentru cină, dar nu cred că a apucat s-o plaseze. Asta înseamnă că jos, la scară, nu poate fi decât o singură persoană.

Apăs butonul de la interfon, ca să-i dau drumul în bloc.

Un minut mai târziu îl aud bătând la ușă. Apuc cutia de pe pat și o duc în living. Deschid ușa cu o mână, în timp ce țin cutia în echilibru cu cealaltă.

În cadrul ușii se află Brock. Ca întotdeauna, este îmbrăcat într-unul dintre costumele lui scumpe, cu părul perfect aranjat și cu dinții sclipind imaculați. Este prima dată când îl revăd după trei luni și parcă am uitat cât de arătos este, aproape fără defecte. Sunt sigură că, într-o bună zi, va fi un soț minunat pentru o altă femeie. Dar nu voi fi eu aceea.

— Hei, spune el. Mi-ai strâns lucrurile?

— Uite-le aici.

Depun cutia în brațele lui întinse. Pe când încercam să eliberez spațiu pentru Enzo, am observat că aveam încă un sertar plin cu hainele lui Brock și cu tot felul de nimicuri pe care le lăsase la mine. M-am gândit o clipă să arunc pur și simplu totul, dar apoi mi-am amintit cum m-a anunțat din timp atunci când poliția ceruse mandat de arestare pentru mine și am decis să-l sun și să-l întreb dacă își vrea lucrurile înapoi. Mi-a spus că va trece chiar a doua zi.

— Mulțumesc, Millie.

— Nicio problemă.

Mai rămâne o clipă în prag.

— Arăți bine.

Oh, Doamne, chiar are de gând să jucăm *acel* joc?

— Mulțumesc. Și tu.

Apoi, pentru că nu mă pot abține, întreb:

— Te vezi cu cineva?

Scutură din cap.

— Cu nimeni în mod deosebit.

Nu-mi pune aceeași întrebare, lucru pentru care îi sunt recunoscătoare. După toate momentele în care l-am refuzat când mi-a cerut să ne mutăm împreună, ar fi dureros să-i spun că m-am mutat împreună cu Enzo. Şi, în ciuda felului în care s-au terminat lucrurile cu Brock, în ziua când a mers cu mine la secţia de poliţie ştiu că mă iubea. Mult mai mult decât îl iubeam eu.

— Păi...

Mută cutia de pe un braţ pe celălalt.

— Mult succes cu... toate.

— Şi ţie. Probabil că o să ne mai vedem pe undeva.

Nu ştiu de ce am adăugat ultima parte. Probabil că n-o să-l mai văd niciodată.

Sunt cât pe ce să închid uşa, când Brock întinde mâna ca să mă oprească.

— Oh, hei. Millie?

— Da?

Scutură cutia, se uită la conţinutul ei, apoi ridică iar privirea spre mine.

— Flaconul meu suplimentar cu pastile este înăuntru?

Îmi înfig unghiile în palmă.

— Poftim?

— Flaconul meu suplimentar de digoxină, mă lămureşte el. Cel pe care-l ţineam în dulapul tău de medicamente pentru când rămâneam peste noapte. Îl mai ai? Iau flaconul de rezervă când mai plec în câte o călătorie.

— Ăăă...

Îmi înfig şi mai tare unghiile în piele.

— Nu, eu... nu l-am mai văzut în dulapul cu medicamente. Probabil că l-am aruncat. Scuze.

Flutură din mână.

— Nicio problemă. Mă bucur că nu mi-ai aruncat hanoracul de la Yale.

Brock îmi face pentru ultima dată semn cu mâna şi, în loc să închid uşa, îl urmăresc cu privirea cum coboară scările, ținându-mi respirația. Dau drumul aerului din piept abia când îmi dispare din raza vizuală.

Nu credeam că-și va aminti de flaconul acela de pilule lăsat în dulăpiorul cu medicamente. Dar eu categoric mi-l amintesc. Când l-am găsit pentru prima dată acolo, pe când eram împreună, m-am informat un pic despre medicamentul acela, ca să aflu mai multe despre iubitul meu. Așa am aflat că digoxina luată în doză mare poate provoca aritmii cardiace fatale. Un lucru pe care l-am înregistrat undeva în minte.

În ciuda riscurilor, digoxina este un medicament destul de comun pentru afecțiunile cardiace. Atât de comun, încât îi fusese prescris chiar și lui Douglas Garrick, pentru fibrilația lui arterială. Dar pastilele pe care le-a ingerat Wendy Garrick în supradoză nu au provenit din rezerva lui Douglas, așa cum a presupus poliția.

După ce am luat cheile mașinii lui Enzo, chiar după ce am auzit că este posibil să se emită un mandat de arestare pe numele meu, nu m-am dus totuși la cabana aceea – mi-am ținut promisiunea făcută. În schimb, am pornit direct spre Manhattan, acasă la soția lui Russell Simonds, Marybeth, care s-a întâmplat să fie și angajata adevăratului Douglas Garrick, și m-am prezentat cum se cuvine.

S-a dovedit că Marybeth este o femeie minunată. Era cam doborâtă de moartea șefului ei și m-am simțit îngrozitor când a trebuit să-i explic ce știam despre soțul ei. Însă s-a simțit mult mai bine după ce am avut o discuție lungă și plăcută. Iar după ce și-a amintit de o consistentă asigurare de viață încheiată de Russell cu câțiva ani în urmă, Marybeth s-a decis să facă o scurtă călătorie terapeutică spre cabana aceea din pădure.

Cât despre mine, mi-am văzut de drumul meu, cu un flacon de digoxină mai puțin.

Ironia sorții este că, dacă Wendy i-ar fi strecurat soțului ei un pic mai mult din propriul medicament, probabil că l-ar fi ucis și ar fi fost destul de greu de demonstrat că doza nu a fost accidentală. Așa că s-ar fi scutit singură de o mulțime de necazuri.

În schimb, a luat o decizie incredibil de proastă. A subestimat o persoană extrem de periculoasă.

Pe mine.

Iar pentru asta a plătit prețul suprem.

SCRISOARE DE LA FREIDA

Dragi cititori,

Vreau să vă mulțumesc din inimă că ați ales să citiți *Secretul menajerei*. Dacă v-a plăcut și vreți să fiți la curent cu ultimele apariții ale cărților mele la Bookouture, accesați linkul de mai jos. Adresa voastră de e-mail nu va fi transmisă către alții și vă puteți dezabona oricând.

www.bookouture.com/freida-mcfadden

Sper că v-a plăcut mult *Secretul menajerei* și, dacă da, aș fi recunoscătoare să vă spuneți părerea. Mi-ar plăcea nespus să aud ce credeți; contează foarte mult să ajutați alți cititori să descopere oricare dintre cărțile mele.

De asemenea, îmi place să primesc vești de la cititorii mei. Trimiteți un e-mail la freida@mcfadden.com. Și să nu fiți surprinși când o să vă răspund! De asemenea, puteți lua legătura cu mine și pe grupul meu de Facebook, Freida McFans.

Mai jos aveți adresa website-ului meu:

www.freidamcfadden.com

Pentru mai multe informații despre cărțile mele, vă rog să mă urmăriți pe Amazon! De asemenea, mă puteți urmări și pe BookBub!

Mulțumesc!
Freida

MULȚUMIRI

Vreau să le mulţumesc celor de la Bookouture pentru că m-au ajutat să fac din *Menajera* un succes extraordinar şi pentru că m-au susţinut în continuarea acestei serii. Îi mulţumesc editoarei mele, Ellen Gleeson, pentru valoroasa ei contribuţie la cărţile mele şi pentru entuziasmul ei fără limite!

Îi mulţumesc mamei mele pentru primul feedback, la fel şi lui Kate. Şi, ca întotdeauna, le mulţumesc cititorilor mei, incredibilii mei suporteri. Voi faceţi ca scrisul să merite!

BOOKZONE